AF399181

Lena Staaf

En stekpanna i skallen

EN STEKPANNA I SKALLEN
© 2025 Lena Staaf
Förlag: BoD · Books on Demand,
Östermalmstorg 1, 114 42 Stockholm, Sverige,
bod@bod.se
Omslag: Lena Cathrine Skaslien
Tryck: Libri Plureos GmbH,
Friedensallee 273, 22763 Hamburg, Tyskland
ISBN: 978-91-8080-843-9

Kapitel 1. 1986. Eva-Lisa.

Eva-Lisa styr bilen genom en vit värld. Det var fint att träffa brorsan, och snällt att hon fick låna hans bil några dagar. Det känns lyxigt, hon som är van vid att ta buss eller att cykla. Snön ligger i skulpterade drivor längs vägkanten, och solen skickar ut små spjut strax ovanför horisonten, tur att hon tog på solglasögon. Hon är lite sen, men räknar med att hinna till jobbet i tid.

Då känner hon plötsligt hur bilen vinglar till. Ett konstigt ljud, blupp, blupp, blupp, hon får syn på en parkeringsficka och styr in där. När hon stiger ur bilen ser hon det – punktering. Åh, nej! Hoppas hon kan få lift in till stan, så kanske hon kan få någon som kommer och byter däck sedan. Hon sätter upp tummen och genast svänger en bil in och stannar bakom hennes. Det är en gammal och ganska rostig Volvo Amazon, och en ung kvinna stiger ur.

"Hej, behöver du hjälp", hojtar kvinnan.

"Ja, kan jag få åka med dig in till stan, jag har fått punktering", svarar Eva-Lisa med ynklig röst. Hon funderar på vad hon ska säga till brorsan om vad hon gjort med hans bil.

"Punktering, jaha, men då är det väl bäst att fixa det direkt", säger kvinnan.

"Jag kan inte", säger Eva-Lisa och låter ännu ynkligare.

"Vänta lite", säger kvinnan, öppnar bagageluckan och tar fram domkraft, fälgkors och arbetshandskar. "Var har du reservdäcket då?"

Eva-Lisa har dimmiga begrepp om var reservdäcket kan befinna sig, men tillsammans hittar de däcket, och den främmande kvinnan hissar upp Eva-Lisas bil.

Eva-Lisa har tunna stövlar och känner kylan klättra upp genom benen. Hon huttrar till och den andra kvinnan säger: "Sätt dig i min bil så länge så du inte fryser häcken av dig. Det här kommer att gå snabbt, men man blir ju nerkyld på nolltid i den här isvinden."

Eva-Lisa nickar, öppnar amazonens bildörr och hoppar in. Dörren gnisslar och kvider och Eva-Lisa blir rädd att den ska lossna, så hon stänger försiktigt. Hon flyttar på en filt som är full av hundhår. I baksätet finns en bilbarnstol och på golvet ligger drivor av colaburkar, enstaka ölburkar och tomma cigarettpaket. Askkoppen är full av fimpar och luften mättad av sur cigarettrök.

Däckbytet går snabbt. Eva-Lisa har knappt satt sig i bilen och tittat sig omkring förrän det är klart. Hennes hjälpare rätar på ryggen, viftar med fälgkorset och ler. Hon har en tjock, stickad mössa på huvudet och under den väller håret fram, lockigt och trassligt. Runt ansiktet svävar ostyrigt hår som en silvrig aura i den sneda morgonsolen. Hon tar av sig de runda glasögonen och putsar dem med en flik av halsduken. Ögonen är både vänliga och vaksamma. Det är en stolt och vacker kvinna, tänker Eva-Lisa. Och hjälpsam!

Eva-Lisa stiger ur bilen och gräver efter plånboken i sin handväska. "Tusen, tusen tack", säger hon. "Åh nej, jag har bara femtio kronor i kontanter, men minst ett par hundra till ska du få. Ge mig din adress så jag kan skicka till dig, eller om du bor i stan så kanske du kan komma upp till mitt jobb i morgon."

"Var jobbar du någonstans då", frågar kvinnan.

"På Storgatan, i kommunhuset", säger Eva-Lisa. "På socialtjänsten."

Kvinnan gör en grimas och sveper halsduken tätare om sig.

"Nej, dit går jag inte om du inte torterar mig först. Jag skriver min adress." Hon dyker in i bilen efter papper och penna. Eva-Lisa har redan tagit fram ett anteckningsblock och en penna från sin väska, och den andra kvinnan kommer ut igen med tomma händer, hon tar emot blocket och pennan. Hon skriver snabbt med slängig handstil: "Cecilia Åkerman, Riddarvägen 25, Timmerhamn."

Riddarvägen ligger i ett miljonprogramsområde i utkanten av stan, vet Eva-Lisa. En hel del av hennes klienter kommer därifrån. Hon sträcker fram femtiolappen och Cecilia nappar åt sig den.

"Tack! Jag var helt utan cigg så det var välkommet. Skickar du pengarna så snart du kan, så blir jag glad."

Varken Eva-Lisa eller Cecilia anar i detta ögonblick att deras liv kommer att vara sammanflätade på olika sätt under de närmsta trettio åren. Det blir en fläta fylld av knutar, smärta och bristningar.

Kapitel 2. 1980. Cecilia.

Nu backar vi sex år i tiden.

Cecilia är på väg in i sin lägenhet. När hon öppnar dörren är det ensamheten som slår emot henne och hon får lust att vända. Men hon behöver koka te till vännerna som brukar ramla in framåt eftermiddagen och ibland har de med sig pizza. Cecilia hoppas det, för hon har inga pengar till mat idag. Slanten hon får från mamma varje vecka räcker dåligt. Förutom mat till sig själv ska också katten Tussan ha, och så är det cigaretterna. När vännerna kommer fylls lägenheten av skrap från stolar, klingandet av koppar, fniss och skratt. Det är till henne de kommer, för hon är den enda som har egen lägenhet. Hon är sjutton år, men lägenheten har hon haft sedan hon var femton. Mamma hyrde den åt henne för att få vara ensam med sin nya kärlek. Cecilia har ingen kärlek att vara ensam med. Hon är bara ensam.

Nu har Cecilia varit ute på gården och rökt dagens första cigarett och är tillbaka inne i lägenheten igen. Hon har precis hunnit sätta på tevattnet när tjejerna kommer. De slår sig ner och Tussan stryker sig kärvänligt mot var och en och leker med deras garn. De broderar.

"Bra att börja i god tid till brudkistan", säger Sylvia och de andra tjejerna nickar. Alla utom Cecilia. Brudkista … jösses vad töntigt! Sylvia syr mönster på ett örngott.

"Gissa vad det ena spöket sa till det andra", frågar Cecilia medan hon kollar på Sylvias sömnad. "Jag måste bekänna en sak … jag är med örngott!" Och alla skrattar. De verkar längta efter att bli med örngott allihop.

Nu är Cecilia gravallvarlig. "Min mamma krusar banden till örngotten", säger hon, "jättesnyggt."

De andra tittar tveksamt på henne, men Sylvia nickar häftigt. "Det gör min mamma också", säger hon. "Jag ska lära mig det."

Cecilia frustar till och böjer sig sedan ner mot sin egen sömnad. Det är konstnärliga blomrankor på jeansen.

"Åh, vad duktig du är", säger Marie och fortsätter "men brallorna ska du väl klippa sönder till en duk sedan. För du kan väl inte gå ut med dem på dig?"

Vad ska jag annars ha på mig, säger inte Cecilia. För hon har bara ett par jeans.

Så ser hon skräpet på golvet, pizzakartongerna och cola-burkarna, hon blir less, något växer i bröstet och hon störtar upp. Ser Marie sitta med sitt feta arsle på kudden
som Cecilia har broderat ett fredsmärke på. Fattas bara att Marie pyr in den med en fis också. Cecilia rycker åt sig en kvast och börjar sopa, hon sopar ut tjejerna som drar till sig sina handarbeten. Marie sticker sig i fingret i farten och blodsdroppar faller på det snövita örngottet.

Det går inte att vara med de där tjejerna. I stället går hon ner till parken, där flumgänget håller till. Här pågår det spännande diskussioner.

"Alltså … vietnameserna körde ut amerikanarna men nu är de likadana själva, de anfaller sina grannar, vad heter det, Kampuchea … "

"Men det är inte samma sak, USA vill styra hela världen."

"Men Sovjet är ännu värre, de krigar i Afghanistan och vad gör väl Kina också … "

"Nej Kina är helt annorlunda, Mao Tse Tung är faktiskt en filosof, här har jag kommit över ett ex av Maos lilla röda, lyssna!" Det är Sonny som läser ur den lilla röda boken som han håller högt framför sig, som en Bibel. Hans långa trassliga hår blåser ständigt ner i ögonen på honom och han kastar otåligt med huvudet för att kunna läsa.

"Folket, och folket allena, är den drivande kraften som gör världshistorien", fortsätter han.

"Av var och en efter förmåga, åt var och en efter behov", säger Ellen, en liten ljushårig tjej med runda glasögon och rastaflätor. Hon nickar hela tiden när hon pratar, som om hon hade svaret på livets alla gåtor.

Sonny stoppar boken i fickan och spänner blicken i Ellen.

"På soc vet de i alla fall inget om hur man ska rädda någon från hungerdöden. Apropå behov. Jag fick inget när jag var där. Jävla fascister."

"Det kanske är din förmåga som brister", fnissar Ellen. "De tyckte nog att du måste jobba."

"I så fall hade jag väl inte behövt några pengar", fnyser Sonny.

Cecilia säger inget. Jobba är i alla fall något hon kan. Och hon tycker om det också.

De låter ölburkarna gå runt, drar bloss på cigaretter och joints, blir lummiga. Nynnar till musiken av Leonard Cohen på CD-spelaren medan kvällsmörkret sänker sig över dem. Den svaga vinden rör trädens tunga, prasslande vingar och daggen fuktar gräset. Ensamheten och tomheten, som bor i bröstet på Cecilia, viker för en stund.

"Nu kommer tomten", är det någon som ropar.

"Vilken tomte, det är väl inte jul än", säger Cecilia.

"Tomtenisse", skrattar Kenneth men bara helt tyst för sig själv för alla gillar Nils. Här kommer han med en stor säck på ryggen. Nu stiger stämningen. Inte nog med att han har säcken full med CD-skivor och marijuana, han är glad och rolig också och drar historier och alla blir på gott humör. Han slår sig ned bredvid Cecilia och lägger armen om henne. Hon blir varm och kryper tätt intill honom. Inte är han vacker med sin oformligt tjocka kropp och sin puckelrygg, men han är trygg. Och visst är han hennes? Lite för gammal kanske men vad gör det. Som en pappa, nästan. Hon som inte haft någon pappa. Ensamheten viker för en stund. Morgondagen är långt borta.

Skolan har gått åt helvete och Cecilia har fått praktikplatser i stället. Det är roligt att jobba på fritidsgården och hon får mycket beröm.

"Det är fart över den tjejen", säger föreståndaren Torbjörn uppskattande. "Inget som sitter fast där."

Det ska bli en stor gala mot narkotika och Cecilia är en av de mest aktiva med att propagera för galan. Problemet är att hon själv knarkar. Hon har just tagit jungfrusilen med amfetamin. Amfetaminet känns helt rätt. Alkohol blir man bakis av och cannabis gör en trött. Men amfetaminet gör att hon lyfter, och tungsinnet flyger upp mot molnens krockkuddar och stannar där. Fast vad har hänt med hennes arm? Den har blivit alldeles blålila. En infektion av sprutan! Nu blir hon rädd. Hon visar armen för Torbjörn som skakar på huvudet.

"Aj aj aj, flicka lilla, du måste till sjukhuset med den där."

På sjukhuset berättar hon vad som hänt och det dröjer inte länge förrän mamma och Torbjörn och alla andra vet. Och hon blir av med praktikplatsen.

"Men du är välkommen tillbaka när du lagt av med knarket", säger Torbjörn och ger henne en kram. "Det blir svårt för oss att klara oss utan dig."

Cecilia sparar Torbjörns ord som en rustning, när mammans ord vill tränga sig fram: *Du duger inget till.*

Men vad ska hon nu ta sig till?

Kap 3. 1980. Eva-Lisa.

Plötsligt är det knepigt värre att ta sig till jobbet. Alla tåg och bussar står stilla på grund av strejk och lockout, och många invånare i stan är desperata.

Eva-Lisa står och väntar utanför porten, för hennes chef Mihkkel har lovat att hämta upp henne. Hennes ostyriga, mörka hår hålls på plats av en brokig sjal, och hon sveper den lite extra om huvudet och halsen, för det är kyligt i dag. Det är visserligen maj och hon känner bedövande dofter efter den långa vintern, som gärna vill dröja sig kvar här uppe i norr. Eva-Lisa har en vadlång manchesterkappa med ett anti-kärnkraftsmärke på. Hon vet att Mihkkel inte är förtjust i det där märket, man får inte ha politisk propaganda på sig på jobbet, men hon hänger alltid in kappan när hon kommer fram så att märket inte syns. Och kärnkraften är på allas läppar. Snart ska den stora omröstningen äga rum.

En inte alltför välputsad Volvo bromsar hastigt in och bilen bakom gör en ilsken gir för att inte köra på den.

"Oj, är det här du bor, jag fick för mig att det var nästa kvarter", säger Mihkkel, och öppnar sidodörren så att Eva-Lisa kan hoppa in. "Nu får vi se om alla kan komma i dag. I går var det manfall."

Eva-Lisa nickar. Det var Ale som ringt och sagt att han var sjuk. Ale var sjuk ganska ofta och varje gång körde det ihop sig på jobbet.

"Men du är frisk och kry?" frågar Mihkkel och tittar oroligt på Eva-Lisa.

"Absolut", svarar hon, medan hon sväljer lite. Hon har faktiskt lite ont i halsen.

Mihkkel kliar sig med ena handen i skägget, och med den andra rattar han Volvon, medan de slingrar sig genom rondellerna.

"Få se om jag blir nerringd i dag också", säger han fundersamt. "Vi som är sista utposten. Socialtjänsten."

"Vilka är det som ringer då", undrar Eva-Lisa.

"Det är inte bara det vanliga, missbruk, pengabrist och barnmisshandel, utan nu ringer folk som tycker att det borde vara min uppgift att se till så att folk kommer i tid till jobbet, till fotbollsträningen eller begravningen. Tar inte det här slut så blir jag snart själv aktuell för begravning", pustar Mihkkel.

Eva-Lisa nickar deltagande. Hon tycker det är skönt att det inte är hon som är chef. Mihkkel kan gnälla, men hon gillar honom. Han bryr sig om sin personal och stöttar den så gott han kan. Hon har haft andra chefer tidigare, så hon vet skillnaden.

När de kommer fram till socialkontoret möts de av Astrid som precis parkerat sin cykel utanför kontoret. Det är sällan Eva-Lisa ser Astrid så här, vad ska man säga, inte direkt prydlig. Håret på ända och små svettdroppar på överläppen. Astrid försvinner genast in på toa och kommer ut en stund senare med nymålade läppar, ombytt till annan blus och smala långbyxor. Astrid är ganska nyexad, har bara jobbat ett år, men är nu en av de snabbaste utredarna. Eva-Lisa vet att Mihkkel gillar det, utredningarna får inte fastna, de måste bli klara snabbt. Men Eva-Lisa tycker ibland att Astrid är *för* snabb. Man måste hinna tänka efter, väga olika tankegångar mot varandra, försöka hitta lösningar där det ibland inte tycks finnas några. Själv har hon jobbat betydligt längre, och skaffat sig en hel del erfarenhet. Den erfarenheten har hon nytta av. När man gått på tillräckligt många nitar får man mer grepp på hur man ska göra, tänker hon.

De sitter tillsammans med de övriga socialsekreterarna, det ska vara en grupp på sex personer, men i dag är de bara fem. Mycket riktigt så är Ale sjuk i dag också. Kanske har han helt enkelt inte hittat ett sätt att ta sig till jobbet, på grund av strejken. Eva-Lisa kastar en hastig blick ut genom fönstret. Solen kittlar okynnigt i ansiktet och himlen är som utslaget hår, som siden, som vatten. Kanske har Ale tagit sig en promenad just nu där ute. Vem skulle inte vilja det, tänker hon. Varför ska jag vara så himla plikttrogen jämt.

De pratar om datorerna som alltmer börjat användas av olika myndigheter och även av socialtjänsten. Ofta är det krångel, "datafel", som de suckar över. Och snart ska de också börja skriva journalanteckningar med datorns hjälp. Hur ska det gå till? Hur ska de kunna framställa en personakt bara med hjälp av ettor och nollor? Nu när de har de trevligt knattrande skrivmaskinerna, moderna med raderingsband som gjort att de blivit oberoende av tipp-ex. Det blir med en känsla av sorg som de får ställa undan dem och lita till de oberäkneliga "burkarna" i stället. Kanske kom-mer någon att smeta tipp-ex på skärmen när de skrivit fel, fnissar Astrid.

"Sedan måste ni tänka på att läsa igenom era journalanteckningar en extra gång, innan ni trycker på sparaknappen", säger Mihkkel. "För när man väl har sparat går det inte att ändra. Man får inte det heller och systemet är anpassat för det."

"Men om man råkat skriva horklippning i stället för hårklippning…", säger Rickard med ett fniss.

Alla skrattar och Mihkkel säger: "Ja, i sådana fall finns det en funktion som innebär att man stryker ett streck över det skrivna och sedan skriver man nytt. Men det ser inte så bra ut."

Eva-Lisa kastar en blick på Astrid som nickar begrundande. Hon är alltid så noga när hon skriver och hon är inte den som skulle skriva horklippning.

Nu går de igenom de nyinkomna ärendena. Då knackar det på dörren och fältarbetaren Klas dyker upp.

"Hej, stör jag", frågar han. " Jag ville bara berätta att det verkar vara lite cannabis i omlopp nu på stan."

"Jaså, varför tror du det", undrar Mihkkel.

"Jag var på marknaden i går, och det gick ett rykte att det var en kille som sålde där. Jag är inte säker, men på kvällen var det flera ungdomar som verkade mer borta än vanligt, jag fick skjutsa hem några och det var inte alkohol som de tagit."

"Vet du något om killen som sålde, då? Känner polisen till honom?"

"Ingen aning, men jag tipsade polisen om vad jag fått höra. Killen är lätt att känna igen, han är drygt trettio, han syns och hörs och han är lite puckelryggig. En rolig typ."

"Sa du puckelryggig", frågar Eva-Lisa eftertänksamt. "För några år sedan var det en tjej här som mådde skitdåligt. Hon sa att hennes brorsa varit på henne, ja, ni förstår, eller rättare sagt, det går knappt att begripa. Fy fan! Han var puckelryggig sa tjejen."

"Jaha", säger Mihkkel. Men det behöver inte vara just den här killen för det. Kommer du ihåg vad tjejen hette? Blev det någon utredning och insats där?"

"Njaa … något på Lund i efternamn. Hon tog tillbaka allting. Och så hamnade det i slasken", svarar Eva-Lisa.

"I slasken? Menar du i den där pärmen där vi sätter in sånt som inte utreds", frågar Astrid.

"Just det, ja", svarar Eva-Lisa. "Jag tycker den där slaskpärmen är helknasig egentligen. Man ska sätta in allting i datumordning men får inte ha något register, så man kan inte hitta något sedan. Tänk om den där Lund ger sig på fler tjejer, och så har vi vetat det här."

"Om vi skulle spara allt som inte utreds så skulle vi inte hinna med det som ska utredas", säger Mihkkel torrt. "Som om vi inte har nog att göra ändå."

"Ja men vad har vi den där pärmen till då", säger Eva-Lisa häftigt. "Den både finns och inte finns."

"Så småningom så gallras den i alla fall", avslutar Mihkkel samtalet. "Var det något mer, Klas?"

"Inte för tillfället. Jag meddelar om jag får höra något mer."

De avslutar mötet, men i Eva-Lisas huvud fortsätter en tanke att mala, som en surrande fluga i ett fönster. Hon kan inte få puckelryggen ur skallen, eller rättare sagt hans syster. Marknadsstånden har precis monterats ned, men hon beslutar sig ändå för att gå till marknadsplatsen på lunchrasten. Kanske finns det någon kvar som kan berätta mer.

Kapitel 4. 1984. Cecilia.

Det har inte varit lätt att komma upp till skolan på mornarna. Cecilia har inte har någon som kan väcka henne, så det har blivit mycket skolk. Brevbäraren är den enda som har brytt sig, han kan ropa i brevinkastet för att väcka henne, och Cecilia stiger då upp för hans skull. Ibland går Cecilia till skolan och sitter av lektionerna, någon gång går hon i stället till biblioteket. Hon har upptäckt romanerna och hon slukar den ena efter den andra. Låter sig omslutas av nya tankar och ord, som skapar ett behagligt kaos inom henne. Hon läser också poesi och ibland läser hon dikterna högt. *Vita stirrar husen med svartnade gluggar, månskensdött blänkande, rullgardinsdöda*, skriver Ekelöf. Rytmen sugs in i hennes blodomlopp.

Hon skulle vilja prata med någon om det hon läser, men det finns ingen som är intresserad. Hon skriver några rader själv men stryker sedan snabbt över det och river sönder pappret. Tittar sig omkring, ingen har väl sett? Så klart inte, hon är ju ensam. Skulle hon kunna skriva en dikt? Nej, hon kan ingenting. Det har mamma gjort klart för henne, och skolan har bekräftat det.

Cecilia minns när hon en dag kom gående från biblioteket med en tjock bok av Dostojevskij under armen, ivrig att få komma hem och läsa. Hon råkade stöta ihop med en av sina lärare som hon haft tidigare. Han tittade häpet på henne och flinade sedan. "Har du med dig den där boken för att imponera", sa han. Cecilia gav honom ett föraktfullt ögonkast utan att svara, men inom henne steg ilskan och ledsenheten. *Ingen tror mig om att klara någonting. Jag är väl dum i huvudet.*

Vad tusan är det som sitter där i busskuren? Bilister och cyklister vinglar till när de kör förbi. Det är en häxa. En naturtrogen sådan, om man nu kan föreställa sig hur en häxa ser ut. Cecilia fnissar när hon passerar på trottoaren och iakttar omgivningens reaktioner. Hon har lagt ner mycket jobb på häxan, och hon håller uppsikt över den, så att ingen ska förstöra den. När det blir tomt med folk, stoppar hon hastigt ner häxan i en säck och bär hem den. Hon funderar på var hon ska placera den nästa gång.

Det var på jobbet på teatern, när hon var nitton år, som Cecilia lärde sig att göra dockor och peruker. Hon upptäckte att hon kunde fånga uttrycken i dockornas ansikten, och göra dem nästan levande. Materialet blev som en del av henne själv, det var följsamt och ansiktena växte fram. Hon arbetade hastigt och febrigt, svettig och med glödande kinder. Då hon sedan betraktade resultatet, kunde hon medge för sig själv, att det där var något som hon verkligen var bra på!

Cecilia hade fått en praktikplats på teatern och så småningom fast arbete. Hon var allt-i-allo och fick rycka in där det behövdes. Det kunde vara att färdigställa scenen inför en föreställning, eller att måla en kuliss. I korridorerna vankade skådespelarna omkring som vålnader, mumlande på sina repliker för att lära sig dem. På repetitionerna stod hon vid sidan om och tittade, hon var inte en av dem. Hon rörde sig bland teaterfolket men som i sin egen bubbla, som en ensling, en outsider. Hon hade inga själsfränder. Till en början hade hon varit övertygad om att hon själv skulle bli skådespelare, men nu tvekade hon. Skulle hon söka in på folkhögskolans teaterlinje? Nej, hon kände sig inte hemma bland teaterns människor. Men något sorts skapande arbete ville hon ha. Hon hade så många bilder i huvudet som hon ville ge liv, uttryck och form. Både genom att hon målade med olika färger och tekniker, och genom att hon formade och modellerade med hjälp av sina händer. I sista stund slängde hon in en ansökan till folkhögskolans konstlinje – och kom in.

Cecilia borde nu vara nöjd, hon får hålla på med konst som hon älskar, men ensamhetskänslorna förföljer henne. Det blir till en inre smärta som bara växer, en brännande solförmörkelse. Inget hjälper, inte alkohol, inte amfetamin. Hon tittar ut, himlen är självmordsgrå. Hon tänker på pappa. Hur var han? Är hon lik honom? Hon vet att han inte ville leva men hon vet inte varför. Kände han sig också tom och ensam? Hon tar ett rakblad och skär djupa snitt i handleden. Nu är hon nära pappa. Blodet flyter, hon blir medvetslös.

Cecilia vaknar på sjukhuset. Hon vet inte hur hon har kommit dit, men någon måste ha hittat henne och ringt efter ambulans.

Kapitel 5. 1984. Cecilia.

Cecilia träffar Nils lite då och då och så småningom blir de ett par och flyttar ihop. Nils är sjutton år äldre än Cecilia, och han känns mer som en pappa än en älskare. Men hon har ju längtat efter en pappa! Nils är rik. Åtminstone tycker Cecilia det, om hon jämför med andra killar som hon träffat. Han köper och säljer alla möjliga saker, han har en liten butik, och han åker runt på marknader. Cecilia vet inte hur mycket av inkomsterna som är svarta eller vita, men hon tycker att det är skönt att slippa ekonomiska bekymmer, som hon alltid haft tidigare. Nils tar ansvar för ekonomin och ser till att de har vad de behöver. Älskar hon Nils? Hon vet inte riktigt.

I Cecilias mage ligger nu ett litet foster som växer och blir allt större. Hon tänker på det med varm förundran. Aldrig mera ska hon vara ensam. Hon har visserligen Nils, men han är inte alltid hos henne. Faktum är att han oftare är borta än hemma. Och även när han är hemma är han inte riktigt närvarande. Han vill aldrig prata på riktigt. Inte berätta så mycket om hur han egentligen ser på tillvaron, inte om jobbet. Han har som ett skal omkring sig, men så är han också född i kräftans tecken, tänker Cecilia och flinar lite för sig själv. Hon skulle vilja titta innanför det där skalet. Och han nämner inte sina tidigare kvinnor och sina barn. Men hans son Lasse dyker upp ibland, det är kul. Han virvlar runt en stund och sedan är han borta igen.

Just nu är Cecilia rastlös. Hon går runt i lägenheten, som är prydlig och välstädad. Hon tittar ut genom fönstret och kan se nästan rätt in till grannen. En man som brukar gå omkring naken, och ställa sig själv vid fönstret med sin erigerade lem i handen. Cecilia tittar hastigt bort. Hon lyssnar uppåt i lägenheten, där det bor en familj med många barn som skrattar och skriker, och ibland hör hon också dunsar därifrån. Hon känner inte sina grannar. Nu låter hon blicken glida längs väggen i vardagsrummet. Tavlorna som hänger där har Cecilia målat. Det är mycket färger och djärva linjer, blandat med mörkare och stelare bilder. Ett porträtt av Nils som är väldigt likt - hans mörkt solbrända kinder, hans rakade skalle som ser ut som ett ollon, de små skarpa ögonen bakom tjocka glas. Men det är egentligen inte två skarpa ögon utan bara ett, för det ena ögat är blint, skadat i en olycka. Ändå ser det ut som han tittar rätt igenom henne med det där enda ögat. Hon kan inte gömma sig någonstans. Bredvid Nils´ tavla ett självporträtt av Cecilia, runda glasögon och pigga skrattgropar, det långa lockiga håret som en svallande hästman, nyfiken glimt i ögonen. Hon är söt! Det var ett tag sedan hon målade det där självporträttet. Var hon glad eller låtsades hon bara för att det skulle bli en fin bild? Bredvid tavlorna på henne och Nils finns en landskapsbild, med gråa moln och träd, som böjer sig i vad som ser ut som storm och slagregn.

Cecilia tittar ut genom fönstret på gatan som kravlar sig förbi. Här inne kan hon inte sitta, även om vädret ute inte är så lockande, tio minus och ihållande snöfall. Hon sätter på sig dunjackan och funderar på om hon kommer att behöva köpa en ny jacka när magen vuxit. Nej, då kommer det vara sommar. Och när bebisen har vuxit klart i magen i höst, duger hennes vida parkas.

Hissen är full med smältvatten och salt från skor och stövlar, hon ser en liten gul pöl, har någon pissat? Det luktar skunk, så det är nog inte omöjligt. Hon gör en äcklad grimas, och springer nedför trapporna i stället. Magen väger ingenting, det är bara en liten fågel där inne. Några kvarter så är hon framme vid centrum. Hon funderar. Ska hon handla mat? Nej, Nils sa att han skulle göra det. Vad ska hon då göra?

Ett gäng med yngre tonåringar står och skrattar och smågruffar med varandra. En kille spottar ut en snus nästan framför fötterna på Cecilia. Hon stirrar på ungdomarna. Nyss har hon känt en samhörighet med dem, kunnat slå sig i slang, prata med dem. Nu med bebis i magen har hon blivit stor, gammal, annorlunda. Osynliga murar har vuxit upp mellan dem. Ändå är hon inte heller ett dugg lik de mammor med trötta ansikten, som kommer dragande på sina barnvagnar och matkassar fyllda med bröd, korv med röda lappar och barnmatsburkar. Men nu får hon syn på en välkänd gestalt, som står i gathörnet och röker. Hon blir glad.

"Hej Sonny! Vad kul att se dig. Hur är det?"

"Nej men hej Cecilia, det var inte i går, var har du hållit hus?"

"Jag har flyttat runt en del, jobbat, pluggat, men nu kommer jag att bo kvar här ett tag. Med Nils."

"Jaha, det var ju kul, jag som hade hoppats ... nej glöm det..."

Cecilia skrattar uppsluppet. Kul att känna sig attraktiv, även om det bara är Sonny.

"Vad gör du själv då, jobbar du eller går du på soc?"

"Jag jobbar på restaurang Pråmen här i stan, det är slitigt
som fan, men man har i alla fall gratis käk."

"Och en och annan slatt från vinflaskorna, kanske", säger
Cecilia och blinkar. "Har du den där lilla röda boken med
dig fortfarande?"

"Maos lilla röda? Ja, det kan du skriva upp!"
svarar Sonny. "Hör här: I samhället lever envar såsom
medlem av en särskild klass, och varje slag av tänkande är
utan undantag stämplat med en klass´ märke."

"Så du är stämplad då?"

"Äsch, det menas att jag tillhör en klass, arbetarklassen,
och tänker som en arbetare."

"Ja, det gör väl jag också. Jag har praktiserat på en bil-
verkstad. Det var häftigt, jag fick lära mig en massa nyttiga
saker om bilar. Så nu är det jag som byter däck och tändstift
på vår bil. Nils tycker det är lite skämmigt att jag är bättre
än han på det. Fast sedan har jag jobbat på teatern. Men då
är man kanske borgare?"

"Nej, du säljer ju din arbetskraft. Du suger inte ut någon.
Du är en riktig proletär, Cecilia!"

Han tittar på henne med uppskattning i blicken och får
henne att känna sig stolt, som att han gett henne en heders-
betygelse, en medalj. Bedömt henne vara minst lika mycket
värd som statsministern eller kungen.

"Jag är ingen kapitalist i alla fall", säger Cecilia belåtet.
Hon grubblar lite på vad det är att vara en proletär, att till-
höra arbetarklassen. Är mamma arbetare, hon som jobbar
långa dagar på sin frisersalong och som har två anställda
dessutom? Suger hon ut dem? Men mamma har alltid dåligt
med pengar. Mamma uppfattar sig i alla fall inte som en

arbetare själv. Hon pratar föraktfullt om arbetarna. Man måste ha kristallkrona i sitt hem, och gärna lite ärvda tavlor också om man ska duga. Och känna rätt personer. Cecilia tänker flyktigt på mamma, när mamma borstade hennes hår och gjorde flätor. Beröringen. Handen som hon önskat skulle stryka henne över kinden, men inte gjorde det, blicken som inte tittade in i hennes ögon, utan på en punkt långt borta. Avståndet.

Sonny tänder en cigarett och får eld av Cecilia. Hon kupar sina färgfläckiga händer runt lågan och Sonny smeker hennes handrygg med ett narigt pekfinger. Hon ryser till, är det kylan eller något annat? De fortsätter att prata och Cecilias fötter blir allt kallare, och håller till slut på att helt domna bort.

"Måste nog hem nu, hej då", säger hon och springer sin väg på värkande fötter. Hon ser hur Sonny sprätter ner fimpen på gatan, den faller och splittras i ett brandgult sår medan han står och tittar efter henne.

När Cecilia kommer innanför dörren, känner hon direkt att det är något som är fel. Nils står vid fönstret och tittar ut. Härifrån kan man se ända ner till centrum, även om man bara har ett öga. Säkert såg han när hon stod och pratade med Sonny. Men det måste väl ändå vara tillåtet att prata med en annan människa! Nils brukar inte ha något emot att hon träffar sina väninnor. Men det kanske är skillnad med att prata med en man.

"Vem var det där", morrar han innan hon ens hunnit få av sig jackan. Stövlarna sitter hårt, och hon försöker sparka av sig dem, men fötterna ömmar, så det går inget vidare.

"Det var bara en gammal kompis", fräser Cecilia ilsket. "Hur så?"

Nu kommer Nils närmare och håller knytnäven under hennes haka.

"Du såg då jävligt glad ut vad jag kunde se", säger han.

"Än sen då! Kul att prata med någon för en gångs skull, och inte bara gå här och ha det trist."

Då flyger näven ut och hamnar på hennes arm. Den andra handen tar tag i hennes hår och ruskar hårt.

"Det låter du allt bli", väser han, och blicken är metalliskt hård. Stövlarna har hon fortfarande inte fått av sig.

"Är du inte klok, jag måste väl få prata med vem jag vill! "

Då tar han tag i henne med båda händerna, och knuffar henne hårt. Hon landar med ryggen mot en stol, som faller med ett brak. Hon tar snabbt upp stolen och håller den framför sig.

"Du ska fan inte slå mig", skriker hon. "Jag har inte gjort något, och du äger inte mig!"

Nils rycker stolen ur händerna på Cecilia och slår med sin ringprydda hand över pannan på henne. Hon ramlar baklänges, men är snabbt uppe igen, trots en skärande smärta i pannan. Hon ger Nils en kraftig knuff, han tappar balansen och far in i ett element. Innan Nils hunnit resa sig har Cecilia fått upp dörren och springer därifrån, med blodet droppande från ett jack i pannan. En tanke hos Cecilia, en brusande röst: *Det är rätt åt mig. Jag är inte värd något bättre.*

På sjukhuset träffar Cecilia en varm och förstående

sköterska, som ser över hennes skador och lirkar ur henne historien. Det är skönt att prata med någon. De onda tankarna skingras som rök i luften.

"Det där måste du anmäla", säger sköterskan.

Vad händer då tänker Cecilia. *Nej, då blir han ännu argare. Det törs jag inte. Och han skulle kasta ut mig. Vart skulle jag ta vägen?*

Det ser ut som om sköterskan kan läsa hennes tankar.

"Jag kan hjälpa dig att kontakta en kvinnojour", säger hon.

Cecilia nickar. Jaha ...

"Och så ska du polisanmäla", envisas sköterskan.

"*Nej*, det gör jag inte", skriker Cecilia och nu ser hon hur de mjuka dragen i sköterskans ansikte hårdnar, hon snörper på munnen och tonfallet blir vasst.

"Att du inte fattar ...", säger sköterskan och rycker på axlarna. "Det är nästan så att jag tappar lusten att hjälpa dig. Men här har du telefonnumret till kvinnojouren."

Kapitel 6. 1987.Cecilia.

Jessica kryper omkring och Cecilia måste vakta henne så att hon inte geggar i kattmaten eller drar ner målarduken på golvet. Jessica är livlig och nyfiken och har fullt upp med att utforska sin värld. Cecilias hjärta sväller av kärlek när hon tittar på dottern, som har likadant, lockigt hår som sin mamma, trassligt att borsta ut. Jessica skriker när Cecilia försöker.

Nils ska komma hem lite tidigare i dag, för de har en tid på banken för att ordna med ett lån. De har tittat på ett hus och allt är klart, bara lite papper att underteckna. Det blir fint för Jessica att ha en trädgård att kunna röra sig i när våren kommer.

Men vill Cecilia egentligen flytta? Utanför huset där de nu bor, växer en asp med spretiga grenar. När solen skickar sneda strålar sänder trädet spännande skuggor som avtecknar sig på grannhusets fasad. Cecilia kan sitta länge och betrakta skuggspelet, det gör henne lugn. Hon har målat av skuggorna, men de rör sig och förändras, som ett levande väsen, en rörlig tavla. Ibland tänker hon att grenarna och kvistarna är hennes familj. En avbruten gren, som hänger slappt, är hennes döda pappa. En stursk gren, som strävar uppåt utan att titta åt sidorna, är mamma. Och de vilsna grenarna på sidorna, är hennes systrar och hon själv. Hon och systrarna, alla äter antidepressiv medicin. Alla har blivit skadade på något sätt av stormar som farit genom grenarna. Den lite pigga kvisten intill ceciliagrenen är Jessica. Jessica som ska växa upp till en stark kvinna utan behov av medicin.

Cecilia tittar på trädskuggorna igen, och nu tänker hon att det är något som rinner igenom stammen och trädgrenarna, en giftig sav. Det är våldet. Hon har hört att farfar misshandlade farmor. Och var det inte så att hennes egen pappa också brukade slå? Eller var han den som protesterade mot våldet? Cecilia brukar tänka att om pappa hade levt, så skulle han ha skyddat henne från mamma. Men han kanske inte stod ut med att se våldet, det kanske var därför han inte ville leva. Nu tänker Cecilia att våldet har strömmat rakt in i henne själv och hon ryser.

Cecilia återvänder till verkligheten och det börjar fladdra fjärilar i bröstet på henne. Vill hon verkligen flytta? Inte bara för att lämna det där skuggträdet, utan för att ... vill hon fortsätta att bo med Nils? Han har varit tillknäppt och tjurig på sistone. Hon har fått tänka sig för vad hon säger. Tänk om det brister igen för honom! Cecilia blir svettig och lyfter upp Jessica för att komma på andra tankar. Hon slår en signal till kompisen Liselotte.

"Liselotte, ska jag verkligen köpa ett hus med Nils", undrar hon.

"Jag skulle vara jätteglad om någon ville köpa ett hus med mig", svarar Liselotte.

"Du och jag borde köpa ett hus tillsammans i stället", säger Cecilia. "Då skulle jag känna mig trygg".

"Vi har för lite pengar", svarar Liselotte nyktert. "Jag gjorde av med det sista på en liten påse med speed innan nästa löning. Så det går inte. Men om du behöver muntras upp kan du få lite speed av mig. Jag smällde inte i mig allt. Tänkte på min bästa väninna, och förstod att hon behövde."

Cecilia skrattar nervöst och känner efter i fickan. Där ligger asken med hennes antidepressiva medicin, som hon också brukar dela med sig av åt Liselotte.

"Vi får höras senare, nu kommer Nils hem", säger Cecilia.

Allt känns bara fel när de åker till banken. Jessica kinkar och sparkar omkring sig, när Cecilia försöker sätta på henne kläderna. Nils är otålig och tar ett hårt tag i Jessicas ben för att tvinga ner det i overallen. Jessica tjuter och Cecilia kastar arga blickar på Nils. "Skulle det där vara nödvändigt", fräser hon.

"Vi måste ju komma iväg någon gång. Det var då ett himla jiddrande."

Så åker de. Allt känns ännu mer skevt. På kvällen är Nils som ett åskmoln.

"Vad har jag nu gjort för fel", undrar Cecilia ilsket.

"Du kunde ha sett till så att Jessica höll sig lugn. Det gick ju knappt att prata där på banken."

"Jaha – men du kunde väl ha hjälpt till. Hon är ju ditt barn också!"

"Ibland undrar man …", säger Nils.

"Vad fan säger du!"

"Hon är inte ett dugg lik mig", säger Nils.

"Det där får du ta tillbaka!"

"Jag är så jävla trött på dig … !"

"Varför vill du köpa ett hus med mig om du är trött på mig?!"

"Jag kanske vill bo där ensam med Jessica."

"Det skulle jag allt vilja se! Du lyfter ju knappt ett finger
för att sköta om henne."

Nils tar fram en flaska vin, häller upp ett glas och stjälper
snabbt i sig det, innan han häller upp ett till.

"Ska du inte bjuda mig", säger Cecilia.

"Jag tycker inte du har gjort dig förtjänt av det", svarar
Nils.

Cecilia rycker flaskan ur handen på Nils, han tar tag om
hennes arm och vrider om den, hon fäktar och får in
en smäll över Nils hand med sin andra hand. Nils reser sig
upp och nu haglar slagen över Cecilia. Cecilia backar in i ett
hörn och håller händerna för huvudet för att skydda sig.
Jessica tittar på med uppspärrade ögon och kolsvarta
pupiller. Hennes ansikte är vitt och verkar skört som pap-
per. Hon gnyr svagt.

Nästa dag när Nils är på jobbet, tar Cecilia med sig Jessica
och halva bohaget, och flyttar från Nils och hem till Lise-
lotte. Liselotte har rekordsnabbt hyrt en släpvagn och trum-
mat ihop ett gäng kompisar som hjälpt till med att bära. Nu
är det bråttom! Katten Tussan gör en överhalning i trans-
portburen. Hon ger Cecilia en långsint, förorättad blick när
hon flyter nedåt med klorna gnisslande mot burens golv.
Cecilia flåsar av ansträngning när hon släpar på en låda
med husgeråd. I lådan ligger också de små skålarna som
hon drejat, och som inte får gå sönder. *Även om min familj
har gått sönder nu*, tänker hon. Hon känner något brusa i
bröstet, en känsla av rädsla, uppror och triumf. När Cecilia
har kommit fram till Liselottes lägenhet, ringer hon till sin
mamma och berättar.

"Men vad har du gjort", svarar mamma upprört. "Ni skulle ju köpa ett hus."

"Mamma, jag kan inte bo med någon som slår mig", säger Cecilia.

"Cecilia, det där låter som en överdrift. Jag vet att du kan provocera en mumie att stiga upp ur sin grav. Åk nu tillbaka till Nils och be om ursäkt."

"*Aldrig!*" skriker Cecilia.

Tur att Liselotte och de andra väninnorna finns. För från mamma kan hon inte räkna med något stöd.

Kap 7. 1987. Eva-Lisa.

Eva-Lisa tittar ut genom fönstret från sitt rum. Utanför är det becksvart, för det är sent på eftermiddagen. En bil backar ut från parkeringen. Kanske någon som flexar och slutar lite tidigare, tänker Eva-Lisa. Strålkastarna sveper över de parkerade bilarna, som har ett skimmer av frost över sig. Eva-Lisas skrivbord är översållat med lappar, hastigt nedskrivna anteckningar, telefonnummer. Ett foto i sin ram står lutat mot en blomkruka i fönstret. Från fotot tittar en trulig unge fram. *Älskade Rebecka,* tänker Eva-Lisa och skickar en puss genom luften. *Dig har jag fått för mina synder, men äsch så jag tänker! Det är inte Rebeckas fel att hon är som hon är. Men hon skulle behöva mig mer,* funderar Eva-Lisa vidare.

En hastig blick på klockan, sedan tar Eva-Lisa med sig en mapp, ett anteckningsblock och penna och hastar ut i korridoren. Tre trappor ner, tripp, tripp, tripp, klackarna smäller mot trappstegen, och så har hon kommit till väntrummet.

Huset är indelat i olika avdelningar för missbruksvård, ekonomiskt bistånd och så på översta våningen, utredningar och insatser för barn. Det är där som Eva-Lisa jobbar.

Eva-Lisa låter blicken glida runt bland dem som väntar. Hon ser en rödblommig kvinna med hängande kinder. En pojke i tolvårsåldern verkar höra ihop med henne. Han kretsar oroligt runt i rummet och stannar ibland bredvid henne. Nu tar kvinnan upp ett cerat och stryker hastigt över läpparna, men minuten efter har hon slickat bort det. Pojken kretsar vidare ännu ett varv. På en ensam plats i en soffa sitter en väldigt ung kvinna, med håliga kinder, gravid till någon sorts bristningsgräns. Hon försöker hålla ordning på ett livligt barn i tvåårsåldern, som hela tiden försöker klättra ur sin vagn. Så ser Eva-Lisa en kvinna i tjugofemårsåldern med spänt ansikte, runda glasögon, *snygga*, tänker Eva-Lisa, och långt och lockigt hår. Hon håller stadigt i stolens armstöd med sina fingrar som har nikotingula naglar. Knogarna är vita och det går små kramper genom fingrarna. *Alla dessa kvinnor, mammor, var finns papporna*, undrar Eva-Lisa för sig själv.

Eva-Lisa går fram för att hämta kvinnan med det lockiga håret, Cecilia Åkerman heter hon, det står i mappen som Eva-Lisa har med sig. Namnet verkar bekant och även utseendet. Men hon kommer inte ihåg var hon kan ha träffat henne tidigare. När de går tillsammans till ett besöksrum, ser Eva-Lisa i ögonvrån hur den andra unga kvinnan lyfter upp sin tvååring, och placerar honom i vagnen för femte gången.

Nu sitter Eva-Lisa och Cecilia på varsin stol i det lilla besöksrummet. Det finns inga fönster och Eva-Lisa förvånas alltid över att de flesta besökare finner sig i att gå in i detta bunkerliknande rum. Cecilia visas till en plats längst in i rummet och själv sitter hon med ryggen närmast dörren. En säkerhetsåtgärd, som de har fått lära sig. Cecilia tittar henne rakt in i ögonen. Känner Cecilia igen henne? Ska Eva-Lisa fråga om och i så fall var de har träffats tidigare?

"Nu får du berätta varför du har kommit hit", säger Eva-Lisa.

Cecilia får en irriterad rynka i pannan.

"Jag ringde ju om det. Att jag behöver en kontaktfamilj.
Står inte det i dina papper?" säger hon.

"Jo men jag vill höra det direkt från dig också. Och varför
du behöver en kontaktfamilj."

"Jo Nils … min före detta … han kan jag inte lämna Jessica
till. Han är inte klok."

"Jessica, det är alltså din dotter."

"Ja, det står väl också i dina papper. Men skulle du lämna
din unge till någon som nästan har slagit ihjäl dig?"

"Nej … men har han slagit Jessica också?"

"Det har han inte fått någon chans till."

"Tror du att han skulle slå henne?"

"Nej, men man vet aldrig. Jag vill i alla fall inte lämna hen-
ne ensam hos honom. Men de måste förstås få träffas, hålla
kontakten. Så jag har tänkt mig en kontaktfamilj, där även
pappan kan komma på besök och träffa sin dotter."

"Vet du vad en kontaktfamilj är då", säger Eva-Lisa.

"En granne till mig har berättat lite. Barnen kan vara hos
kontaktfamiljen varannan helg, så att mamman får vila sig
ibland. Det vore skönt för jag är väldigt trött", säger Cecilia,
och nu sjunker hon ihop i stolen, och några små svett-
droppar syns vid näsroten. Hon tar av sig glasögonen och
putsar dem.

"Har du inga släktingar som kan hjälpa dig", undrar Eva-
Lisa. "Din mamma eller kanske du har syskon."

"Varken mamma eller mina systrar kan hjälpa mig", säger
Cecilia. "Systrarna har nog med sina egna problem. Och
mamma – aldrig i livet!"

"Varför det?"

"Jag sa att jag inte vill att någon ska slå Jessica. Inte Nils och inte mamma."

"Skulle din mamma slå Jessica?"

"Det vet jag inte men hon slog mig, så det räcker för mig som skäl till att hon inte får ta hand om Jessica."

"Slog hon dig?"

"*Om* hon gjorde! Hon slog mig och hon hackade alltid på mig, att jag skulle hjälpa till hemma."

"Jaså, ville du inte det?"

"Jo, men jag fick göra mycket mer hemma än alla mina kompisar. Det skulle städas jämt och ständigt fast det knappt behövdes. Vet du vad mamma sa? Tänk om häl- vårdsnämnden kommer! Varför skulle hälsovårdsnämnden komma, vi hade det alltid rent hemma."

"Är din mamma ensam? Eller har hon en man? Jag har läst här att din pappa är död."

"Ja, jag har ingen pappa. Han kanske hade skyddat mig från mamma om han levt. Men han söp ihjäl sig innan jag föddes. Mamma är så rädd för att jag ska bli som pappa, en alkis. Men jag tror att jag hellre skulle vilja bli som pappa än som mamma. Vad var det du frågade? Ja, mamma har en man, Ove. Ett riktigt mähä."

"Jaså, på vilket sätt då?"

"Han tittade bort när mamma slog mig. Eller gick in i ett annat rum. Mamma kunde slå till mig om hon var arg för något jag hade gjort eller inte gjort. Det var egentligen inte det värsta, en klatsch så var det över. Värst var när hon sa, att i kväll ska du få stryk. Då gick jag där hela dagen och försökte att inte tänka på vad som skulle hända, men ju mer jag försökte hålla tankarna ifrån mig, desto mer tänkte jag på det. Vet du vad, en gång hade mamma sagt att jag skulle få stryk på kvällen. Men när det blev kväll var hon så trött så hon bad Ove att slå mig i stället. Ove såg alldeles förskräckt ut, men han kan inte säga nej till mamma, utan han tog mig i handen och så gick vi in i mitt rum. "Vi låtsas att jag slår dig", föreslog Ove och blinkade konspiratoriskt till mig. "Dunka i väggen och skrik". Jag blev lättad och gjorde som han sa och så klarade jag mig den gången."

"Hur länge sedan var det här, att hon slog dig", frågar Eva-Lisa och funderar inom sig på vad preskriptionstiden för misshandel kan vara.

"Åh, det var länge sedan", säger Cecilia belåtet. "För det hände något som gjorde att hon slutade."

"Jaså, vad då", undrar Eva-Lisa.

"Jag hade råkat ha sönder en parfymflaska. Mamma blev vansinnig och högg tag i en galge och började slå mig. Jag skrek förstås, och det blev ett jävla liv. Vi hörde inte att det knackade på dörren. Det var min kompis Lotta som stod där utanför och eftersom ingen öppnade så gjorde hon det själv och fick se allt som hände. Jag hann uppfatta att hon vände på klacken och sprang ut. En stund senare kom hennes pappa till oss. Han berättade att Lotta hade kommit hem storgråtandes, och så skällde han ut mamma efter noter. "Om jag får höra en enda gång till att du har slagit Cecilia kommer jag att anmäla dig", sa han. "Och då hjälps det inte att vi är vänner." Det där var väldigt pinsamt för mamma, för Lottas pappa satt i riksdagen och mamma ville hålla sig väl med honom. Både hon och mormor är väldigt måna om att ha kontakt med fina och betydelsefulla människor. Sånt larv, om du frågar mig."

"Det där låter förfärligt", säger Eva-Lisa och får lite svårt att andas. "Men tur att det är slut."

"Ja", säger Cecilia. "Men hon hade ändå inte kunnat hålla på så länge till, för jag började bli så stor att jag kunde ge igen."

"Skulle du slå om du tyckte det behövdes", undrar Eva-Lisa.

"Ja då. Jag är väldigt stark. Jag brukade slåss med en del på skolgården, och det var alltid jag som vann."

"Så du slåss du med", säger Eva-Lisa.

"Bara om någon slår mig. Då slår jag tillbaka, och därför har jag aldrig blivit mobbad. Och på skolgården försvarade jag dem som blev mobbade."

"Men hur var det för dig när din mamma slog dig", undrar Eva-Lisa.

Det blir tyst en stund. Sedan säger Cecilia med tunn röst: "Vad skulle jag göra? Jag försökte tänka att jag inte var där. Och då var det som om själen lämnade kroppen och flög långt ovanför oss. Sedan när det var över, kom själen tillbaka. Men det var hemskt. Jag vill inte tänka på det."

Eva-Lisa stryker Cecilia över handen och de sitter så en stund. Sedan reser sig Cecilia och säger: "Nu måste jag gå. Ordnar du en kontaktfamilj åt mig då?"

"Jag ska försöka", svarar Eva-Lisa. "Men det kanske inte går så fort att få tag på någon som dessutom ska kunna ta emot pappan."

"Bra", säger Cecilia. "Att du snabbar dig på, alltså."

Så reser hon sig upp och går.

Kapitel 8. 1988. Eva-Lisa.

När Eva-Lisa kommit till jobbet försöker hon stänga av alla orossignaler utifrån. Palmemordet som hände för två år sedan och kärnkraftsolyckan i Tjernobyl samma år. Det radioaktiva nedfallet som slog ner som ett bälte i Roslagen och sedan spred sig uppåt mot Norrland. Eva-Lisa har hört att korna i Roslagen inte fick släppas ut på bete på grund av det radioaktiva nedfallet och en del kor fick slaktas på grund av matbrist. Men hon tycker att det som är svårast att acceptera är att en sådan olycka över huvud taget har kunnat ske fast många hade varnat för det. Och Palmemordet känns nästan ännu mer osannolikt. Ett nedfall av orosbubblor som inte kan spåras eller definieras men som klibbar sig fast.

Eva-Lisa sitter och försöker koncentrera sig på att skriva en utredning. Hon har ingen riktig hand med orden när de ska fästas på papper. De blir färglösa och platta, nästan döda, när hon ska försöka beskriva en familj och vilken hjälp de kan behöva. Hon suckar och svettas. Hon önskar att hon hade samma förmåga som hennes kollega Astrid som skriver som ett rinnande vatten.

Det är fullt på Eva-Lisas skrivbord. Högar av aktmappar, lösa papper och flerfärgade post-it-lappar. Någonstans där under ligger hennes kalender som hon gräver fram medan hon håller telefonluren med den andra handen. Den där kalendern lever ett gåtfullt liv. Hon bokar ofta in olika möten och hembesök preliminärt och det är meningen att hon ska markera när det blivit klart bestämt. Men ibland glömmer hon det, och när det börjar bli trångt i kalendern och svårt att hitta nya tider måste hon stryka några av de preliminära besöken. Men vilka? Det är inte roligt när det blir dubbelbokningar.

"Ja, vi har fått in ditt ärende men det går inte så där på direkten att få hjälp, det tar lite tid att hitta rätt familj", säger Eva-Lisa i telefonen.

En upprörd röst i andra änden: "Jag trodde ni hade kontaktfamiljer, har ni inte någon när man verkligen behöver det?".

"Det är inte så lätt", svarar Eva-Lisa. "Du skulle ju ha en som både kan vara med vid umgänge med pappan och som dessutom kan ta hand om flickan ibland".

"Just det", svarar rösten i luren otåligt.

"Vi ska besöka några nya familjer, du får ge dig till tåls ett par veckor", säger Eva-Lisa. "Jag ringer dig när jag vet mer."

"Snabba på bara. Jag förstår inte varför det ska ta så himla lång tid", säger rösten.

Sedan hör Eva-Lisa ett barn som skriker, ungen har visst ramlat eller gjort illa sig på något annat sätt. Mamman avslutar samtalet hastigt med ett "hej då". Eva-Lisa gräver bland sina papper igen och drar fram en lapp med ett telefonnummer på. Hon ska just ringa när Astrid kommer in.

"Du har verkligen en ängels tålamod", säger Astrid som hört lite av samtalet. "Den där mamman tror visst att det bara är att beställa en kontaktfamilj och så ska vi springa benen av oss för att fixa det."

"Ja, man blir lite provocerad", suckar Eva-Lisa, "men jag tänker på barnet. Om inte mamman orkar."

"Och pappan vågar hon ju inte lämna barnet till", säger Astrid. "Fast egentligen verkar det inte vara så mycket fel på pappan."

"Utom att han har misshandlat mamman", säger Eva-Lisa torrt.

"Fast det är det ingen som egentligen vet", säger Astrid. "Hon kan ha hittat på det för att vi ska jobba snabbare. Det finns ingen polisanmälan."

"Nej och inte finns han i våra register heller. Även om jag tycker namnet är bekant på något vis. Nils Marklund. Jag vet inte var jag har fått det ifrån. Och mamman är Cecilia Åkerman. Men det förstod du väl av samtalet."

"Ja, men nu får vi göra oss i ordning för det där hembesöket", säger Astrid stressat. "Vi borde hinna två hembesök i dag. Jag ringer till den andra familjen vi pratade om och hör om de kan ta emot oss lite senare i eftermiddag."

"Ska vi inte se till att få svar på polisens registerutdrag först", invänder Eva-Lisa. "Minns du inte när vi utredde en familj och var nästan klara, när det visade sig att mannen hade en rad rattfyllor, ganska nära i tiden, dessutom. Så det var bortkastat arbete."

"Ja, men sånt händer inte så ofta. Vi behöver hitta fler kontaktfamiljer. Så vi slipper sitta för länge i telefon och argumentera med alla ensamstående mammor som inte kan tåla sig."

"Ja, ja. Nu åker vi."

Nästan alltid händer det något när de ska åka iväg. Någon ringer om en sak som behöver åtgärdas med en gång, en summa pengar som inte kommit fram eller en handling som måste skickas samma dag. När Astrid går ifrån Eva-Lisa snubblar hon på en sladd. Det är Janina som är på väg in med dammsugaren till Eva-Lisas rum.

"Jag trott ni har redan åkt … förlåt …", stammar Janina på sin brutna svenska och drar undan dammsugaren.

"Tänk vad bra det hade varit om städningen skett på kvällarna som det var förut", muttrar Astrid surt och Janina ser ännu olyckligare ut.

"Inte ditt fel", säger Eva-Lisa tröstande till Janina och knölar ner ett anteckningsblock och lite blanketter i väskan.

Då hörs en illande signal. Brandlarmet!

"Åh nej", stönar Eva-Lisa. "Det är väl bara en brand-övning. Vi frågar Mihkkel om vi kan slippa. Vi behöver komma iväg."

Men alla har redan sprungit ut till gården. De har en särskild plats de ska samlas vid och det fungerar enligt plan. Mihkkel syns inte till, jo, där kommer han. Medarbetarna blir snabbt räknade och en stund senare upphör larmet.

"Alla ute, nu kan ni åka", säger Mihkkel till Astrid och Eva-Lisa. Då kommer Eva-Lisa ihåg att hon glömt en blankett och springer in igen. Hon möter Janina i dörren. Städerskan har oroliga ögon och hugger tag i Eva-Lisas arm.

"Det brinner … larmet gått … jag överst i huset."

"Nej, nej, det var bara en brandövning", säger Eva-Lisa tröstande.

Men så kommer hon på: Det var ingen som tänkt på Jaina. Ingen som sett till att hon var ute, ingen som räknat henne. Och Eva-Lisa känner svett bryta fram. Varför ska de alltid vara så stressade att de inte hinner tänka på det viktigaste? Om det verkligen hade brunnit…

Den tilltänkta kontaktfamiljen bor en bit utanför staden. Det är kvävande varmt fast det bara är i slutet av maj och bilen river upp stora dammoln när de färdas längs den slingrande grusvägen. Vid sidan om vägen brer leende hagar och åkrar ut sig. Några hästar strosar innanför ett staket. De kastar ibland med huvudena mot närgångna flugor, travar ett par steg och dyker sedan med mularna ner i det friska gräset igen. Solen strör sitt guld över hästarna, deras manar och blanka ryggar lyser. En stark doft av gräs och hästgödsel tränger in i bilen, bedövande, somrigt. Eva-Lisa tänker på att gräset kan vara förgiftat efter kärnreaktorolyckan för två år sedan. Kan hästar få cancer? Ja, det kan de förstås.

Eva-Lisa sneglar lite på Astrid. Tänker hon också på förgiftat gräs? Nej, Astrid har ett lugnt och glatt ansiktsuttryck. Astrid brukar rida ibland och säkert tänker hon på det nu när hon ser hästarna. Det ser ut som om hon gungar lite på bilens säte, som om hon i stället för att sitta i en bil sitter på hästryggen, och känner hästens rörelser fortplanta sig genom kroppen.

Vad ska vi fråga om, tänker Eva-Lisa. Hur mycket plats finns det i familjen, hur mycket tid, varför vill de ta emot någon annans barn? Är det för pengarna, även om det är en ganska blygsam ersättning? Egentligen skulle vi behöva umgås med familjen i flera dagar, se hur de bemöter sina egna barn, lyssna hur de pratar med varandra, se hur de löser konflikter. Men nu har vi bara två timmar på oss. Vi får lita till våra intryck och till vad familjen berättar om sig själva. Och höra med deras referenter.

Bilen svänger in på gårdsplanen. En lurvig hund kommer springande, och borta i ett hörn av trädgården kacklar några hönor i en hönsgård. Gräsmattan är prydligt klippt, huset verkar nymålat och blomrabatterna är ansade. En rundlagd kvinna i fyrtioårsåldern med burrigt hårsvall och blommig klänning kommer ut och ler inbjudande. I köket sitter maken, en kortvuxen och tunn man, kanske femtio år. Han har pullover och chinos, han passar inte riktigt in där. Eva-Lisa hade tänkt sig någon i overall, eller åtminstone jeans och flanellskjorta så här på landet. Som om han kunnat läsa deras tankar presenterar sig mannen.

"Hej, jag heter Kent, välkomna, ja det var ju frugan som ville det här, jag menar Lovisa, fast jag har inget emot det, det blir trevligt med en liten unge här. Våra egna ser fram emot det, de gillar småbarn. Egentligen hade vi tänkt oss ett barn som skulle kunna bo här för jämnan, familjehem kallar ni det visst." Kent har ett ansikte som är välrakat som en nyskållad kulting, sluttande axlar, glesa ögonbryn, en profil utan profil.

Hunden har kommit in och puffar på sin husse med nosen, men Kent reagerar inte. Han sitter och pillar på sina nagelband och vevar lite med en fot. Är han nervös? Det får man vara, det gör honom mänsklig. Han är visst något slags arbetsledare på ett exportföretag i stan. Eva-Lisa tänker att människor är olika, beroende på var man möter dem. Här verkar han inte ha någon särskild pondus, utan det är Lovisa som tar över ordet. Hon har en hes fågelröst, den är påträngande, och det är tydligt att det är hon som bestämmer här hemma.

"Vi fick bara två barn, jag hade önskat mig fler. De kommer förresten strax från skolan så ni kan väl titta er omkring lite här först."

De går runt i huset och Eva-Lisa låter blicken ramla omkring. Hemmet är minutiöst städat och alla saker undanplockade, även i barnens rum. Deras hyllor dignar av leksaker. Vardagsrummet har kristallkrona, imponerande soffor, ett välputsat glasbord och ett vitrinskåp fyllt av fina viner, whiskey och punsch.

Kaffe och bullar dukas fram. Eva-Lisa sitter sedan och betraktar makarna medan hon lyssnar på dem. Lovisa klipper ofta av Kents meningar, fyller i dem med egna ord, många ord. Kent vänder sig bort, tittar ut genom fönstret, verkar obekväm.

Det smäller i dörren, två barn kommer in och hänger upp sina ryggsäckar i hallen. "Snart sommarlov", pustar pojken som verkar vara i tioårsåldern. Sedan hejdar han sig när han upptäcker socialsekreterarna.

"Hej", säger han försiktigt.

"Hälsa ordentligt", säger Lovisa och pojken sträcker fram en svettig hand.

Eva-Lisa får stora ögon fast hon försöker att inte visa det. Pojken är enorm. Bulliga kinder, hängbröst och mage, ben som tjocka limpor under shortsen. Han tittar hungrigt på bullfatet som Lovisa har dukat fram.

"Bara två", säger Lovisa snabbt och pojken nappar åt sig. "Får jag gå in i mitt rum", säger han sedan.

"Det vore roligt att få prata lite med dig först", säger Astrid. "Vad skulle du tycka om det kommer en liten flicka och är här hos er ibland?"

Han himlar med ögonen

"Bara hon inte är som syrran", säger han. "Och mina leksaker låter hon bli."

"Det var inte snällt sagt Linus", säger Lovisa strängt. "Vi kommer att skaffa saker som passar för en liten unge. Vart tog förresten Elin vägen", undrar hon och vänder sig om.

Flickan har slunkit undan, men Lovisa reser sig och hämtar henne. Elin är en kopia av sin far. Liten, mörk, råttlik. Hon tittar ner och säger ett viskande "hej."

Eva-Lisa funderar och funderar medan de pratar. Vad är det här för familj? Vilken plats kommer tvååriga Jessica att ha här? Kommer mamman Cecilia att känna sig välkommen? Är inte hemmet väldigt likt det som Cecilia har berättat att hon själv växte upp i? Och som hon inte alls kände sig hemma i. Fast de här föräldrarna slår väl inte sina barn, kan man hoppas. Och det behöver man prata om, hur de gör när barnen inte lyder. Nu tar Lovisa ett hårt grepp om Linus hand som vill ta en tredje bulle.

"Bara två sa jag."

Eva-Lisa känner ett tryck ovanför ögonen. Efter två timmars prat måste de tillbaka till kontoret för att förbereda nästa hembesök. De behöver komma hit igen. Men hon har ingen lust att komma hit igen. Hon vet inte vad det är, men något är det som inte stämmer. En obestämd oro och olustkänsla som surrar, ett litet illamående. Och det är inte mens på gång.

På tillbakaresan blir Eva-Lisa och Astrid nästan osams.

"Cecilia kommer att reagera på kristallkronan", säger Eva-Lisa.

"Men nu får du ge dig, de ska väl inte sköta barnet med kristallkronan", svarar Astrid otåligt.

"Jag bara menar … det måste finnas en samstämmighet, en förståelse", säger Eva-Lisa tveksamt. "Cecilia har berättat hur illa hon tycker om familjer som låtsas vara fina fast de inte är det. Som hennes egen barndomsfamilj. Och hon har tagit upp det där med kristallkronor. Att hennes mamma bara ville umgås med familjer som hade kristallkronor. Astrid, det känns som att det kommer att finnas ett sånt här stort avstånd mellan Cecilias och kontaktfamiljens världar." Och hon håller ut armarna som en storfiskare som beskriver sin fångst. Hon sneglar på Astrid som rattar bilen snabbt och vant, och lyckas väja för ett mötande fordon på den smala vägen utan att köra i diket. Hon vet vad Astrid tänker. Astrid håller redan på att skissa på ordalydelsen i en utredning av kontaktfamiljen och hon kommer att pränta ner den snabbt redan nästa dag.

"De ville ju egentligen vara familjehem", fortsätter Eva-Lisa. "I så fall borde vi göra en familjehemsutredning i stället. En mer omfattande utredning."

"Ja men just nu är det kontaktfamiljer vi behöver", säger Astrid. "Och var det inte väldigt bråttom med den där lilla Jessica?"

"Det är bara det att … jag får så många frågor i huvudet. Min magkänsla …"

"Du med din magkänsla. Du hittar så mycket invändningar jämt. Jag tycker det mest handlar om att du inte vågar. Du är så rädd för att göra fel."

"Ja, det är väl bra att jag är rädd för det! Om det blir fel är det illa", säger Eva-Lisa häftigt. "Vi har ju ett ansvar för de där barnen. Speciellt de minsta som inte kan berätta själva. Jag undrar till exempel om den där pojken. Varför är han så fet? Föräldrarna är ju inte tjocka. Är han sjuk eller äter han som kompensation för någon oro eller ångest? Det kan vara så att hela familjen är sjuk och sonen är symptombärare."

Astrid suckar. "Nu skenar du iväg igen. Vi får fråga dem, svårare än så är det inte."

Eva-Lisa ger sig inte. "Ja, fråga måste man göra, men sedan också fundera, reflektera. Det är inte bara frågor och svar", säger Eva-Lisa. Och hon fortsätter: "Jag undrar också när och hur mycket de dricker av all den där alkoholen. Som vi såg i vitrinskåpet."

"Barnen?"

"Fåna dig inte! Föräldrarna förstås."

"Ja, men vi ska fråga dem om det också. Förmodligen är det middagar med bekanta."

"Ganska meningslösa svar brukar det bli när man frågar om alkohol. 'Dricker som de flesta andra. Inte mycket. Inga alkoholproblem'."

Nu skrattar Astrid som är på gott humör igen.

"Jag tänker på den där alkisen som jag frågade en gång hur ofta han drack. Och som svarade, 'jag dricker bara vid festliga tillfällen', och då frågade jag hur ofta det var festliga tillfällen. Och han svarade ärligt, 'varje gång jag får alkohol'."

De svänger in på socialkontorets parkering. Ett hembesök kvar att göra innan kvällen.

Kap 9. 1988. Jessica

Jessica sitter på en matta som ser ut som en stad med gator och hus. På golvet finns klossar som hon bygger och raserar. Det finns en docka med hår av garn och hon lyfter dockan i håret och slänger ner den i en vagga. Runt omkring Jessica är det barn, stora och små.

En pojke lyfter upp hennes docka och ska bädda fint i vaggan, men Jessica rycker åt sig dockan och knuffar pojken. En tant kommer, Jessica ser hennes tofflor som har rosetter med skinnsnören, och ovanför dem syns ben med rutiga strumpor. Tantens armar och händer är starka och hon sträcker ner dem till Jessica och pojken, föser isär dem, pratar med lugn röst.

Plötsligt är både dockan och vaggan borta och Jessica sitter med en groda som kan pipa när man trycker på den och pojken har en bil i handen. Jessica vill inte lyfta blicken till tantens ansikte. Dagmamma, som mamma säger.

Så många vuxna man ska träffa när man bara vill vara hos mamma. Och så olika de är. De luktar olika och deras röster är också olika. Man vet inte vad de ska säga och göra nästa stund. Man måste vara på sin vakt.

Nu är Jessica hos sin kontaktfamilj. Hon vet inte vad en kontaktfamilj är, bara att hon inte är där så ofta, inte som hos dagmamman. Och hon sover över där. Ibland dyker pappa upp helt plötsligt. Jessica blir rädd för hon känner knappt igen honom, de ses så sällan. Men han är rolig, han gör en massa grimaser så att hon skrattar.

Tanten och farbrorn lagar mat som smakar konstigt, hon vill inte äta. Hon får inte vara i pojkens rum, men ibland smiter hon in och drar med handen på hyllan så att det regnar saker. Pojken knuffar henne så hon ramlar, då kommer tanten och lyfter bort henne och nu springer hon ut till hönsen.

Hon plockar gräs till de bruna och vita hönorna, och de nappar åt sig när hon kastar in det.

Så sitter hon och tittar på hönsen och försöker stänga igen öronen, för där borta i huset hör hon höga röster, de låter arga, mörka och ljusa skrik är det.

Den stora flickan kommer ut och hon börjar kasta pinnar på hönorna. Jessica skrattar och kastar hon också, men missar. Hönorna springer kacklande i en sky av vita vingslag, oj vad roligt!

På kvällen är det tyst i huset, inga höga röster, men mitt i natten vaknar Jessica av att något faller i golvet och krossas och nu är det någon som skriker igen.

Jessica ligger i samma rum som den stora flickan, och när hon tittar upp ser hon att flickan också är vaken. Sköldpaddan med nattlampan lyser med ett svagt sken, och flickans ögon stirrar rakt ut. Jessica tittar en stund på flickan, sedan faller hennes ögon igen.

Nu är Jessica hemma hos mamma. Varför kan hon inte alltid få vara hos mamma? Det är kväll och Jessica ligger uttröttad i sin säng. Mamma sitter och sjunger en sång för henne, och Jessica betraktar hennes ansikte och stryker med handen över hennes hår. Hon lindar en hårlock runt sin handled, håller fast. Mamma tar loss handen, stoppar ner den under täcket och reser sig för att gå, Jessica gråter lite och sparkar av sig täcket.

Mamma kommer tillbaka och stoppar om henne. Nu är mamma lite arg, "sov nu", säger hon med hårdare röst. Jessica blir väldigt vaken. Hon skriker "inte sova." Men mamma går, Jessica hör hur golvet gnekar av bortåtstegen. Sedan hör hon att någon kommer och pratar med mamma i köket, de skrattar, hon vill veta vem det är för hon känner inte igen rösten.

Så många vuxna det finns som mamma känner. Jessica sparkar lite med benen för att hålla sig vaken, men sedan faller hon ihop och somnar.

Kapitel 10. 1988. Eva-Lisa.

Det mullrar ute i världen. I muren mellan Öst- och Väst-tyskland har det uppstått sprickor, som dag för dag blir allt större. I hela östblocket knakar och sjuder det och snart kommer förändringsvinden att svepa med sig det gamla samhället i öst och bilda något nytt.

På det norrländska socialkontoret suckar man över helt andra saker, även om levnadsstandard och levnadsvillkor också här har ett finger med i spelet. Det handlar om vilka som har det bra och vilka som har det sämre. Allt nedkokat till individen och dess ansvar.

Socialsekreterarna har samlats för ett dagligt möte hos sin chef Mihkkel som förväntas dyka upp när som helst. Han är ofta iväg på möten med de andra cheferna, och Eva-Lisa undrar vad det är för vits med de där mötena. Deras egen arbetssituation verkar inte påverkas så mycket av dem.

Eva-Lisa säger inte så mycket, men lyssnar på de andra och studerar dem när de pratar.

"Alltså, vad är det för fel på folk", suckar Astrid när hon plockar bland sina mappar. "Man tänker att man ska kunna dela upp befolkningen i ordentliga och trassliga, men plötsligt letar sig trasslet in bland de ordentliga, och så har vi inga som kan vara kontaktfamiljer eller familjehem."

"Det är inte så lätt att vara människa", säger Ale och suckar djupt. "Alla har vi våra kriser och ibland strular det till sig ordentligt."

Kanske särskilt för dig, säger inte Astrid, men Eva-Lisa förstår att hon tänker på de där dagarna när Ale kom hålögd och knappt levande till kontoret efter att hans flickvän hade gjort slut. Då var det Astrid som redde upp hans ärenden, där han hade glömt en massa viktiga saker som han skulle göra. Det var snällt av Astrid, tänker Eva-Lisa. Men på något sätt kan inte Astrid låta bli att påminna om det lite då och då.

"Värst är när man känner att ens arbete är bortkastat", fortsätter Astrid och dänger en mapp i bordet. "Nu måste vi hitta en ny kontaktfamilj till Jessica."

"Varför då", undrar Ale och kliar sig i sin stubbhåriga skalle.

"Det kom in en anmälan från skolan, där sonen i kontaktfamiljen hade berättat om bråk hemma. Antydningsvis alkoholmissbruk också. Vi kan inte lita på att det bara är en tillfällig kris utan måste avsluta uppdraget."

"Jaså … men då behöver kanske den familjen också hjälp", säger Ale och Eva-Lisa nickar.

Astrid rycker på axlarna. Eva-Lisa förstår inte vad det betyder. Kanske är det bara ett uttryck för Astrids irritation.

"Det finns ju barn i familjen", säger Ale sakta. "Då måste vi väl?" Eva-Lisa nickar igen men säger inget.

Telefonen ringer inne hos Eva-Lisa. Hon håller luren en bit från örat eftersom det sprutar drakeld från den.

"Ni är ju fan inkompetenta", skriker Cecilia i andra änden. "Godkänner en familj som super!"

"Det visste vi inte då", svarar Eva-Lisa och tänker på sin magkänsla. "Allt verkade bra när vi utredde."

"Jaha, men nu står jag utan avlastning. Och Jessica har ingen hon kan träffa sin pappa hos."

"Vi får försöka ordna en ny familj", säger Eva-Lisa
så lugnt hon kan, medan hon känner en tyngd inombords.

"Tur för er att ni inte behöver det", svarar Cecilia. "För jag
har träffat en man och ska flytta härifrån."

"Ja men grattis, det var väl roligt. Vad är det för en kille
då, har han barn själv?"

"Han är bra ... han har inga barn ... han är snygg, du
skulle bara se ... " Och Cecilia blir mjuk på rösten.

Eva-Lisa känner en stunds lättnad, nu ska hon slippa den
här besvärliga familjen, men i nästa stund kommer oron,
hur ska det gå? Vad är det för en kille? Äsch, vad har hon
med det att göra. Folk får väl ordna sina liv som de vill.

Eva-Lisa stöter ihop med Astrid när hon lämnar sitt rum
för att gå på toaletten. Astrid muttrar för sig själv.

"Ordentliga och trassliga, ordentliga och trassliga ..."

"Vad är det du säger", undrar Eva-Lisa.

Men Astrid tittar bara ilsket på henne och går sin väg.

Eva-Lisa undrar om hon själv tillhör de ordentliga. Hon
som har en dotter som ... ja, som antagligen har en diagnos.
Fast de inte fått det fastställt. Men som beter sig illa i skolan,
som knappt vill gå dit ibland. Och fröken ringer hem. Tänk
om de kommer att skicka en orosanmälan till socialkonto-
ret?

Eva-Lisa och Astrid tar sällskap hemåt. Det regnar, så Ast-
rid erbjuder Eva-Lisa att åka med i hennes bil i stället för att
cykla.

"Så snällt. Och så frestande", säger Eva-Lisa, medan
regnet tar i lite extra för att understryka behovet. "Jag får ta
bussen till jobbet i morgon."

"Ja, det ska visst regna då med", säger Astrid. "Jag kommer själv att ta bussen, för Lars har sagt att han behöver bilen då."

Astrids ansiktsdrag är spända och hon säger med irriterad röst: "Det är alltid Lars´ behov som går först. I dag fick jag gärna ta bilen eftersom jag skulle hämta Marcus från hockeyn. Det är alltid jag som hämtar. Förlåt om jag låter sur! Det är också för att det är en massa ärenden som trasslar till sig på jobbet, det blir bara för mycket. Det värsta jag vet är när man inte kan avsluta ett jobb, utan det tillstöter nya saker hela tiden. Jag vill kunna gå med mappen till Mihkkel och säga: Var så god! Ärendet avslutat."

"Visst, det är en skön känsla", säger Eva-Lisa, medan hon fortsätter tänka på det som Astrid sa om Lars. Och nu tycker Eva-Lisa det är bra att hon är ensam, att hon inte behöver irritera sig på en man som mest tänker på sig själv. Nästan som ett extra barn. Så som hon själv hade det tidigare.

"En mapp är inte en människa, men den är ändå något konkret. Något som visar att man tagit ett steg framåt. Man får en känsla av att ha uträttat något", säger Astrid.

"Ja, men ibland får man för sig att det är de där mapparna som är viktigast av allt, viktigare än människorna", säger Eva-Lisa och hoppas att Astrid inte ska uppfatta det som kritik. "Tack för skjutsen", säger hon när hon stiger ur bilen utanför porten.

På vägen in tänker hon på det som Astrid sagt tidigare. Att det är svårt att hitta tider för mer långväga hembesök, eftersom hennes Lars ofta är borta på tjänsteresor eller konferens, och sonen Marcus ju inte kan vara ensam hemma. Men vårt jobb är väl lika viktigt som hans, tänker Eva-Lisa ilsket. Det tycker nog Astrid också, men verkar ha svårt att få sin man att förstå det.

Precis innan Eva-Lisa öppnar dörren, kommer hon att tänka på Cecilia och hennes dotter Jessica igen. De har klibbat sig fast vid henne. Hon vill veta hur det ska gå för dem i fortsättningen. Hoppas hon har träffat en bra man! En som kan hjälpa henne med dottern.

Kapitel 11. 1990. Cecilia.

Det är en strålande sommardag och Cecilia känner frid i sitt inre. De har flyttat söderut, lagom långt från mamma. Huset de har hyrt var ganska dragigt i vintras, men så här på sommaren är det ljuvligt. Det ligger vackert, i en glänta omgiven av höga granar med gråa underkjolar. Visserligen är det ganska långt till affärer och samhällsservice och när Björn har bilen brukar Cecilia cykla in till samhället på den gropiga byvägen, ibland med Jessica på pakethållaren och lilla Julia i en korg framme vid styret.

Hon betraktar sina kraftiga benmuskler som framträder nedanför shortsen och känner sig glad över sin kropp. En kropp som åtrås av Björn, en kropp som hon njuter av och som har gett henne två små barn. Kanske ligger det ytterligare ett litet knyte och väntar där i livmoderns mörka kammare? Hon blir lite rädd när hon tänker på det. För livet är inte enkelt nu heller, det är det inte. Ångesten ligger och ruvar och rätt som det är skickar den ut sina tentakler.

Men hon tänker med ett leende på när hon och Björn gifte sig nyligen, på försommaren. När de definitivt hade bestämt sig för varandra. Cecilia hade mormors bröllopsklänning och Björn hade lånat en kostym av sin bästa kompis. Han var så fin med sitt tjocka, mörka, pälsliknande hår, sitt solbrända ansikte och sin vita skjorta. Fruktträden hade just blommat, och en hastig vindil gjorde att det regnade vita blomblad över dem, lekfullt svävande, innan de lade sig till ro i hennes hår, på Björns kavaj och på marken. I stället för risgryn! Cecilia borstade bort dem med handen, samtidigt som hon tryckte bort en liten tanke som försökte tränga sig in, *det är för bra, jag är inte värd det här.*

Mamma och systrarna kom resande till dem, och även Liselotte och fler vänner. Cecilia hade lagat mat i flera dagar och mamma hade med sig tårtor. Det blev kanske lite mycket alkohol under kvällen, men Cecilia tänkte att man ändå bara gifter sig en gång, förhoppningsvis. Hon kände mammas kritiska blick, men bet ihop käkarna och tittade bort. Det här är bra. Och det kommer att vara bra.

Nu cyklar Cecilia hemåt. Solen skiner som en het bleckplåt över nacken och himlen är blank och hög. Hon har med sig mat i väskor över cykelstyret och i ryggsäcken. Bara det nödvändigaste, för pengar är en bristvara. Hon måste besöka socialkontoret för att få en slant, det är så förnedrande att hon har svårt att somna kvällen innan. Och det är alltid hon som får ta det där jobbiga besöket på socialkontoret, Björn vägrar. Cecilias irritation har slagit sig ner som en liten tistel i magen och ligger och skaver där.

Det är oroliga tider i Sverige, arbetslösheten brer ut sig. Björn blev uppsagd från sitt jobb på brädgården när de måste skära ner på personal. Eftersom Björn är snickare har Cecilia sett fram emot alla reparationer han skulle kunna göra, och som verkligen behövs. Verandans räcke håller på att säcka ihop. Trappan är sned och minst ett fönster behöver bytas. De har fått hyra billigt, just för att de lovat att reparera. Cecilia är själv skicklig med hammare och såg, men hon har också barnen att ta hand om. Nu när inte Björn har något jobb borde det finnas tid till reparationer. Det borde finnas tid till att söka annat jobb också, men Björn verkar inte intresserad av det. Han sitter där på altanen med en öl och pratar med en kompis. Någon gång kan han klippa lite gräs och när han har gjort det tycker han att han har utfört veckans arbete. Han verkar helt tillfreds med det här livet och Cecilia känner irritationen stiga. Ilskan bunkras upp inom henne och hon känner att hon när som helst kommer att explodera.

Barnen kinkar när hon försöker plocka upp maten och lägga in i kylskåpet. Jessica leker med äpplena och kastar dem tvärs över golvet. Ett hamnar i huvudet på Julia, som precis rest sig och står på svajande ben och försöker ta ett steg framåt. Nu dråsar hon omkull i stället och börjar gråta. Cecilia tar henne i famnen och håller om henne med ena armen, medan hon fortsätter packa upp maten med den andra.

"Gå ut till Björn", säger Cecilia till Jessica. Hon kallar inte honom "pappa" när hon pratar med Jessica. Jessica ska veta vem som är hennes pappa och vem som inte är det.

"Bjön pjata me fabbo", säger Jessica truligt. "Vill inte."

"Kom nu, jag följer med", säger Cecilia, sätter ner Julia och tar Jessica i handen. De går genom köket och ut i farstun. Då hör Cecilia hur Björn och hans kompis pratar med varandra där utanför på altanen. Hon urskiljer Björns röst som låter grynig och självbelåten: "Ja inte har jag tänkt satsa på fru och barn", säger han.

Jaså inte det, tänker Cecilia och nu känner hon hur adrenalinet stiger och hur det hettar i ansiktet. Ilskan far upp som en kanonkula ur magen. *Han vill inte satsa, han vill bara bli omskött som ett barn. Jag har redan två barn, jag behöver inte en jättebaby.* Ett vulkanutbrott inom henne, det flimrar för ögonen och halsen täpps till.

Hon släpper Jessicas hand och rusar ut på altanen.

"Jag hörde vad du sa, nu har du vilat färdigt här, ge dig iväg, jag vill inte se dig mer, försvinn bara!"

Darrande av vrede och med en hjärna som känns som porslin, greppar Cecilia blomlådorna och hivar iväg dem, de landar med ett brak nedanför altanen.

Männen reser sig hastigt och kompisen drar sig långsamt undan medan han skickar försiktiga ögonkast över axeln. Björn står kvar med en tickande halsåder. Han tittar förskräckt på Cecilia som närmar sig med förvridet ansikte.

"Hörde du inte ... ut med dig", skriker hon och vild av ilska springer hon tillbaka in i köket, öppnar fönstret och nu singlar köksmöblerna ut.

Björn står orörlig, lika vit i ansiktet som den vita T-shirten han har på sig. Men nu skjuter en rodnad upp i ansiktet. Han backar lite, sedan vänder han sig om, drar upp bilnycklarna ur fickan och minuten efter har han satt sig i bilen och kört iväg i ett moln av damm.

Cecilia sjunker ihop och gråter av ilska och besvikelse. Tanken dyker upp, brännande, *jag är inte värd att ha det bra.* Jessica kommer fram och försiktigt, försiktigt torkar hon sin mammas tårar. Julia står vid diskbänken och låter blicken svepa över rummet som nu saknar stolar. Sedan sätter hon sig ner på golvet och sticker in tummen i munnen.

Kvällen lägger sig mörkblå över huset och tomten. Cecilia sitter på altanen med ett barn på varje knä och tittar rakt fram med oseende blick. Hon ser inte spillrorna av blomlådorna och de utstjälpta växterna. Inte förrän myggen

samlas i helikopterformation och går till attack, rör hon på
sig.

Så snabbt kan tryggheten och glädjen försvinna, tänker
Cecilia. *Som en skimrande såpbubbla som spricker. Poff! Nu är
det kaos igen.*

Kapitel 12. 1990. Cecilia.

Cecilia stirrar på stickan vars röda kors lyser som en stoppsignal. Så är det. Det hon har anat stämmer. Hon är gravid. Hon kastar stickan ifrån sig, men lyfter den sedan snabbt igen och trycker den mot bröstet.

Hon är inte född på 1800-talet. Hon behöver inte dränka sig på grund av att hon är en ensamstående mamma. Hon blir inte drabbad av släktens och samhällets skam och hennes barn behöver inte noteras med "fader okänd" i kyrkoboken. Men hur ska hon orka? Hon orkar knappt med sina två flickor. Nils vågar hon inte lämna Jessica till och Björn ställer sällan upp för Julia, hon får tjata och tjata. Och så har hon ångesten. När den griper tag i henne med sina klor blir hon som förlamad. Hon har tabletterna, men dem blir hon också trött av.

Nu betraktar hon stickan och blir varm och lycklig. En dunig barnhjässa att trycka läpparna mot. Att lägga handen i håret på ett litet barn, det är som att gå på en äng med nyss uppstuckna små mjuka grässtrån. Kanske en pojke den här gången? Inte för att det spelar någon roll, men de har ju bara flickor i hennes familj och själv har hon två döttrar. Hon tänker på det lilla embryot som finns i hennes mage, hur det växer för varje dag, hur fingrar och tår och hjärna utvecklas. Men hon kan ta bort det, sätta stopp.

Borde hon inte tänka mer på att ta hand om de barn hon redan har? Hon kan inte bestämma sig. Hur ska hon kunna bestämma sig? Sådant här går inte att bestämma. Man får låta slumpen avgöra, krona eller klave. Krona abort, klave behålla. Hon kastar slanten, det blir krona. Och hon måste kasta igen, det blir klave. Hon måste kasta en gång till, krona. Två gånger av tre ger övervikt till krona. Nej!

Telefonen ringer. Det är mamma.

"Mamma, jag är gravid", kastar Cecilia ur sig. En sådan här sak bör man berätta för sin mamma. Inte för att mamma är den typ av mamma som man kan gråta ut tillsammans med, en mamma som ger goda råd och som man kan söka stöd hos. Nej, sådan är inte hennes mamma. Därför är det lika bra att få hennes reaktion överstökad en gång för alla. Cecilia har ändå ett litet hopp om att få stöd.

Hon hör hur mamma först drar ett djupt andetag, det låter som en suck, sedan går det några sekunder, kanske en minut, och så säger hon:

"Jaha, det var ju oturligt. Det kommer aldrig att gå."

Mammas replik känns som en kallsup. Cecilia blir ett lejon och svarar ilsket: "Vad menar du med det, jag kan mer än vad du tror!"

"Ibland tycker jag att du kan mindre än jag tror. Men vad du verkligen kan, det är att trassla till det för dig."

"Är det vad du har att säga, har du inga råd att ge mig?"

"Jo – gör abort! Tänk på dina döttrar."

Vad hade Cecilia väntat sig? Ska hon göra abort för att mamma tycker det? Nej. Ska hon göra abort trots att mamma vill det? Kanske. Hon har gått fram och tillbaka med frågan, har vridit och vänt på den så många gånger att den blivit slät och obrukbar, som en sten som man håller i handen men inte vet vad man ska göra av. Ska hon fråga Björn? Men det är inte han som ska bära och föda barnet. Kommer han att vilja ta hand om det? Med tanke på den minimala hjälp hon har av honom när det gäller hans dotter Julia, verkar det inte sannolikt.

Dags att hämta flickorna från dagmamman. Tack och lov att hon har barnomsorg! Hon har fått förtur av socialen, eftersom hon är så sjuk och svag. Hon har drabbats av alla möjliga krämpor. Hon har blödningar, det kanske blir missfall? I så fall behöver hon inte bestämma något, då be-stämmer naturen åt henne. Hon har värk i ryggen och axlarna som gör att hon har svårt att sova, och så är det den där välbekanta och ovälkomna ångesten som kommer

tassande, när hon som mest behöver vara pigg för att ta hand om flickorna. Hon cyklar iväg till dagmamman och där ser hon Jessica och Julia som sitter i sandlådan, koncentrerade på att göra en sandtårta garnerad med små löv och pinnar. Så fint! Det sena eftermiddagsljuset faller över deras ljusa kalufser och Cecilias bröst är på gränsen att sprängas av kärlek.

Kapitel 13. 1990. Cecilia.

Månaderna går och det blir höst och vinter. Cecilias mage växer. Nästan varje dag har hon funderat på abort, ända tills det blivit för sent.

Julen närmar sig. Cecilia vet när hennes barn ska födas, för hon ska sättas igång. Flickorna ska få sova över hos dagmamman, och Cecilia lämnar dem där. När hon kommer hem ser hon sig omkring i hemmet. Här behöver städas och pyntas inför julen. Ut med mattor, fram med dammsugare, hon far runt som en klotblixt över rummen, svettig och vaggande med sin stora mage, och hon torkar av alla hyllor. Mammans ord ringer i öronen, tänk om hälsovårdsnämnden kommer. Till slut släpar Cecilia in julgranen och sätter upp julprydnaderna. Så där! Färdigt. Och färdig, eller helt slut, är just vad hon själv känner sig som. Hon ringer till Björn.

"Skjutsar du mig till BB? Det är dags nu."

"Jaså … nej, jag ska bort, har lovat brorsan, du får väl ta en taxi."

"Så du hade inte velat vara med då, kanske se ditt barn födas?"

"Nej sånt tycker jag är läskigt, ingenting för en karl och vi är ju inte ens ihop längre, du har ju inte velat veta av mig. Så tyvärr."

Inte argumentera. Inte påminna om att de pratat om att försöka igen, fast förstås när han har skaffat sig jobb, vilket han inte har gjort. Inte vädja till hans bättre jag. Inte orka bli arg och besviken.

Hon ringer till sin lillasyster Mikaela, arton år, som bor i närheten.

"Snälla ... det skulle vara så skönt att ha någon med mig ..."

Och Mikaela kommer.

Framme vid sjukhuset känner Cecilia att hon är helt utmattad. Det var väl inte så listigt att använda de sista krafterna till städning, nu när jag snart ska föda, tänker hon. För sent att ångra sig nu, hon sträcker ut sig på britsen och somnar. Mikaela tar plats i en fåtölj intill. Barnmorskan väcker Cecilia, tar puls och blodtryck, och lyssnar på barnets hjärtslag. Cecilia somnar igen. Barnmorskan skakar på huvudet.

"Vi får vänta tills i morgon bitti med att sätta igång förlossningen", säger hon.

Cecilia vaknar flera gånger under natten. Hon betraktar Mikaela, som ser ut att sova obekvämt där i fåtöljen. Ibland vaknar Mikaela till och hennes ögon möter Cecilias. Utan att säga något låter sedan båda sina blickar vila på Cecilias mage, som välver sig högt under den tunna filten. Filten har glidit av lite grand så att det ibland kan gå att se rörelser innanför huden, en skälvning, en spark, någon som knackar på där inifrån. Cecilias långa hår har runnit ut längs med axlarna, det drar i hårrötterna när hon försöker vända på sig. Glasögonen ligger vid sidan om sängen, Cecilia aktar sig för att svepa ner dem när hon trevar efter larmknappen. Hon tänker inte larma, allt är bra, men hon vill gardera sig. Ingen personal syns till. Cecilia somnar igen.

Morgonsolens sneda strålar börjar titta in mellan persiennerna, och rätt som det är slås dörren upp och en barnmorska kommer in med en skramlande vagn. Hon knuffar varsamt på Cecilia som öppnar ögonen lite förvirrat, tar sig om magen och tittar först på barnmorskan, sedan på Mikaela. Det är dags.

Mikaela håller Cecilias hand när värkarna rullar genom kroppen som havsvågor, som brottsjöar. Rätt som det är slår en flammande pelare av smärta upp. Cecilia hade velat skona Mikaela från detta. Hon vet att det är värre att titta på än att vara den som befinner sig inne i smärtan. Cecilia ser hur Mikaela vrider sig på stolen och tittar bort, som om hon med detta skulle slippa lyssna på stönandena och skriken.

Cecilia välter sig över på sidan, Mikaela masserar hennes rygg. Det borde ha varit Björn som satt där i stället, Björn som masserat och som förväntansfullt skulle se sitt barn födas. Men det är ändå skönt att ha Mikaela som sitter hos henne nu.

Timmar passerar, barnmorskan går ut och hon kommer in, ibland kommer och går en läkare, det är bara Mikaela som måste vara kvar hela tiden. Cecilia fäster sin blick på Mikaela, och hon ser sin egen smärta speglas i systerns ögon, ögon vars pupiller vidgar sig vid varje värk. Mikaelas hand som håller hennes, Cecilias naglar som gräver sig in i Mikaelas hand.

Så händer det något, en flod med vatten, det stänker ända till Mikaela, Cecilia ser att Mikaela torkar sig över kinden med ärmen. Cecilias ben lyfts upp i hållarna på sidan av britsen.

"Krysta, krysta", säger barnmorskan "Lite till, lite till." Och visst är det så att barnmorskan har fått röda fläckar på kinderna, hon är upphetsad av stunden, trots att hon säkert har varit med om det här många, många gånger.

"Vill du ha en spegel", frågar barnmorskan och Cecilia nickar, "öh, ja", kvider hon. Hon får se skötet vidga sig som en jättemun. En mun som inte ska äta utan i stället spotta ur sig något. Mikaelas ögon spärras också upp, så kniper hon igen dem.

Barnmorskan håller händerna som en liten skål eller kanske en fiskhåv, snart ska hon ta emot en fångst.

"Nu ser jag huvudet, ser du också, Cecilia?"

Och där kommer barnet glidande, som en hal fisk, åh! Cecilia känner något stocka sig i halsen och hon hör Mikaela flämta till.

Cecilia får upp barnet på sin mage. Hon betraktar nacken och ryggen och de grodliknande lemmarna, men hon ser inte ansiktet. Nu ... nästan?

Något är fel, tungan är ute. Är han utvecklingsstörd?
En kall fruktan fyller Cecilia. Man älskar även ett utvecklingsstört barn, men ... Nu ser hon att det är en pojke. En pojke! Glädje.

Men barnmorskan står alldeles stilla och ser konstig ut. En sköterska kommer in.

"Hämta kuratorn", säger barnmorskan nervöst och sköterskan försvinner.

Ingen säger något till Cecilia, men Mikaela lutar sig fram – och utbrister: "Han är ju harmynt!"

Nu ser också Cecilia. Pojken har läpp – käk - och gomspalt, en allvarlig missbildning. Hon håller honom intill sig och deras hjärtan slår i samma takt. Hon betraktar hans nästan genomskinliga ögonlock, och känner hur hon fylls av kärlek till den lilla pojken.

"Joakim", viskar hon.

Kuratorn är en gråhårig kvinna som verkar ha fortsatt att förvärvsarbeta långt efter pensioneringen. Hon sätter sig med visst besvär bredvid sängen. Cecilia säger till kuratorn: "De tänkte väl att du skulle berätta vad det är för fel på pojken, när de inte vågade göra det själva. Men min syster har redan berättat för mig, så du kan gå din väg."

Kuratorn nickar lite överraskat och reser sig upp.

"Åh, men då kanske vi får prata mer med varandra längre fram", säger hon. "För pojken kommer att behöva en del hjälp för sitt handikapp."

Cecilia vänder ryggen mot kuratorn och betraktar i stället sin syster, som har sjunkit ihop på stolen bredvid.

"Tack, Mikaela", säger hon.

"Ja nu måste jag i alla fall ha en smörgås, en kopp kaffe och en cigarett. Och sedan åka till jobbet", säger Mikaela, reser sig och vacklar iväg. När hon öppnar dörren till korridoren hör Cecilia julmusik från en radio.

Cecilia tar på sig glasögonen och putsar dem med sjukhusskjortans ärm. Om några dagar ska hon åka hem till Jessica och Julia. Hon längtar redan efter dem.

Kapitel 14. 1990. Eva-Lisa.

Ale har slagit sig ner i Eva-Lisas rum. De båda kommer bra överens och brukar pusta ut hos varandra ibland.

"Det bästa med Norrland är snön, det är sådana här dagar man borde klämma ett par mil i spåret", säger Ale och både han och Eva-Lisa tittar ut genom fönstret där snöflingorna dalar och lägger sig mjukt på husen intill. Vinterdimman är flanellgrå men solen gör sitt bästa för att tränga fram.

"Jag förstår att du tycker det, du som är sportfåne", säger Eva-Lisa. Hon vet att Ale gillar att åka skidor och han har visst tävlat en del i längdskidåkning också. Hon betraktar Ale och gillar vad hon ser: En uppnäst och kaxig kille med vänliga blå ögon och stubbat hår. Armar och axlar är seniga och starka, och säkert även låren och vaderna, fast det inte syns på grund av byxorna.

"Snö är fint men vintermånaderna kunde vara lite färre", säger Eva-Lisa, som inte är norrlänning från början, det var Mats som lockade dit henne. Och sedan försvann. Först mentalt genom att allt oftare glida bort i alkoholdimman. Sedan fysiskt, när han träffade en annan kvinna och flyttade till Skåne. Skåne! Han kunde väl ha valt en plats som var närmare deras dotter Rebecka. Eva-Lisa tycker på sätt och vis att det är skönt att ha honom långt borta, då är det ingen risk att han dyker upp oväntat. Hon vill inte träffa honom. Samtidigt lider hon, eftersom hon vet att Rebecka känner sig övergiven av sin pappa. Och i jobbet på socialkontoret försöker de hela tiden motivera papporna att hålla kontakt med sina barn.

"Jag skulle aldrig kunna tänka mig att flytta söderut. Tänk dig Skåne - där det bara regnar hela tiden", säger Ale, som om han läst hennes tankar.

"Mina syskon flyttade men inte jag, never", fortsätter han. "Riktiga vintrar, spänna på sig skidorna och ge sig iväg på långtur, det är livet. Synd bara att det blir mörkt så tidigt på eftermiddagarna. Och jag är så trött efter arbetsdagen, helt utschasad. Varför blir man så trött av ett jobb där man inte behöver arbeta med kroppen?"

"Jag är också himla trött på kvällen", säger Eva-Lisa. "Jag tror att det beror på en känsla av att aldrig hinna med. Att många av de klienter man träffar är arga och besvikna. Att man får bära så mycket. Men jag gillar jobbet ändå, människorna man träffar, problem som ska rätas ut."

Ale nickar instämmande och säger sedan: "Men jobbet suger för mycket. Måste all tid och kraft gå åt till jobbet? Det måste finnas annat än jobb i livet. Jag tror att jag ska ansöka om att få jobba deltid? Jag skulle ha råd. Visserligen skulle jag förlora väldigt mycket pengar, men handen på hjärtat, inte behöver jag så mycket. Jag har inga barn och ingen bil. Fast Karin kanske inte skulle gilla det. Hon tycker om att köpa saker, och en dag får vi kanske barn också. Därför vore det bra att ta tillfället i akt nu innan det är för sent."

"Det tycker jag du ska göra", säger Eva-Lisa och känner oväntat lite fukt i ögonen. "Jag skulle också vilja arbeta deltid men jag har inte råd."

"Ale och Eva-Lisa, kommer ni någon gång, vi har möte", ropar Astrid och sveper förbi Eva-Lisas rum och lämnar en liten doftpust av nytvättat hår efter sig.

Där sitter de nu, Mihkkels arbetsgrupp, i hans rum som är lite större än de andras och som har ett extra, ovalt bord förutom skrivbordet. Rickard väger lite på stolen, fram och tillbaka. Eva-Lisa får lust att säga till honom, men hejdar sig. Det är som att hon ser sin dotter väga på stolen, trotsa. Men hon är inte Rickards mamma, "din morsa jobbar inte här", som det brukar stå på en lapp när det är extra mycket kvarlämnad disk i köket här på jobbet.

Mihkkel har några stora, rödbladiga blommor i fönstret och Eva-Lisa kollar med fingret i en kruka om de är vattnade. Det är de, Mihkkel brukar vara noga med skötseln av sina blommor. Han brukar också ta hand om sin personal, han månar om dem. Men Mihkkel själv visar sig inte.

Eva-Lisa vet egentligen väldigt lite om Mihkkel. Att han är ensamstående men bor i ett stort hus alldeles själv, det tycker hon är lite konstigt. Och även om han är mån om sin personal så bjuder han aldrig hem dem. Har han någon hemlig kvinna som han inte vill visa?

Eva-Lisa känner sig trött och lite frånvarande. Astrid är som alltid alert och otålig att få sätta igång med dagens arbete. Rickard har med sig ett ärende som han vill diskutera. Han trummar otåligt med knogen på bordet och undrar varför de inte kan sätta igång utan Mihkkel för Rickard måste verkligen få ett råd här, han vet inte vad han ska göra. På bordet intill ligger en hög med mappar, det är nya ärenden som ska delas ut.

"Den här tjejen, Sabina Marklund, hon fyller 18 år, måste jag avsluta familjehemsplaceringen?" undrar Rickard.

"Ja, det är klart", säger Astrid. "Hon får gå ut gymnasiet, sedan har hon ingen rätt att bo där längre."

"Ingen rätt – nej, men hon kommer aldrig att klara egen lägenhet. Hon var så försummad när hon placerades i familjehem som tioåring. Hon hade knappt gått i skolan på flera år. Och hon hade visst blivit utsatt för något slags övergrepp, fast det aldrig blivit bevisat. Hon har ångest. Och hon har ingen utom familjehemmet som kan stötta henne. Föräldrarna är helt av banan", säger Rickard och hans akne på kinderna tycks flamma upp för varje ord.

"Hon kan ju bo kvar men inte som placerad. Hon får söka ekonomiskt bistånd och betala sitt uppehälle till familjen. Det blir billigare, för då får inte familjehemmet något arvode för henne", säger Astrid.

"Ska vi skola in henne till att bli bidragstagare då", undrar Rickard, medan han öppnar och knyter händerna om vartannat. "Och om hon inte betalar till familjen, tänk om de i så fall kastar ut henne! Hur många artonåringar kan hålla i pengar och betala för sitt uppehälle? Och då tänker jag på sådana som haft en bra uppväxt. Det måste vara ännu svårare för de andra."

"Om de kastar ut henne, ja, då var det inget bra familje-hem", säger Astrid. "Då får vi ett kvitto på det".

"Men när det gäller Sabina … ska vi inte arbeta före-byggande, ge henne lite tid att klara vuxenlivet?" undrar Rickard ledset.

Ale och Eva-Lisa nickar instämmande men ingen av dem säger något. Astrid låter så övertygande att det inte verkar vara någon idé att bemöta henne. Eva-Lisa letar i sitt minne: *Marklund, var har jag hört det namnet tidigare?*

I detsamma kommer Mihkkel farande med håret på ände och kavajen hastigt slängd över armen. Så är de inte vana att se honom.

"Jag har varit på ett hastigt inkallat möte med ledningsgruppen", förklarar han. "Jag ska berätta om en stund. Men först så delar vi ut de nya ärendena."

Det var fler ärenden än vanligt. En del riktigt svåra frågor att lösa. Vissa ärenden skulle behöva ha två handläggare men Mihkkel ruskar på huvudet, "nej, det går inte", säger han.

"Det känns tryggare att vara två i ärendena", invänder Ale. "Det är vi ju också i vissa ärenden. Fyra ögon ser mer än två. Om vi gör fel på grund av att vi inte kan eller inte förstår, då tar det mer tid."

"Och klienterna blir drabbade", säger Rickard. "Jag har en familjehemsplacerad tjej som fyller arton år och vill vara kvar i sitt familjehem och …" Mihkkel avbryter honom.

"Jaha, arton år, då måste vi avsluta placeringen", säger Mihkkel.

"Precis vad jag sa nyss", inflikar Astrid belåtet.

"Vi har betalat för henne i åtta år, ska vi förstöra allt nu?" säger Rickard ilsket.

"Vem pratar om att förstöra något? När man är 18 år är man faktiskt vuxen", säger Mihkkel. "Och måste ta eget ansvar. Så där, nu ska jag berätta vad som sades på mötet."

En olycksbådande stämning sänker sig över rummet. Det verkar inte på Mihkkel som det är något positivt som han ska berätta. Och mycket riktigt.

"Det är problem med kommunens ekonomi", säger

Mihkkel", och socialkontoret måste spara ganska många miljoner. Vi har fått övertidsstopp och stopp för tillsättning av vakanser."

De tittar på varandra, oroligt.

"Vad händer om någon blir sjuk eller slutar då", undrar Eva-Lisa. "Vi hinner knappt med jobbet när vi är full personalstyrka."

"Ja, det blir inte bra, jag vet, men det är inte jag som har bestämt det här", säger Mihkkel och snurrar sin penna mellan fingrarna, ett säkert tecken på att han tycker att situationen är obehaglig. "Det ska gälla nu i tre månader med eventuell förlängning sedan. Och så måste vi försöka mins-ka kostnaden för våra placeringar."

Ale exploderar. "Så barnen ska inte få vara kvar i sina familjehem då? För att det kostar för mycket?"

"Nej, de som behöver vara placerade ska förstås fortsätta att vara det. Men vi måste tänka ett varv extra på före-byggande åtgärder innan vi föreslår en placering. Och varje placering på HVB-hem måste vi överväga extra noga."

"Som om vi inte gör det redan", muttrar Ale argt. "Och är det bara vi som ska jobba med de förebyggande insatserna? Vad sägs om att korta köerna till BUP och att sluta dra ner på kuratorer och psykologer i skolan?"

"Ni får titta över era placeringar. En del kanske kan avslutas tidigare än ni tänkt", säger Mihkkel, men det syns på långt håll att han inte tror på vad han säger.

De tittar på varandra igen. Eva-Lisa skakar långsamt på huvudet. Hon läser i Ales ansikte att han ser sin ännu inte inskickade begäran om tjänstledighet försvinna, som en liten blå rök. De kommer inte att få någon vikarie. Eva-Lisa tror sig veta hur Ale tänker: Han kan inte utsätta sina arbets-kamrater för att behöva jobba dubbelt för att han ska få vara tjänstledig.

Mötet är slut och de går till sina rum. Telefonerna börjar ringa.

Eva-Lisa tänker på de diskussioner som förs om social-tjänsten i media. Att den offentliga sektorn svällt och blivit ohanterligt stor. "Den ofantliga sektorn", pratas det om. Nu måste den bantas och en del verksamheter skötas privat i stället. Hon vet att många HVB-hem är privata. Hur bra är de, egentligen? Och vad ska mer bli privat? Att privata före-tag ska tjäna på fattiga och svaga människor, tänker Eva-Lisa. Ska inte det vara en uppgift för det allmänna? Det känns inte rätt.

Eva-Lisa får telefon och efter det går hon in till Mihkkel med en lapp i handen.

"Och nu fick vi ytterligare ett nytt ärende. Minns du Ceci-lia Åkerman och hennes barn Jessica? Nu har hon två barn till. Hon har flyttat tillbaka till vår kommun, och det minsta barnet har väldigt stora behov. Ja, det verkar ganska akut."

Kapitel 15. 1990. Cecilia.

Nej, vacker är han inte, hennes lilla son, med sitt skrynkliga, gropiga och kladdiga ansikte.

"Han kommer att bli mobbad", säger Cecilia förtvivlat till mamma som kommit för att hjälpa till med barnen efter hemkomsten från BB.

"Äsch, nej då", svarar mamma.

Men när de ställt barnvagnen åt sidan och gått för att titta på kläder i en butik, hör de en kvinna ropa till sitt barn: "Kom och titta här, det var det värsta jag har sett…" Och de böjer sig nyfiket över vagnen.

Cecilia ser dem och kommer rusande. Hennes blickar skickar ut laserstrålar. Hon rycker åt sig vagnen och hon och mamma går iväg utan att ha köpt några kläder.

"Förlåt att jag inte lyssnade på dig", säger mamma tyst. Men sedan fortsätter hon: "Jag undrar hur han kan ha blivit så här? Det var väl för att du och Björn hade så dåligt äktenskap."

Cecilia vill inte ens kommentera påståendet, så dumt tycker hon det låter. Men inom sig gnager en undran. *Vem vet…hur formas ett barn?* Hon måste fråga barnmorskan på BVC. Det är så mycket hon måste fråga om. Det här är hennes tredje barn, men ändå känns allt nytt och skrämmande. Hur får man den lille att äta när han knappt kan suga, när all mjölk bara rinner vid sidan om?

Mamma åker hem efter en vecka, och nu är Cecilia ensam
med barnen. Med Joakim i vagnen tar hon med Jessica och
Julia till dagis. Socialkontoret har gett henne förtur till
dagisplats. Julia håller krampaktigt fast i barnvagnen med
sin vantklädda hand, medan Jessica gång på gång släpper
för att ta upp lite blötsnö från marken och krama den till
bollar. Snart är hennes vantar genomblöta, och hon skriker
ilsket för att hon fryser om händerna. Joakim är lugn än så
länge, men Cecilia vet att han också snart kommer att
skrika, för han är hungrig, han har inte fått i sig tillräckligt
på morgonen. Hon känner hur mjölken rinner till, det
sticker i brösten.

När de öppnat grinden till dagisgården kommer några
barn springande. De tittar på Joakim och säger sedan till
Jessica, som redan är på väg in i huset: "Men gud vilken ful
lillebror ni har fått!"

Jessica fnyser bara som svar medan hon sliter av sig mössa
och vantar och sparkar av sig kängorna. Dagisfröken
hjälper henne med overallen medan Julia står vid sidan om
och lugnt väntar på sin tur.

Nu är Cecilia på väg hem igen med Joakim. Tussan stryker
sig mot Cecilia när hon kommit in.

"Ja, ja, du ska också få mat", säger Cecilia, medan hon lå-
ter blicken vandra runt i hallen, köket och vidare in i bar-
nens sovrum. Hon måste få undan alla kläder som har
hamnat på golvet, rätta till sängarna där lakanen har korvat
sig och hamnat vid fotändan och så fixa lite mat till sig själv.
Hon har inte hunnit äta på morgonen, men nu sticker det i
brösten igen, samtidigt som Joakim samlar sig till ett
hungervrål.

Det är ingen idé att lägga honom till bröstet, han kan inte
suga. I stället ska hon pumpa ur mjölk och försöka sked-
mata. Hon pumpar och pumpar, Joakim skriker och även
Tussan jamar förebrående. Så där, en halv kopp som hon
måste försöka få i honom. Hon lyfter upp Joakim som fäster
sina mörka babyögon på henne, hans ögonfransar är fulla
av tårar. Hon råkar svepa till med armen över bordet - *nej-*
muggen välter och den dyrbara vätskan rinner ner på
golvet. Tussan är snabbt framme och slickar upp mjölken.

Timmarna går. Försöka mata, byta blöjor, samla
hop smutskläder, snart inga rena kvar, lägga Joakim. Späd-
barn ska sova på mage har BVC-sköterskan sagt och där
ligger han med örngottet nedsölat av saliv och blod. Hans
trasiga läppar är så sköra, och de brister lätt. Måste byta,
hittar en handduk. Snart är även den fläckig. Så är det dags
att hämta flickorna och försöka ta sig igenom kvällen.

Varje natt är också en prövning. Joakim har svårt med
andningen och när han flämtar och rosslar känner Cecilia
det som att hennes egen strupe snörs samman, och att hon
måste kippa efter luft. Och hungrig är han nästan jämt.

Joakim ökar inte i vikt, i stället minskar vikten och till slut
måste han läggas in på barnkliniken. *Sjukhus, alltid sjukhus,*
tänker Cecilia och sjukhuslukten gör att tankarna vandrar
tillbaka till barndomen. Hon fingrar på några vita ärr på
benen, de kliar lite. *Mamma, jag, Joakim.* Cecilia tänker på när
hon själv var liten. Hon hade suttit och lekt när mamma sov.
Hon ville undersöka allt och råkade stoppa in teve-
antennen i en kontakt. Då blev spröten från antennen ström-
förande och gick in i benen på henne. Mamma vaknade och
slet bort henne, men då hade Cecilias hjärta stannat. Mam-

ma gjorde mun mot mun-andning och fick igång hjärtat. De åkte jättesnabbt till sjukhuset och Cecilia blev inlagd. Minnena är suddiga men vissa minnen glider fram, glödande. Minnet att mamma var så arg på läkaren och att hon med giftig stämma sa: "Nu lever flickan, hoppas hon fort-sätter att leva." Cecilia överlevde men var svårt skadad. Cecilia har fått veta att det var hennes fel att det där hände. Eftersom hon var så olydig. Var hon? *Nej lite nyfiken bara,* funderar Cecilia så här långt efteråt.

Nu tänker Cecilia på hur det var att ligga där på sjukhuset. Ensamt var det. En enorm ensamhet som pressade sig över henne som en tung filt. Så ensam vill hon aldrig vara mer. Hon låg på sjukhuset i flera veckor och mamma hade knappt tid att komma. Det var så långt borta, sa mamma. Dyrt med bensin för att köra dessutom.

Äntligen kom mamma och hämtade henne. Cecilia hade svårt att gå med sina kryckor. Hon minns trappan de skulle uppför. En ändlös trappa med många trappsteg. Mamma gick först och vände sig inte om för att hjälpa Cecilia. Nej, Cecilia skulle klara sig själv, det blir man stark och själv-ständig av, hade mamma sagt. Och Cecilia stretade på, men ensamheten hade slagit sig ner i henne och hon kände sig nu ännu ensammare än tidigare. Eller det fanns ett annat ord: Övergiven.

Mamma har berättat att också hon själv låg på sjukhus när hon var liten. Det var någon smittsam sjukdom hon hade drabbats av, kanske scharlakansfeber, så hon måste hållas isolerad. Hon låg länge på sjukhuset utan att få träffa sin mamma. Kände hon sig också övergiven? Kan man ärva övergivenhet, funderar Cecilia.

Fler obehagliga minnen gör sig påminda. Cecilia kommer att tänka på mötet som hon hade med barnomsorgschefen när hon skulle få förtur till dagis för flickorna. Hon försöker stöta ifrån sig tanken som man borstar bort smulor från en tröja, men den kommer tillbaka gång på gång, som en envis fluga. Hon hade berättat hur svårt det var att få i Joakim mat, att han inte ökade som han skulle. Chefen hade tittat skarpt på henne och sagt: "Ibland har man en omedveten önskan."

Vad menade hon? Cecilia blev alldeles kall. En omedveten önskan om ... vad då? Menade hon att Cecilia ville ha ihjäl Joakim? Nej, nej, vilken fasansfull tanke! Hur kan någon ens omedvetet vilja ta livet av sitt barn? Hur kunde chefen tänka så om henne? Cecilia undrar om det syns på henne att hon ärvt våldet som finns i hennes familj. Rädslan griper tag. Cecilia vill aldrig träffa den chefen igen. Aldrig. Men dagisplatsen vill hon ha, behöver hon, för att hela familjen ska kunna fungera.

Nu är Joakim hemma igen från sjukhuset. BVC-sköterskan har gett Cecilia många råd om hur hon ska sköta honom. Hon är varm och klok och Cecilia känner förtroende, så hon berättar om sin ångest för henne. Ångesten som torterar henne och bara kan dämpas med tabletter, ibland alldeles för många tabletter. Och tröttheten, som vid akut nöd kan bemötas med lite amfetamin. Men bara lite. Och om amfetaminet berättar hon inte för sköterskan.

"Då ser jag till så att du får träffa en terapeut", säger sköterskan lugnt.

Cecilia bävar, men känner samtidigt en slags förväntan. Någon som hon kan prata med. Någon som är beredd att lyssna. Kommer hon att våga prata? Hon är så rädd. *Tänk om de tar barnen ifrån mig när de får veta hur dåligt jag mår?* Men vad har hon för val? Och terapeuter har väl tystnadsplikt?

Men mer stöd behövs. Cecilia ringer till socialkontoret.

"Jag vill ha en kontaktfamilj till flickorna", säger hon. "Och någon som kan ta hand om Joakim när jag har mina terapitimmar."

Ska hon våga lämna bort sina barn till en ny kontaktfamilj? Vem kan man lita på? Den första kontaktfamiljen som Jessica fick var ju inte alls lämplig. Men vad ska hon annars göra? Ångesten hotar att kväva henne. Hon kan inte väva in barnen i sin ångest. Hon måste hämta kraft någonstans ifrån och få ordning på sitt liv.

Cecilia inser att hon också behöver hjälp hemma. Handla, städa, laga mat, ta hand om barnen. Hennes rygg värker om nätterna så hon har svårt att sova. Hon har järnbrist, hon är svag och kan bitvis inte stå på benen. Allt snurrar. Vågar hon berätta för "soc"? Fast hon måste. *Men tänk om de tar barnen ifrån mig …*

Kapitel 16. 1991. Cecilia.

Om jag ändå hade en man, tänker Cecilia. *Då skulle allt lösa sig.* Men de män hon dittills har haft har inte alls motsvarat hennes drömmar. Hon vill ha en man som hon kan attraheras av, en stark man som kan skydda henne men som inte är aggressiv och skadar henne. Hon bär på våldet. Hon vill inte utsättas för våld mer, eller själv utsätta andra för våld. Hon vill ha en mjuk och förstående man, en man som det går att prata med och som är snäll mot barnen.

Hon har läst om när Simone de Beauvoir var ung och sökte sin väg i livet. Simone de Beauvoir hade en dröm om en intellektuell och beläst man. De skulle sitta i varsin fåtölj och läsa och de skulle ibland lyfta blicken och se på varandra och dryfta någon viktig filosofisk fråga eller läsa upp en poetisk vers. Simone de Beauvoir var snuddande nära att gifta sig med en man som inte alls motsvarade den beskrivningen men hon lyckades backa. Och hon mötte Jean Paul Sartre och senare också Nelson Algren och formade sitt liv så som hon ville ha det.

Cecilia tänker ofta på Simone de Beauvoir och känner ett släktskap med henne, trots att Cecilia själv inte har valt att leva barnlöst som Simone de Beauvoir. Men hon har den där bilden inför sina ögon, hon och en man som känner både kropparnas och själarnas gemenskap, som kan samtala om viktiga saker med varandra. Ibland brinner huden så starkt av längtan att hon börjar vandra rastlöst av och an. Hon håller barnen intill sig, känner deras värme. Och hon stryker med handen över Tussans och Morris´ pälsar. Men hon kan inte föra poetiska samtal med dem, hon får i alla fall inga utförliga svar. Hon vill också ha sex. Det behovet kan inte barnen eller djuren avhjälpa.

Om hon hade en man skulle hon också ha det bättre ekonomiskt. Hon brottas med tanken att en kvinna inte ska behöva ha en man för att få en hygglig ekonomisk standard. *Man och kvinna ska var och en kunna försörja sig själva*, tänker hon, vara självständiga gentemot varandra. Men nu är det inte bara sig själv hon ska försörja, utan också barnen. Cecilias föräldrapenning, underhållsstöd och barnbidrag räcker inte för att försörja henne och barnen, utan hon måste dessutom få socialbidrag. Socialbidragsnormen är knappt tilltagen, men ska täcka allt.

När pengarna kommer hastar hon till affären och köper mat, välling och blöjor som helst ska räcka länge, men som tar slut efter bara några dagar och då är också pengarna nästan slut. Det är så konstigt, när hon har fått en summa pengar tycker hon att det verkar ganska mycket eller i alla fall tillräckligt. Men pengarna bara försvinner och hon har ingen aning om hur det har gått till, för det saknas alltid det viktigaste hemma. Hon har inte lärt sig hur man planerar sin ekonomi och lägger upp en budget. Vem skulle ha lärt henne det? Inte mamma. Men Cecilia pratar med social-sekreterarna och de skriver siffror och spaltar upp på pap-per. Det ser så enkelt ut, men när hon kommer hem har allt flugit sin väg och papperslappen har också försvunnit på något sätt. Bristen känns som ett strömavbrott i kroppen. Förutom mat skulle hon behöva köpa kläder till barnen, och ibland även något till hemmet. Pengarna räcker inte till det.

Hon drömmer om att få möjlighet att skaffa något fint till sig själv och kanske gå på restaurang, träffa folk, skratta och vara glad. Men det går inte.

En dag ringer Sonny. Han har väl luskat ut att hon är ensamstående nu och tänker ragga på henne, tänker Cecilia, men det visar sig att Sonny har hunnit skaffa sig fru och barn. Ändå vill han prata med Cecilia.

"Har du hört att Sovjet håller på att krascha", säger han.

"Ja – oj, det hade man inte trott", svarar Cecilia som varken har hunnit titta på teve eller lyssna på radio, och så när har missat de stora händelserna.

"Ja, det var länge sedan Sovjet var socialistiskt", fortsätter Sonny, "så det är logiskt att det har gått som det har gått. Folk kommer alltid att göra uppror mot förtryck. Jag har hört att du har fastnat riktigt i skiten", säger han sedan och byter hastigt ämne.

"Jaså … vad är det du har hört, då?"

"Att du är ensam med tre knoddar och att farsorna har schappat."

"Mja, inte riktigt sant. Det var jag som gjorde mig av med dem för de var inget att ha."

"Det ante mig, Cecilia, för du är en tuff brud, det har jag alltid tyckt. Dig sätter man sig inte på."

Cecilia känner sig upplivad av omdömet.

"Helt rätt, Sonny", säger hon.

"Men hur har du det nu då", fortsätter Sonny.

"Inte så bra", säger Cecilia och nu stiger tårarna i ögonen, fast hon ilsket försöker torka bort dem. De sköljer som diskvatten över kinderna.

"Jag har aldrig råd med någonting och inte tid heller. Barnen tar all tid och ändå hinner jag inte med dem."

"Det är så här de vill att man ska ha det", säger Sonny, och hon tycker sig se hur han nickar där i telefonen. Sonny har svar på alla livets viktiga frågor.

"Vad menar du? Vilka då som vill", undrar Cecilia.

"Det ska alltid finnas några som man kan se ner på, trampa på, så man känner sig bättre själv. Så är det i vårt samhälle."

"Jag trodde att man skulle ta hand om varandra i vårt samhälle."

"Ja, vi har fått barnbidrag och barnomsorg och allt möjligt, så lite bättre är det väl nu mot hur det var för morsan och farsan. Men några måste alltid vara längst ner. Och knappt klara sig."

"Jag är inte längst ner! Jag är inte en matta som man kan trampa på. Jag har väl aldrig tyckt att man är sämre om man är fattig. Förresten har jag tre barn som jag tar hand om. Alldeles ensam dessutom!" Nu är Cecilia så arg att hon spottar ut orden.

"Nej, det är klart att inte *du* tycker det! Det är alla som jobbar som tycker det. Och de som anställer oss!"

"Så du är bättre själv då … som jobbar … men det har jag också gjort. Jag jobbade på ICA när jag var sjutton år, jag har jobbat på en fiskfabrik i Norge och sorterat fisk, jag har praktiserat på en bilverkstad, jag har *aldrig* varit rädd för att jobba, jag är inte arbetsskygg!"

"Men för helvete, det har jag väl inte påstått, lugna dig!"

Och så börjar Sonny lägga ut texten om arbetarklassen, hur man jobbar och sliter men bara får en liten del av kakan.

Hur man ska ta tillbaka det som tagits ifrån en. Cecilia tycker det låter rätt men vet inte hur det ska gå till. Ta tillbaka? Ja, att man snor lite mat i affären, det har hon erfarenhet av sedan tidigare. Men nu kommer tröttheten över henne igen. Och den där inre rösten, *du duger inget till*. Fast hon orkar inte tänka längre än till nästa dag, på hur hon ska orka och hur hon ska kunna ge barnen ett bra liv. Nu skriker de, förresten. Jessica och Julia har råkat i luven på varandra och väckt Joakim så nu vrålar alla tre.

Kapitel 17. 1992. Eva-Lisa och Cecilia.

Eva-Lisa lyssnar på radio på sitt rum. Det har varit högerextrema kravaller och Eva-Lisa ryser. Och Lasermannen har skjutit igen. Vad är det för ett samhälle vi lever i som frambringar en sådan människa? Eller kan man skylla på samhället? Han kanske är född ond? Eva-Lisa skakar på huvudet för sig själv. Nej, hon tror inte att någon kan födas ond. Men det finns så många människor som drivs av hat och en del lever ut det på det här hemska sättet. *Vilket ansvar har då vi som arbetar på socialkontoret,* tänker Eva-Lisa och känner en tyngd över bröstet. Vi som ska stötta dem som inte får tillräcklig omsorg hemma, eller som blir illa hanterade i livet på olika sätt. Vi ska göra det som inte andra kan göra. Men våra insatser är fragmentariska, som krukskärvor som inte alltid låter sig fogas in i helheten.

Eva-Lisa tittar ut genom fönstret. Det droppar från träden och de upplogade snövallarna sjunker ner för varje timme. Solen håller sig lite blygt i bakgrunden och visar underdånighet till den ännu förhärskande vintern. Eva-Lisa tänker att det är alldeles fel att nyår ska vara mitt i vintern. Det är på våren det nya året ska börja, det är då alla föresatser får kraft att förverkligas. I kväll ska hon köpa hem lite jord och så ska hon och Rebecka sätta frön i mjölkkartonger och ställa i fönstret.

Tvärs över parkeringen ser hon en kvinna gå med raska steg. Rätt som det är halkar hon till och nästan ramlar, men hittar balansen igen och går vidare. Det långa, lockiga håret

fladdrar i blåsten, kanske fick hon hår i ögonen så hon inte
såg isfläcken?

Nu känner Eva-Lisa igen Cecilia och tittar på klockan.
Cecilia är punktlig, de har ett inbokat möte om en stund.
Eva-Lisa undrar för sig själv om Cecilia också känner hopp
inför våren, eller om hon är lika trött som vanligt?

I besöksrummet ler båda vänligt mot varandra och Eva-
Lisa tänker att det är som om två väninnor träffas. Ingen av
dem har nämnt det där tillfället då Cecilia bytte däck åt Eva-
Lisa, men Eva-Lisa tror att Cecilia ändå kommer ihåg det.
Det tog ett tag för Eva-Lisa att minnas, men så småningom
klarnade bilden. Själv gillar hon Cecilia och det känns som
om Cecilia gillar henne också. Men Eva-Lisa är noga med
att inte berätta för mycket privata saker för Cecilia. De är
inte väninnor på riktigt. Den ena, hon själv, har makt över
den andra, Cecilia. Hur hade det varit om de hade lärt
känna varandra utanför socialkontoret, i det vanliga livet?
Om de utvecklat vänskap sedan den där gången då
de möttes på parkeringsfickan. Kanske hade de gått på
en konstkurs tillsammans. Eva-Lisa har sett Cecilias mål-
ningar och är imponerad av dem. Själv är hon inte lika
skicklig men tycker det är roligt att teckna och måla. På en
konstkurs hade hon fått vända sig till Cecilia med sina
frågor, och fått vägledning och tips från henne. En helt
annan maktbalans än den som råder här.

Cecilia lyfter på ena foten och granskar sulan under
stöveln. "En bit av sulan har lossnat", säger hon. "Jävla skit-
stövlar! Det var därför jag halkade här ute på parkeringen.
Ni borde sanda bättre! Inte har jag råd att köpa nya stövlar
heller. Jag har inte råd med någonting. Fy fan!"

"Det var många svordomar på en gång", säger Eva-Lisa. "Är allt så jävligt eller finns det någonting att vara glad över?"

"Inte är det mycket", säger Cecilia. "Jag har magkatarr, på nätterna är det värst".

"Usch, det låter inget vidare. Hoppas du får medicin för det där."

"Ja, det kan ju inte du hjälpa mig med, men du pratade förut om en hemma-hosare?"

"Ja, en hemterapeut som kan stötta dig med det praktiska hemma."

"Det låter kanon. När kan jag få en sådan då?"

"Pirkko Räisinen kan börja hos dig i morgon. Hon är lite äldre och har haft fyra egna barn, så hon är van."

"Det låter bra. Och så skulle jag få en kontaktfamilj till Joakim?"

"Jag har ett förslag där också, Britta och Bengt Ljungman. Britta har tidigare jobbat som dagmamma och Bengt är snickare. Deras barn är utflugna, så Joakim får inga lekkamrater hos dem, men det gör kanske ingenting?"

"Nej, det är bara bra. Joakim har svårt att leka med andra barn. Det är så rörigt på dagis. Ungarna slåss som bara den. Men Eva-Lisa – det är som att jag inte klarar någonting. För att jag måste ha hemma-hosare och kontaktfamiljer. Och en terapeut till mig själv. Det stämmer nog det som min mamma alltid har sagt, 'Cecilia, du klarar ingenting'."

"Du klarar väldigt mycket, tänk på det", säger Eva-Lisa. "Och det är viktigt att kunna ta emot hjälp när man behöver det."

Cecilia blir tyst och sitter och funderar.

"Vad tänker du på, Cecilia", undrar Eva-Lisa.

"Jag kom att tänka på när jag var liten, fem år."

"Jaha?"

"Jo, det var en gång när jag satt på golvet och lekte med mina pappersdockor", säger Cecilia.

Eva-Lisa nickar uppmuntrande så Cecilia fortsätter: "När jag lekte var jag inne i min egen värld, det var mamma och pappa och många barn. Bland pappersdockorna alltså, för jag hade ju ingen pappa. Men jag funderade jättemycket på hurdan han kan ha varit när han levde. Han var nog en spännande person, för mamma rynkade alltid på näsan när hon pratade om honom. Och ibland fick jag höra något som kanske inte var avsett för mina öron: 'Tagit livet av sig … en suput … fy fan', kunde mamma säga till mormor. Och lika hemlighetsfullt smusselpratade de om farmor och far- far. Jag minns hur jag tog fram mina bokmärken, de med änglavingar, och lekte att de var pappa, farmor och farfar. De fick sitta på mjuka moln och gunga medan jag nynnade i takt. Mormor satt i närheten av mig och höll koll på att jag inte hittade på något bus. Men så blev två av pappers- dockorna osams och började puckla på varandra. "Jävla unge", skrek den ena till den andra. Då reste sig mormor upp och sa strängt till mig: 'Cecilia, så där säger man inte!' Jag tittade förvånat på henne och sa: 'Jo, mamma säger så', fortsätter Cecilia sin berättelse. 'Det gör hon inte alls', sa mormor då. Jag undrade verkligen hur mormor kunde säga det där? Hon måste ju själv ha hört hur mamma kunde låta. Kan man inte lita på sina egna öron? Varför ljög mormor? Jag hade fått lära mig att det är fult att ljuga."

"Det måste ha varit väldigt förvirrande för dig", säger Eva-Lisa.

"Ja. Och så minns jag att en av pappersdockorna hade balettdräkt på sig. Jag lät henne dansa och göra piruetter. Tänk om jag själv hade kunnat göra det! Men jag snubblade och ramlade när vi var på balettskolan och mamma fick skämmas för mig. Det var så ofta fel på mig. *Du duger ingenting till*', brukade jag få höra. Jag försökte stänga öronen när de sa så, men orden gled ändå in på något sätt. De hittade en liten lönngång där de kröp in och fastnade."

"Alla kan väl inte bli balettdansöser", säger Eva-Lisa. "Det skulle inte jag heller klara."

"Nu kommer jag ihåg en annan gång, flera år senare, när jag lekte ensam på gården", fortsätter Cecilia som om hon inte hört vad Eva-Lisa sagt.

"Vid baksidan av huset fanns ett skogsparti och där tyckte jag om att vara. Jag lekte att det bodde troll och alfer i de täta och dunkla buskagen. En glittrande vattenpöl var ett hav och ett löv på pölens yta var ett skepp. Nedfallande björkpollen var guldpengar som en fe strött ut. Jag hade valt ut en glänta där jag tänkte bygga en koja. Jag hade ritat en bild av hur kojan skulle se ut. Det var tinnar och torn och det liknade mer ett slott än en vanlig koja. Det var roligt att göra den där teckningen, och jag tänkte att jag skulle bli en sådan där argri ... arpi ... arkitekt, heter det visst. En som ritar hus. Jag stod belåtet med teckningen i handen och tittade på det material jag hade att bygga med. Ove hade gett mig fritt tillträde till en hög med bräder och skivor, som låg på baksidan av deras hus. Men jag fick inte använda sågen, det kunde jag inte förstå, jag var ändå tolv år. Därför gällde det att hitta bitar som var lagom stora. Jag lutade skivorna mot två träd som stod nära varandra för att få en stabil stomme. En gren välvde sig över byggnaden som ett tak. Jag arbetade koncentrerat och sprang ibland iväg efter mer material. Ett stycke tunt tyg med invävda guldtrådar blev en gardin. Släta stenar som jag sparat blev en spis och ett bord. Överst på kojan vajade en piratflagga, det var en present som jag fått av mormor. Hade kojan blivit ett piratskepp? Nej, det var piraternas högkvarter, som de vilade i när de varit ute på havet och rövat. Det låg alldeles i strandkanten, hade jag bestämt. Jag tittade på min pappersbild och sedan på kojan och upptäckte att det inte fanns någon likhet mellan de båda, men vad gjorde det? Jag skulle kunna göra en ny koja sedan som såg ut som den på pappret."

Eva-Lisa betraktar Cecilia när hon berättar. Cecilia har fått färg på kinderna och ögonen glänser.

"Jag stod en lång stund och tittade på kojan. Sedan kröp jag in. Mina händer var nariga och fulla med kåda och rispor. När jag satt i kojan, med ryggen lutad mot ett av träden, tyckte jag att jag hörde vattnets och vågornas sorl, och om jag blundade såg jag vattnet höjas och sänkas, i takt med mina egna hjärtslag. Så hörde jag mamma ropa. Men jag ville sitta kvar. Mamma ropade igen. Strax efter såg jag att mamma stod och betraktade kojan. Jag kröp ut och andades häftigt. Skulle mamma tvinga mig att riva kojan? Precis när den blivit klar? Mamma hade en rynka mellan ögonbrynen. Jag betraktade noga den där rynkan. Om den blev djupare vis-ste jag att det var fara å färde. Om den slätades ut kunde jag slappna av. Mamma tittade på gardinen som fladdrade

lätt. Sneda solstrålar spelade i guldtrådarna på tyget. ´Cecilia, är inte det där Mikaelas nattlinne´,
undrade mamma. Jag nickade och sköt trotsigt fram hakan. ´Jo, men det var trasigt, det låg i korgen bland trasor´, svarade jag. ´Jaså, men du kunde ändå ha frågat. Fast det var en fin koja du har byggt, det måste jag säga. Riktigt fin!´ Då andades jag ut och nickade. Och jag kände något varmt i bröstet. "Men nu är det middag", sa mamma och då var rynkan i hennes ansikte helt utslätad. Nästa dag hade mamma några damer på besök och de drack kaffe tillsammans. När väninnorna skulle gå, bad mamma dem att titta på kojan. "Visst är den fin", sa mamma stolt, som om hon själv hade byggt den. Alla nicka-de och jag fick sedan höra hur damerna berättat för andra om hur duktig jag var, som lyckats med en sådan skapelse.

Tänk att mamma sa det där om min koja! Sånt hände inte ofta. Men jag brukar ta fram de där orden ibland."

Det blir tyst en stund och Eva-Lisa låter Cecilias berättelse sjunka in. Så reser sig Cecilia.

"Nej nu måste jag gå. Dags att hämta barnen på dagis."

Eva-Lisa reser sig också. Hon skulle vilja ge Cecilia
en kram men sträcker i stället fram handen.

"Hej då. Och sköt om dig!"

"Hej då."

Eva-Lisa går upp till sitt rum och när hon tittar ut genom fönstret ser hon Cecilia skynda iväg. Cecilia halkar till igen, på samma ställe som förra gången, men hon hittar balansen nu också.

Kapitel 18. 1992. Cecilia.

"Hallå, är det någon hemma", hörs en kraftig röst i hallen. Det är Pirkko, som socialkontoret har skickat för att hjälpa henne. Tack och lov! Pirkko är en bastant kvinna med stålgrått hår och skarpa ögon som far hit och dit över rummen. Jessica är nyfiken och kommer fram och petar lite på Pirkkos väska som hon ställt ifrån sig.

"Hörrudu, det där låter du allt bli", säger Pirkko och rynkar pannan så ilsket att Jessica studsar tillbaka.

Julia gömmer sig bakom mamma men kikar försiktigt fram.

Pirkko tar fram en röd overall med polkagrisränder på benen.

"Vems är det här då, den ser god ut, jag tror jag smakar", säger hon och låtsas slicka på tyget.

Jessica fnissar och svarar, "min!"

"Och då är väl det här Julias", fortsätter Pirkko och tar fram den gröna med päron på. Hon låtsas ta en tugga i luften med riktning mot päronen, och vips har hon satt på flickorna båda overallerna.

"Jaha, då går vi ut ett tag så får mamma fixa mat under tiden."

Vilken lättnad att få diska undan, att få ta fram dammsugaren, att förbereda middagen, att tänka en tanke till slut under tiden. Några solstrålar smyger in genom köksfönstret. Cecilia sätter sig på en stol och betraktar Joakim som sover lugnt. Allt kommer att ordna sig.

Pirkko kommer de dagar som flickorna inte är på dagis. Cecilias lättnad förbyts till tvekan och irritation. Pirkko är så hård, hon bryr sig inte om ifall barnen protesterar, hon försöker inte lirka. Hur fostrar man barn? Cecilia tänker på sin mamma. Sådan som mamman vill hon inte vara! I hemmet där Cecilia växte upp, skulle barnen helst inte ses eller höras, inte räknas överhuvudtaget. Aldrig fick man något förklarat för sig. Om man frågade "varför", så fick man höra "för att jag säger det, punkt." Det var som ett tom- rum mellan de vuxna och barnen, det fanns ingen förståelse eller naturlig kontakt och sällan någon uppmuntran. De levde i var sin värld.

Hur får man barnen att lyda då? Inte genom att slå dem eller hota med stryk, tänker Cecilia och minns misshandeln i hemmet. Genom att förklara. Men måste barn lyda? Och hur bedömer man vad som är rätt? Hon vet inte, hon har inte fått lära sig det. Hemma har hon alltid fått höra att de vuxna har rätt och att hon som barn har fel. Cecilia tycker nu, när hon själv har blivit mamma, att barn är kloka och att de ofta kan hitta egna lösningar utan att de vuxna måste bestämma allting. Barn kan tänka själva om de får chansen.

Något är skevt. Cecilia vill inte lämna ifrån sig hushålls - arbetet, hon vill göra det på sitt sätt. Hon vill ställa kastrullerna där hon vet att hon kommer att hitta dem nästa gång. Hon vill veta på vilka hyllor i kylskåpet smöret och osten ska stå. Hon vill veta att Jessicas och Julias kläder ligger i rätt lådor, hon vill ha kontroll. Pirkko tar hand om barnen. Men efter ett tag går det upp för Cecilia att det borde vara tvärt om. Det är Cecilia som är mamman! Det är

Cecilia och barnen som ska bygga upp något tillsammans. I stället glider de åt varsitt håll.

Pirkko har ett svårt humör som hon låter gå ut över barnen. När Pirkko har varit där en tid börjar Cecilia undra hur socialen kunnat skicka en så olämplig person som hjälp. Det blir allt kärvare mellan Cecilia och Pirkko. Till slut säger Cecilia att hon inte vill att Pirkko ska komma mer.

Jessica och Julia har fått en kontaktfamilj där de ska vara varannan helg. Och Joakim ska snart också få en. Cecilia lämnar ifrån sig och tar tillbaka sina barn, gång på gång. Varje gång en oro och samtidigt en lättnad. Hon vet inte riktigt vad hon tycker om den kontaktfamilj som flickorna har fått. Ursula och Harry heter de. De är lite äldre och har utflugna barn. Harry är fotbollstränare för traktens ungar och det tycker Cecilia låter trevligt. Han är glad och skämtsam och lätt att få kontakt med. Ursula verkar mer tillknäppt och inte så varm. Cecilia vill att kontaktfamiljen ska vara varm, och att barnen ska trivas där. Men samtidigt får de inte trivas *för* bra. Då blir hon svartsjuk.

"Men snälla Cecilia", säger Eva-Lisa, "de kommer alltid att tycka att du är bäst! Det är du som är mamma."

Hon vill höra det om och om igen. Att det är hon som är mamma. Att det är henne som barnen älskar mest. Hon vill inte lyssna på rösten inom sig, mammas röst, *'du duger inget till'*.

På kvällen kommer ångesten tassande som ett vilt djur. Den tränger in genom varje por som en ond gas och den hotar att sluka henne. *Bort, bara bort*, tänker hon. Varför utsätta sig för detta? Hon vill inte vara med längre. Att bara få somna, att slippa. Halva natten brottas hon med vilddjuret, tar några tabletter, kanske för många, somnar sedan utmattad.

Nästa dag vaknar hon genomsvettig. Hjärtat dunkar snabbare och snabbare, det flimrar för ögonen. Finns det ett snö-re eller ett rep någonstans? Rakblad eller en vass kniv? Hon står inte ut. Varför ska det alltid vara så här? Att hon aldrig kan komma ifrån tankarna på att ta livet av sig.

Barnen har fått taxi till dagis, *tack socialtjänsten,* men hon ska ta emot socialsekreterarna från försörjningsstöd om en stund och de ska gå igenom hennes ekonomi. Hon klarar det inte. Inte i dag! Men nu ringer det på dörren.

"Hej, vi trodde nästan att du sov, eftersom vi fick ringa så många signaler", säger Emelie och hänger av sig kappan. "Men nu ser vi att du har fått iväg barnen till dagis, det var ju fint."

Sofia kommer också in, hon lägger ifrån sig en mapp och ett anteckningsblock och tittar granskande på Cecilia som just fått se en glimt av sitt eget ansikte i spegeln, ansiktet är grått och hon ser också att hon har knäppt blusen snett. Håret hänger oborstat över axlarna och pannan.

"Det är tur att vi lyckades få till det här mötet", fortsätter Emelie, "för nu måste vi verkligen gå igenom din trassliga ekonomi. Hyran är obetald och här har vi en elräkning där tiden snart går ut och …"

Cecilia försöker hitta luft. Hon vacklar ut i köket och dricker lite vatten. Om hon åtminstone hade haft en öl.

"Hjälp mig …", säger hon med svag röst när hon kommer tillbaka igen.

"Ja men det är det vi försöker göra", säger Emelie "Det kommer att bli bra när vi fått ta itu med det här."

"Kan ni skjutsa mig till psykakuten", frågar Cecilia med en röst som nästan har försvunnit. *Fattar inte de här människorna att hon är på väg att ta livet av sig? Vad är det för socialsekreterare!*

Det verkar inte som om Emelie har hört, hon fortsätter att bläddra bland pappren. Sofias telefon ringer och hon går ut i hallen för att prata i fred. Det blir ett långt samtal. När hon kommit tillbaka, har Emelie vikt ihop pappren och stoppat ner dem i väskan. Cecilia har knappt sagt ett ljud under genomgången, hon har bara tittat tomt framför sig. Emelie tittar på klockan och reser sig.

"Ja, sköt om dig nu, vi måste gå, vi har ett annat hembesök strax", säger hon.

De sätter på sig kapporna, dörren slås igen. Cecilia är ensam igen.

Kapitel 19. 1992. Cecilia.

Cecilia går in genom grinden till Brittas och Bengts hus. Hon håller Joakim i handen och han tittar sig nyfiket omkring. Innanför grinden finns en stor gräsmatta, en sandlåda och en gunga som är fäst i ett fruktträd. Cecilia känner pulsen öka och hon hör hjärtat banka i halsgropen. Hon får lite svårt att andas. *Ska jag våga lämna Joakim här?* Hon har rätt att säga ifrån om det inte verkar bra.

Nu kommer Britta ut. Hon går lite illa, *hur ska hon kunna springa ikapp Joakim om han ger sig iväg,* tänker Cecilia. Men strax efter henne kommer Bengt. Han är mager och har långa ben, han kan nog springa. De går in och sätter sig i köket där Joakim får syn på en randig katt som han kramar lite hårdhänt, men katten tycks gilla det. Britta luktar gott, en blandning av rena kläder och torkad mynta som hon har i en kruka i fönstret. Hon har kortklippt hår som är som en ryamatta. Bengt har knöliga händer, med plåster och färgfläckar på.

Cecilia känner sig hemma och slappnar av. Joakim är mest intresserad av Bengt som han låtsas springa fram till, men vänder när han är nästan framme. Andra gången han gör det fångar Bengt mjukt upp honom och sätter honom i sitt knä. Joakim sprattlar vilt men Bengt håller honom fast och varsamt så han inte ska ramla ner.

Cecilia får kaffe och Joakim får saft och bulle. Joakim har svårt att äta med sin deformerade mun, men det är ingen brådska. Cecilia har sett hur det är på dagis, hur både fröknarna och de andra barnen blir otåliga när Joakim aldrig blir klar med maten. Hon tänker också på hur många gånger Joakim hinner bli arg under den stund som hon varit med honom på dagis. Det finns många barn att leka med där, men många som slåss också, precis som även Joakim gör när han får tillfälle. Här är det lugnt, inga andra barn. Ingen blir arg när Joakim tappar skeden på golvet tre gånger efter varandra och Bengt måste ta upp den, trots att han låtsas att han är stel och säger "aj, oj, oj". Han tar med sig Joakim ut i trädgården och de gräver tillsammans i sandlådan, fyller kakformarna och välter upp på sandlådans kantbräda. Se-dan springer de fram och tillbaka över gräset. Bengt låtsas att han inte hinner ikapp Joakim, och Joakim skrattar förtjust så saliven stänker.

Efter några besök hos Britta och Bengt tillsammans med Joakim kan Cecilia lämna honom där. Det känns som en stor lättnad.

Barnen får vara hos sina kontaktfamiljer varannan helg. Men övriga dagar ska Cecilia ta hand om barnen och sig själv. Cecilia känner sig alldeles utpumpad. Ska hon då aldrig bli frisk? I magen ett glödande inferno från magkatarren. Molande värk i axlarna och ryggen. Hon borde ha en bil, så att hon slapp bära de tunga matkassarna från affären. Hon tog körkort när hon jobbade på bilverkstaden, men egen bil har hon aldrig haft. Det var Nils´ bil och Björns bil när hon var tillsammans med någon av dem.

Kvällen och natten väller in över Cecilia och barnen. En glödlampa i köket är trasig, hon har inte kommit ihåg att köpa någon ny. Nyss uppackad mat ligger osorterad på köksbänken och väntar på att plockas in i kylskåp och skafferi. En del ligger i plastpåsar, som inälvor. Julia gäspar och lägger sig på sängen utan att klä av sig. Joakim springer fram och tillbaka och river ner böcker från hyllan i vardagsrummet. Cecilia rusar efter, stressen står som en radioaktiv aura omkring henne. Rätt som det är känner hon att benen inte bär henne, det snurrar i huvudet och hon sjunker ner på hallgolvet. Hon ser hur armen håller på och bleknar bort, sedan försvinner allt i rummet. En stund är hon medvetslös, sedan glider hon tillbaka till verkligheten, när hon märker hur Joakim klättrar på hennes orörliga kropp och drar henne i håret. Han är lite blöt på benet, blöjan har läckt.

Hon måste be om hjälp. Cecilia kravlar sig upp och ringer till Britta.

"Kan ni komma och hjälpa mig?"

"Åh kära nån", snörvlar Britta. "Vi är sjuka här. Vi har feber och Bengt har kräkts. Tyvärr, det går inte."

Nu är Cecilia desperat. Hon gråter och ringer polisen som ska kontakta socialjouren. Men ingen hör av sig. Joakim har fått tag på en plastkasse och vevar runt med den, *tänk om han trär den över huvudet!* Det svartnar igen för ögonen på Cecilia. Hon sjunker ner på golvet som en trasa, som om kläderna tömts på sitt innehåll.

"Jessica, gå och knacka på hos grannen, de kanske kan hjälpa oss!"

Jessica går ut och Cecilia hör pinglandet på dörren innan hon svimmar igen.

Nu kommer det en kvinna som förskräckt stannar innanför dörren, när hon ser Cecilia liggande på golvet, och Joakim som springer omkring med plastkassen.

"Ska jag ringa efter ambulans?" frågar hon osäkert.

"Nej, nej", säger Cecilia med en röst fylld av skam och förnedring och försöker resa sig.

"Men kan du hjälpa mig med barnen, de behöver få kvällsmat och välling och komma i säng."

Och kvinnan kavlar upp ärmarna och sätter igång. Hon börjar med att stuva in den inköpta maten i kylskåpet. Sedan kokar hon choklad till Jessica och Julia och välling till Joakim, hon tvättar barnen och borstar deras tänder. Så sätter hon på dem pyjamas, stoppar dem i säng och tröstar dem när de gråter lite. Mitt i bestyren ringer socialjouren.

"Hur var det här då", frågar en röst i andra änden.

"Jag har fått hjälp av grannen", säger Cecilia med svag röst.

"Så bra, jag hade ändå ingen hjälp att ge", säger rösten i andra änden.

Hur kan det vara möjligt, tänker Cecilia. *Finns det inget skyddsnät alls?*

Barnen har somnat och grannen går sin väg. Cecilia kan inte sova, trots att hela hennes kropp längtar efter sömn. Hon tänker på Jessica som fick gå över till grannen och det hugger till i bröstet vid den tanken. *Undrade Jessica om mamma skulle dö? Undrade hon vad hon skulle göra om ingen öppnade hos grannen? Jessica som var bara sex år.*

Nästa dag är det Jessica som får ringa till kommunen, och fråga om mamma kan få hjälp av en hemsamarit.

"Ja, några timmar nästa dag, kanske", blir svaret. Cecilia sover en stund, ringer sedan själv.

"Nu låter du genast piggare", säger hemtjänstchefen med skarp röst. "Hur vore det om du tog ditt ansvar?"

Kapitel 20. 1993. Eva-Lisa.

Arbetsgruppen har samlats för en gemensam studiedag. Eva-Lisa undrar för sig själv om den kommer att leda till något. Mycket prat och lite verkstad? Äsch, nu måste hon försöka vara positiv. Mihkkel berättar att han gått en kurs i ledarskap, och nu säger han att han måste hitta på något för att främja glädje och sammanhållning hos medarbetarna. Eva-Lisa tycker det låter bra. Alla har sett lite molokna ut på sistone och till och med fräst åt varandra. Det är något nytt.

"Det bästa vore om vi kunde få lite fler fikapauser", säger Ale som inte har gått någon ledarskapsutbildning, men ändå har en osviklig känsla för vad som skulle behövas. Det är under fikapauserna som de öser ur sig frustration och bollar idéer med varandra om vad som bör göras.

"Sedan så tycker jag att vi kan ha vissa möten ute. Promenerandes", fortsätter Ale. "Under förutsättning att vädret tillåter", tillägger han och tittar ut genom fönstret där snöslasket vräker ner.

Eva-Lisa har kikat i Mihkkels kursbok när den legat framme på skrivbordet. Delaktighet och inflytande stod det på flera ställen i boken. Fina honnörsord. Frågan är bara hur de ska omsättas i praktiken.

De blir indelade i mindre grupper. Emil och Isabell är nyanställda och har känt sig lite utanför, så de är förväntansfulla nu.

"Tänk inte på om det är genomförbart eller ej", säger

Mihkkel generöst. "Bara brainstorma. Så får vi stryka sedan."

De sätter igång. Det blir långa listor:

- Minska personalomsättningen
- Färre ärenden per handläggare
- Bättre samarbete med skolor, BUP (barn- och ungdomspsykiatrin) och polisen
- Avlastning av andra ärenden under tiden som någon jobbar med en LVU-ansökan (LVU: Lag med särskilda bestämmelser om vård av unga. Tvångsomhändertagande.)
- Tätare uppföljning av familjehemsärenden
- Mer uppskattning om någon har gjort något bra
- Våga berätta om man själv tycker man har gjort något bra
- Våga fråga varandra om man är osäker

Nästan allt kokar ner till frågan om att de är för få socialsekreterare. Att de inte hinner. Så det mesta måste strykas. Men de tre sista förslagen verkar genomförbara.

Mihkkel samlar ihop synpunkterna och säger sedan att han funderar på en omorganisation.

Eva-Lisa får ståpäls. Det låter illavarslande. Omorganisationer brukar betyda allmän oreda och en massa meningslösa möten.

"Mycket skrik och lite ull sa kärringen när hon klippte grisen", säger hon. "Det är min sammanfattning av omorganisationer."

Mihkkel låter sig inte hejdas.

"En del skulle kunna jobba med barn och en del andra med ungdomar", föreslår Mihkkel. "Så blir det lite mer avgränsat och man blir duktigare på det man gör."

"Och om det finns både barn och ungdomar i en familj, hur gör vi då?" frågar Eva-Lisa.

"Då jobbar man tillsammans", säger Mihkkel. "Precis som ni gör i dag."

"Men vi är för få för att dela upp oss på det där viset. Det blir ojämn belastning", invänder Ale. "Och om vi ändå måste jobba tillsammans i en familj, vad blir då vitsen med den där omorganisationen?"

"Det finns familjer som bara har barn eller som bara har ungdomar", säger Mihkkel.

"Risk- och skyddsbedömning", säger Rickard som är fackligt skyddsombud. "Det ska man ha innan man gör en omorganisation. Så att man har tänkt igenom hur det kan påverka arbetsmiljön för dem som jobbar. Har du gjort någon sådan, Mihkkel?"

Mihkkel skruvar på sig.

"Jag var på en konferens en gång och träffade socialsekreterare från andra kommuner", säger Eva-Lisa. "En kommun skilde ut sig med att ha behållit många av sina erfarna handläggare. De hade knappt någon personalomsättning alls."

Alla tittar intresserat på Eva-Lisa.

"Vad hade de gjort då?" undrar Astrid och lyfter på ögonbrynen.

"De hade inte haft någon omorganisation de senaste tio åren", svarar Eva-Lisa med ett leende.

Mihkkel skakar på huvudet. Eva-Lisa tycker sig förstå vad han tänker. Att hon nog är lite bakåtstävande.

De lyckas avstyra omorganisationen. Mihkkel är aldrig omöjlig.

"Om vi har pratat färdigt, så kanske vi kan sätta igång med att jobba nu", säger Astrid och skrapar bort lite nagellack från ena nageln. Hon har redan rest sig upp och lagt undan sitt anteckningsblock.

"Jag tänkte hinna ringa några samtal också innan vi slutar för i dag", fortsätter hon.

Då säger Isabell: "Men jag har funderat på en sak. Det är om man kanske blir avtrubbad i det här jobbet. Att man ser så mycket elände, att man försöker hålla det ifrån sig. Att man kanske inte tar anmälningar på lika stort allvar efter ett tag. Därför att man inte riktigt orkar."

"Det borde vi *verkligen* prata om", säger Eva-Lisa och ger Isabell en uppskattande blick.

Men det får vi väl göra en annan gång", säger Astrid otåligt och Mihkkel nickar. Mötet är slut.

Eva-Lisa funderar. Har glädjen och sammanhållningen i gruppen ökat nu? Hon vet inte. Men de har fått prata av sig i alla fall.

Isabells fråga surrar i huvudet på Eva-Lisa, när hon sitter på bussen för att åka hem. Blötsnön gör att hon inte vågar cykla. Hon känner lukten av våta kläder och svett i bussen och det rinner en liten stril av smutsvatten längs bussgolvet. Passagerarna är trötta och några har slutit ögonen under färden. Det är redan mörkt ute och skyltfönster och mötande bilars lyktor glimtar till när de passerar. Hon tycker sig känna igen en kvinna med en femårig pojke. Det hade kommit in en anmälan till socialkontoret från skolan om att kvinnan brukade nypa sin son som straff. Det hade han berättat för sin fröken och han hade visat

sina blåmärken. Men mamman sa att det där var en miss-uppfattning. Hon hade tagit ifrån honom en ömtålig vas som han inte velat släppa. Och då fick hon ta loss hans hand från vasen. Kanske blev det något märke på hans arm då. Men det var bara en gång som det hänt.

Ord mot ord? Det är lätt att avfärda pojkens ord utifrån vad mamman sa, och tänka att det där var nog inte så farligt. Men om pojken hade rätt? Om det förekom regelbunden misshandel och så hade det inte hjälpt att berätta. Då skulle han nog inte berätta mer.

Och nu tänker hon på Joakim. På att de kanske låter det gå lite för långt med honom. För mycket av "vänta och se". Borde han inte omhändertas nu för att få en chans i livet medan tid är?

Kapitel 21. 1994. Jessica.

Det är roligt att gå i skolan, tycker Jessica. Hon kunde läsa redan innan hon började ettan och nu går hon redan i tvåan. Men hon har ofta ont i magen. Då får hon vara hemma från skolan ett par dagar och kommer efter med skolarbetet.

Det fina är att mamma också har börjat skolan. "Fint som snus", säger mamma och skrattar. Hon har börjat på Komvux och hon ger sig iväg samtidigt med Jessica och Julia på mornarna. Fast Julia går bara på lekis än så länge. Och Joakim är kvar på dagis.

Det som är fint är att mamma är glad.

"Komvux är helt annat än den vanliga skolan", säger mamma fast Jessica inte förstår skillnaden. Men mamma läser i sina böcker och räknar matte, och när hon pluggar på kvällarna är det bäst att Jessica och de andra syskonen håller sig undan tills hon är klar.

Det finns ett annat skäl till att mamma är glad och det skälet heter Roger. Roger har flyttat in till dem och Jessica kan inte bestämma sig för vad hon tycker om honom. Hon tycker nog att han är lite onödig. Den tid som blir över när mamma har pluggat färdigt kunde hon väl vara med Jessica, i stället för att vara med Roger. Mamma sitter med honom i vardagsrummet och lyssnar till hans gitarrklinkande och sjunger med. Och de pussas och kramas fast Jessica är där och ser. Roger knäpper upp mammas blus och drar undan behån så att brösten ramlar ut. Han lutar sig fram och tar ena bröstet i munnen och Cecilia skrattar och knuffar undan honom. Fast det är en vänlig knuff och han bryr sig inte om det, han fortsätter att slicka och suga på bröstet och sedan knuffar hon inget mer. Jessica vänder sig om. Usch, vad de är pinsamma!

"Roger är en rock´n roll-kille", säger mamma, som om det skulle förklara något.

Joakim håller sig så nära Roger han kan. Ibland tar Roger Joakim och svingar honom rätt upp i luften, och Joakim skrattar så han nästan tappar andan.

Roger och mamma brukar dricka vin tillsammans. Då blir de extra pratsamma och ibland högljudda, så om Jessica har tänkt läsa läxor (fast det har hon inte tänkt) så skulle det inte gå.

När Roger har suttit och druckit några timmar så börjar han tjafsa med mamma. Och mamma tjafsar tillbaka. De blir argare och argare på varandra. Rätt ofta bråkar de om pengar.

Jessica vet när barnbidraget ska komma. Det är den tjugonde i varje månad. Dagarna innan barnbidraget är det nästan tomt i kylskåpet och luften hemma är explosiv. Irritationen hänger som en tickande bomb och varje ord får luften att vibrera. Jessica och syskonen försöker hålla sig undan så mycket de kan, de vågar knappt andas.

Varannan helg åker Jessica och Julia till sin kontaktfamilj, Ursula och Harry, och Joakim åker till Britta och Bengt. Mamma blir så lättad när de åker. Hon kramar dem som om hon aldrig vill släppa dem, men säger ändå att hon tycker det blir skönt att få vara lite ledig. Få vila ordentligt. Jessica undrar om Roger låter henne vila. Han brukar sällan hjälpa till med att laga mat och göra annat som behövs där hemma.

Ibland är han också uppe hela nätterna och då tycker han att även mamma ska vara uppe. Men de kan förstås vila sedan på dagen, om det är helg och Jessica och syskonen är hos sina kontaktfamiljer. Det är svårare alla andra dagar.

Socialsekreteraren Eva-Lisa har nu kommit på hembesök och Jessica hör hur hon och mamma pratar i köket. De har stängt dörren och sagt till Jessica att hon ska vara på sitt rum, men hon ställer sig utanför och försöker lyssna på vad de säger.

"Jag har ett förslag", säger Eva-Lisa. "Och det är att du skulle kunna låta Joakim bo hos Britta och Bengt. Joakim verkar ju trivas hos dem."

"Det är själva fan att så fort något verkar funka så blir det problem", skriker mamma. "Ska jag lämna bort Joakim? Vad är jag för mamma om jag lämnar bort mitt barn? Ska Joakim säga mamma och pappa till Britta och Bengt?"

"Jag trodde du tyckte om Britta och Bengt", säger Eva-Lisa. "Och att det känns bra för dig att han också gillar dem."

"Som *kontaktbarn*, ja", skriker mamma. "Inte som *familjehemsplacerad*. Det är en *jävla* skillnad! Svara nu: Ska Joakim säga mamma och pappa till Britta och Bengt?"

"Det behöver han inte alls göra. Du kommer alltid att vara hans mamma. Det har vi ju pratat om tidigare."

"Men vi pratade inte om att han skulle vara placerad. Att han skulle *flytta*. Bara att jag skulle få avlastning."

Jessica känner halsen snörpas ihop. Ska Joakim flytta från dem? Han är visserligen jobbig, men han är deras bror. Borde inte Eva-Lisa fråga Jessica vad hon tycker?

"Joakim behöver så mycket stöd", säger Eva-Lisa. "Det har du själv sagt. Och du kommer förstås att hålla kontakt med honom. Han kommer hem lite då och då för umgänge."

"Så jag ska ha mitt eget barn för *umgänge*", gråter mamma. "Nej tack!"

Nu kan Jessica inte låta bli att gå in i köket och slå armarna om mamma.

"Gråt inte", säger hon och lägger sin kind mot mammas. Jessica väntar på att Eva-Lisa ska säga något till henne, men det gör hon inte.

"Du kan väl fundera på saken", säger Eva-Lisa i stället till mamma. "Om du inte vill att Joakim ska flytta till Britta och Bengt, så kommer det tyvärr bli så att han inte kan fortsätta som kontaktbarn hos dem heller. För de vill absolut bli familjehem. Och då blir det ett annat barn som vi placerar där. Jag tycker det vore synd, uppriktigt sagt, men det kan jag inte göra något åt. Smält det här nu, så hörs vi nästa vecka igen."

Eva-Lisa reser sig upp. Jessica ser att även hon är lite glansögd. Mamma sitter kvar.

"Hej då", säger Eva-Lisa.

Mamma säger ingenting. Hon sitter med huvudet lutat i händerna, och Jessica stryker henne över håret.

Jessica och Julia trivs inte särskilt bra hos sin kontaktfamilj Ursula och Harry. Harry är glad och skojfrisk, som en kompis, men Ursula är sur och hård. Det finns inga andra barn i familjen, och inga som kommer på besök heller. Sedan börjar de tycka att Harry beter sig lite konstigt. Han vill ofta titta när de sitter på toaletten och när de duschar.

På kvällarna sitter alla fyra och tittar på teve tillsammans. Flickorna har nattlinnen och inga trosor. Nu ser de en läskig film och blir rädda.

"Kom till mig", säger Harry i soffan och tar Jessica i knät. Julia sitter tätt intill och blundar för att slippa se det läskiga på teven. Soffan sluter sitt skinn om henne. Den här gången är det Jessica som han tar i knät, en annan gång är det Julia. I början kändes det tryggt och mysigt men så småningom ändrar sig känslan till det motsatta.

Harry stryker med handen över Jessicas mjuka lår under nattlinnet, handen närmar sig könet, ett finger pillar. Jessica vrider sig för att komma undan, Harry håller fast. Ursula tittar på teven. Ibland kastar hon ett hastigt öga åt Harrys håll, men hennes ansikte är blankt. Hon ser, men ser ändå inte.

Nu är det kväll. Harry har nattat flickorna och de har krupit ner under täcket. Jessica håller just på att glida in i sömnen då hon ser att sovrumsdörren försiktigt öppnas. En skugga, hon stelnar till. Det är Harry och han kryper ner i hennes säng. Nu är handen där igen, den smeker, hon vrider sig för att komma undan, men det går inte. Han stönar medan han gnider och hon känner hans tjocka lem mot sitt ben. Fy, vad äckligt, hon vill inte! Efter en evighet slapp-nar han av och stoppar täcket om henne medan han för-siktigt lämnar sängen. Hennes hjärta bultar. Nu dröjer det länge innan hon somnar.

När flickorna ska duscha ber de till Gud att det ska vara Ursula och inte Harry som ska hjälpa dem. De tycker inte särskilt bra om Ursula men de vet vad som ska hända om det är Harry. Han känner på dem i duschen. De blir inte rena av det strömmande vattnet, i stället känner de sig alltmer smutsiga, av Harrys blickar och av hans händer. När de har tvålat in sig ber han dem att ta på sig själva, att smeka och att ta på könet. Jessica känner sig illamående. *Det är som att våra händer blir Harrys händer, Harrys händer blir våra händer.* Harry sitter på en pall vid sidan om. Han har tagit fram sin lem och drar den fram och tillbaka medan han tittar på flickorna. Hans blick är simmig, hans ansikte förvridet. Julia och Jessica tittar på varandra, eller på golvet i duschen.

Ibland försöker Julia att uppehålla Harry när de ska duscha, så att han ska glömma bort att ta på dem. Men Jessica rycker henne otåligt i armen och viskar att det är lika bra att få det gjort.

Det Harry gör är nog fel, tänker Jessica, men mamma får inget veta. Hon skulle bli så orolig. De måste försöka att stå ut. Jessica sväljer allt det hemska och det samlas som en ond klump i magen.

Kapitel 22. 1994. Jessica.

"Vi måste försöka få tag på fotona", säger Jessica till Julia en dag när de är hos Harry och Ursula. Hon vet att Harry har fotograferat dem när de varit nakna. De känner på sig att det inte är någon idé att be om att få fotona. Nej, de måste stjäla dem när ingen ser.

"Om vi tränar oss på att vara vakna på natten, så kan jag smyga upp då och leta i deras lådor", säger Jessica.

"Ja, bra om du kan göra det", säger Julia, men hon ryser samtidigt "Tänk om du blir upptäckt! Harry är så läskig när han blir arg."

"Jag ska se till så jag inte blir upptäckt", säger Jessica, men känner samtidigt ett tryck över bröstet, som om ett stort djur har satt sig där.

Nu börjar de träna på att hålla sig vakna på natten, både hemma och när de är i kontaktfamiljen. Det är inte lätt att ligga och vara vaken fast man vill somna hela tiden. Men de peppar varandra och det går bättre och bättre.

En natt är det dags att leta efter fotona. Harry och Ursula har somnat och Jessica stiger försiktigt upp ur sängen. Hon ser att Julia är vaken. Jessica nickar åt Julia som knappt märkbart nickar tillbaka. Det är mörkt i rummet, men mellan gliporna i persiennerna silar det in ljus från månskenet utanför. Julias ansikte lyser vitt bland skuggorna.

Golvet knarrar lite och Jessica råkar stöta till en stol. Det smärtar till i hennes knä och hon hejdar sig för ett ögonblick, stannar och lyssnar. Hon hör inget utom sina egna hjärtslag. Hon tar fram den lilla ficklampan, som hon smusslat med sig hemifrån, och låter käglan lysa över hallen och trappan. Försiktigt går hon ner, ett steg i taget. Oj, vad trappan knarrar! Om någon kommer ska hon säga att hon går i sömnen. Hon andas sakta, för att få slut på de nervösa ryckningarna i kroppen och hejda käkarna som skallrar.

Jessica går fram till skänken i vardagsrummet, hon drar ut en låda i taget och gräver igenom brev och foton. Inga bilder på Jessica och Julia – jo där. Hon tar ett foto och skjuter sedan snabbt igen lådan, stoppar fotot innanför nattlinnet och klämmer fast det med armen.

När hon kommer upp i hallen hör hon ljud från Harrys och Ursulas sovrum. Åh, de har vaknat! Kanske är de på väg för att leta efter henne? Hon vet inte vad hon ska göra, så hon stannar och står blickstilla i flera minuter. Så smyger hon vidare, ett steg i taget. När hon passerar Harrys och Ursulas rum ser hon att deras dörr står lite på glänt, och att det lyser en svag lampa där inne. Det rör sig i deras sängar. Ett täcke är kastat åt sidan och de nakna kropparna rör sig mot och med varandra. Jessica ser Harrys rygg och Ursulas huvud och hals och Ursula har ett strypkoppel på sig. Ett plötsligt illamående väller över Jessica, ormlikt och kväljande, och hon känner en oväntad sympati för Ursula. *Kärringen är också ett offer*, tänker hon.

När Jessica kommer tillbaka till sin säng gömmer hon fotot under madrassen. *Måste komma ihåg att ta med det hem när vi åker i morgon*, tänker hon. *Var ska jag gömma det då? Åh, jag kommer på något.* Hon ger Julia en snabb kram och sjunker sedan ner i sängen. Ligger en stund, medan hon känner hur pulsen lugnar sig och kroppen blir allt tyngre, innan hon till slut somnar.

De fortsätter att åka till Harry och Ursula varannan helg. Jessica gör resorna med blandade känslor. Mamma är trött och Jessica vet att de måste åka. Ibland kan de också leka och ha kul där i kontaktfamiljen. Och hemma börjar hon nu ledsna på Roger som ibland uppträder skrämmande, därför känns det skönt att åka ifrån honom. Senare får hon veta att Roger knarkar. Hon vet inte vad som är värst, att vara hemma med mamma och Roger eller att åka till Ursula och Harry.

Kapitel 23. 1994. Jessica.

En bil svänger in på gårdsplanen. Det är Harry som kommer för att hämta flickorna. Jessica och Julia har gjort sig i ordning och står med sina ryggsäckar och kikar ut genom fönstret. Jessica har en klump i magen, men säger strängt åt sig själv med sin inre röst att hon ska skärpa sig. Mamma jagar Joakim som rusar i högsta fart mellan rummen. I förbifarten drar han med sig en burk med pennor som står på bordet, så att de flyger över golvet. Mamma har mörka ringar av sömnbrist under ögonen. Nu plingar det på dörren.

"Hej", säger Harry glatt, "så var det dags igen, tjejer!"

Julia ler, medan Jessica kniper ihop munnen och vänder bort ansiktet.

"Det blir bra", säger mamma, "jag skulle behöva vila men det går ju inte när jag har Joakim också".

Harry lägger huvudet på sned medan han betraktar Joakim som stannat upp i sin framfart.

"Men då kan väl Joakim följa med också", säger Harry. "En mer eller mindre spelar ingen roll."

Joakim ser häpen ut och försöker smita iväg, men Harry fångar in honom med sina kraftiga armar. Joakims ansikte skrynklar ihop sig. Jessica betraktar hans läppar som har spår av flera operationer, fast han knappt hunnit fylla fyra år. Mamma stryker honom över håret och vädjar.

"Joakim – det var snällt av Harry, du kan väl följa med?"

Utan att vänta på svar tar Harry Joakim i handen och går mot utgången. Jessica och Julia följer efter. Mamma får en sista kram av Julia.

När de sitter i bilen känns allt fel. Varför skulle Joakim med? Det blir inte bra. Jessica känner sig frusen inombords. Joakim sparkar och väsnas i bilen, men han har en syster på var sida som försöker lugna honom. Julia börjar sjunga och Jessica faller in. Harry visslar i framsätet och ökar farten på bilen. Nu närmar de sig "kom-till-mig-kurvan."

"Det här är kul, Joakim", säger Jessica, "det känns i magen snart, oiiii …"

Till slut är de framme och möts av Ursula som ser rätt sur ut. Hon verkar inte glad att vi kommer, tänker Jessica. Jag tror inte hon gillar barn egentligen.

"Jag har en extra unge med mig i dag", säger Harry när han hjälper barnen ur bilen. "En ful liten jävel." Ursula drar på munnen.

Vad tycker hon egentligen, undrar Jessica för sig själv. Javisst, Joakim, han är verkligen ful med sitt vanställda ansikte, men Harry brukar ofta skoja. Det gör han nog nu också, hoppas att Joakim förstår det.

"Jaha, men honom ska vi väl ha någon användning för ändå", säger Ursula och det låter käckt, men kan förstås uppfattas precis tvärt om. *Vad menar hon egentligen,* tänker Jessica. *Hon kanske är arg på Harry som inte ens har frågat Ursula innan han tog dit ett extra barn. Men då är det väl Harry hon ska skälla på, och inte säga sådana där saker om Joakim så att han hör.*

Sedan blir det som Jessica har befarat. Joakim slänger potatisar på golvet och skriker "ditt jävla mongo" till Harry. Jessica och Julia sitter och petar i maten, sedan går de till sitt rum och tar fram några Bamsetidningar som de börjar bläddra i. Jessica hör röster från köket, Joakims gälla och Harrys mörka, ilskna. Så ett tjut från Joakim och han kommer springande. Han håller sig om armen och det rinner tårar längs kinderna.

Barnen leker en stund tillsammans. Joakim tröttnar fort och går på upptäcktsfärd i huset. Nu skriker han igen och Harrys röst dundrar. Flickorna rusar ut i farstun. Där ser de att Harry har dragit fram en hundbur som han motar in Joakim i. Joakim vrålar och tårarna sprutar. Jessica och Julia kryper in under trappan. De både vill och vill inte se. Harry slår med ett skärp på buren så det klingar när spännet slår mot spjälorna. Jessica och Julia kryper ihop ännu mer och rycker till för varje slag, som om det var de som satt i hundburen. Nu kissar Joakim på sig. Den mörkgula vätskan rinner längs benet, över burens golv och ut över mattan i hallen. Ursula skriker till, fångar upp mattan och springer ut med den. Harrys blick är mörk när han tittar på Joakim.

"Du måste väl ändå lära dig...", muttrar han.

Sedan tar han ett skåp och drar det över golvet, så det stänger till öppningen under trappan där flickorna sitter. Nu är de också instängda. Men Jessica kikar mellan springorna. Då händer det osannolika. Harry öppnar gylfen och tar fram sin lem. Det kommer ett par droppar och sedan en flod som han styr över hundburen. Joakim kryper ihop, trycker sig mot väggen, håller händerna över huvudet och hulkar. Julia gråter ljudlöst under trappen. Jessica lägger armen över henne och försöker med handen hindra henne från att se.

Så sitter de en evighet eller hundra år eller tio minuter. Ursula stökar i köket och Harry har gått ut. Jessica knuffar på skåpet som långsamt rör sig. Till slut är de fria. Med darrande händer lyckas de öppna dörren till hundburen, och Joakim släpps ut. Resten av dagen lever Jessica som i ett töcken.

På kvällen när de ska sova står alla tre barnen med armarna om varandra och gungar. Jessica säger gång på gång, "det är bara en dröm, det har inte hänt, det är bara en dröm."

"Jag vill berätta för mamma", snyftar Julia.

Men Jessica stryker henne över håret och säger, "nej, nej, tyst Julia, det är bara en dröm." Kanske är det så. Ingenting har hänt. Hon upprepar orden för sig själv och Julia säger efter henne. Men Joakim stirrar hätskt på Jessica. "Jag ska döda honom", väser han för sig själv samtidigt som hans tårar börjar rinna igen.

Jessica är torr i halsen. Ska de berätta för mamma i alla fall? Måste inte mamma få veta? Men vad händer då? Mamma tar en massa tabletter. Mamma blir dödssjuk, *dödssjuk*. Det får inte hända. Det är hon, Jessica, som måste se till så att det inte händer, allt hänger på henne. Hon får inte svika mamma. Hon måste se till att ingenting kommer fram. *Ingenting*. Hon trycker tillbaka alla tankar på att berätta. Och sedan stänger hon till om sitt innersta.

Men det finns något de kan göra. "Vi rymmer i natt", viskar Jessica.

"Du är inte klok", säger Julia oroligt. "Det går väl inte! Det är flera mil hem. Vad ska vi säga till mamma? Och hur ska vi komma ut? De låser dörren på natten."

"Jag har lärt mig att dyrka upp dörrar", säger Jessica självsäkert. "Och vi säger att du blev magsjuk och längtade hem."

"Snälla Jessica, gör inte det", vädjar Julia.

Men Jessica är stenhård. "Vi måste bort från det här dårhuset", säger hon, "det fattar du väl. Vi liftar med en bil eller något."

Jessica smyger upp mitt i natten, går ner för trappan och börjar bearbeta låset till ytterdörren. Hon blir svettig och fingrarna värker, men låset ger inte med sig. Efter en halvtimme måste hon ge upp. När hon kommer tillbaka till sovrummet, urskiljer hon i dunklet en tyst fråga i Julias ansikte. Jessica skakar irriterat på huvudet och kryper i säng men får svårt att sova. Oroliga tankar jagar fram och tillbaka i huvudet. Inte förrän strax innan gryningen somnar hon.

Kapitel 24. 1995. Eva-Lisa.

Vissa ärenden bara snurrar till sig mer och mer, tänker Eva-Lisa. Som en trasslig garnhärva, där det bara blir nya knutar ju mer man försöker nysta upp. Det är Jessica, Julia och Joakim Åkerman som är på tapeten igen. Eva-Lisa ringer till Cecilia. "Tyvärr har vi fått veta att Ursula och Harry ska skiljas", säger Eva-Lisa "Ursula har flyttat från huset och Harry bor kvar."

"Men vad faaan … hur ska jag nu klara mig? Jag måste ha avlastning", säger Cecilia med gråtilsken röst.

"Harry säger att han kan ta emot flickorna ensam, tills vi hittat en ny kontaktfamilj", säger Eva-Lisa.

"Okay", säger Cecilia. "Hoppas det går fort. Eva-Lisa, jag mår inte bra!"

"Jag förstår det", säger Eva-Lisa "För jag har fått anmälningar på er. Kan du komma upp hit till kontoret, för det här vill jag inte prata om i telefon?"

"Anmälningar? Om oss? Det var det värsta jag har hört! Jag vet några i mitt hus som jag skulle vilja anmäla. Det är kanske de som har hört av sig? Om du visste hur det skvallras här på gården!"

"Kan du komma i morgon klockan tio?"

"Ja. Men jag kanske borde kontakta en advokat? Tänker ni ta barnen ifrån mig?" Nu gråter Cecilia.

"Lugn i stormen, nej, nej, vi får prata om det här när du kommer."

Eva-Lisa avslutar samtalet. Hon sitter sedan och läser igenom en rad anmälningar, som hon har fått. En granne anmäler att Cecilia och två andra småbarnsfamiljer har supit under sommaren, och att barnen har sprungit vind för våg. Det har varit bråk i lägenheten och Roger har misshandlat Cecilia. Det här låter inte bra. Men kan det vara som Cecilia säger, att grannarna är osams på något sätt, och att de har anmält för att sätta åt Cecilia?

Nästa dag träffar Eva-Lisa Cecilia, och hennes kollega Astrid är också med. Cecilia är nu lugn och medger utan omsvep vad som hänt. Tårarna rinner när hon berättar: "Jo, jag har druckit vin och tagit antidepressiva. Det har varit mitt sätt att stå ut. Ibland har jag blivit rädd för mig själv när barnen har bråkat. Jag känner att jag vill slå dem. Och ja, jag har slagit dem! Jag slog Julia när hon stulit pengar från mig och köpt godis. Och jag har nypt Joakim i kinden när han trotsat. Hjälp mig, vad ska jag göra?"

Eva-Lisa och Astrid tittar på varandra.

"Man får inte slå barn", säger Astrid.

"Jag *vet*, det är därför det är så hemskt, ni måste polisanmäla mig, annars gör jag det själv."

"Lugn, lugn. Vi måste ordna en plats för dig och barnen på barnpsyk", säger Eva-Lisa. "Så att du får hjälp med att reda upp situationen."

Cecilia nickar. "Ja, det låter bra", säger hon, men ser ändå tveksam ut. "Tar ni barnen om jag nekar", fortsätter hon.

"Men du tyckte ju det verkade bra, så varför skulle du neka", säger Astrid.

"Vi har inte tänkt ta barnen, så ta det lugnt", säger Eva-Lisa. "Det viktiga är att det blir ändring och att du och barnen får hjälp."

Cecilia ser fortfarande tveksam ut, men lyser sedan upp lite och torkar hastigt kinden med handflatan.

"Har ni tittat på Spöknytt på teve?" frågar hon.

Eva-Lisa ser frågande ut men Astrid nickar. Jo, hon har sett och vet vad Cecilia syftar på.

"Cecilia, berätta för Eva-Lisa", säger Astrid.

"Jessica och Julia smet iväg ner till badstranden utan lov", säger Cecilia. "De hade sina balettdräkter på sig och badade med dem, trots att det var mulet och lite småregnigt. Då dök ett teveteam upp, och de tyckte det såg så gulligt ut, så de filmade tjejerna. Och sedan har det visats flera dagar i en vädervinjett. Eva-Lisa, du måste titta!"

Astrid gör sig beredd att avsluta deras möte.

"Vi hör av oss när det blir aktuellt med inläggning på barnpsyk", säger hon. "Prata med barnen om det."

Hon säger inte om de ska polisanmäla.

Då tar Cecilia fram fotot som hon fått av Jessica.

"Det här kortet är taget hos kontaktfamiljen Harry och Ursula. Varför tar man kort på ett naket barn?" undrar hon oroligt. "Tänk om han är pedofil!"

Eva-Lisa tittar på fotot som är ganska oskarpt. En naken flicka som går över gräsmattan. Inte precis någon porrbild.

"Nu skenar visst fantasin iväg med dig", säger hon lugnande. "Det är väl inget konstigt att ta ett foto på en liten naken unge på sommaren. Men det är en dålig bild. Den där kan du slänga."

Cecilia rycker på axlarna och river sönder bilden, som hon sedan slänger i papperskorgen.

När Cecilia har gått, tittar Eva-Lisa och Astrid på

varandra, och båda skakar på huvudet. Eva-Lisa är torr i halsen och svettig under armarna. En rännil letar sig fram under blusen. Hon tittar långt efter Cecilia och öppnar munnen för att säga något, men Astrid hinner före.

"Inte bra", säger Astrid. "Hoppas vi får en plats snart på barnpsyk. Ska du eller jag ringa dit?"

Hela sommaren och halva hösten går innan barnpsyk kan bereda plats för Cecilia och barnen. Socialsekreterarna begär in uppgifter från skola, dagis och fritis. Astrid läser upp dem för Eva-Lisa: "På dagis och fritis säger de att barnen har svårt att leka med jämnåriga. De smiter från dagis, biter och klöser. Julia har snattat, Joakim kissar på sig. Han pratar om poliser, om att mörda och att ingen tycker om honom. Jessica har lätt i skolan men visar humörsvängningar, är trött och sur. Hon pratar om att ta bort sig."

"Tur att de i alla fall har sina kontaktfamiljer", säger Eva-Lisa. "Så att de får koppla av från eländet hemma. Men de har ju haft så många kontaktfamiljer, det har väl också varit slitsamt för dem. Och att även Harry och Ursula ska skiljas, det är väl maximal otur. Ja, hur ska vi kunna hjälpa de här barnen?"

Båda socialsekreterarna sätter sin tilltro till den kommande vistelsen på barnpsyk. Då ska de få en ordentlig utredning av familjen.

Kapitel 25. 1995.Jessica.

Jessica trivs på barnpsyk. Det är lugnt, det är rutiner och om hon vill ha hjälp med något så får hon det. Det är meningen att mamma ska ta hand om dem precis som om de varit hemma, och personalen ska se hur det fungerar. Roger är kvar hemma och tar hand om hunden, katten och papegojan, *hoppas han kommer ihåg att ge dem mat,* tänker Jessica lite oroligt. Hon ber mamma ringa och påminna honom. Papegojan kan nypas ibland, bara inte Roger blir arg på den! Jessica har hört honom muttra att han ska vrida halsen av papegojan, när den är alltför högljudd.

Det är mest Joakim som har svårt att hålla sig i skinnet när de bor på barnpsyk. Han provocerar både mamma och personalen. Nu har de varit här i två veckor och förbereder sig för den tredje och sista veckan. På helgen finns ingen personal här, då ska mamma och barnen vara ensamma.

"Kanske barnen bör åka till sina kontaktfamiljer över helgen", föreslår Gunnel som är personal på barnpsyk. "Det är viktigt att upprätthålla någon slags kontinuitet i vardagen och så får mamma en lugn helg att samla sig på."

Jessica och Julia tittar på varandra och sväljer, men ingen av dem säger något. Harry och Ursula är ingen familj längre, Ursula har flyttat. Nu ska de alltså vara ensamma med Harry.

"Harry har faktiskt ringt och frågat om han får låna flickorna över helgen, det var väl omtänksamt", säger mamma och ser väldigt nöjd ut.

Gunnel nickar uppmuntrande och slår en signal

till socialtjänsten. Javisst, inga problem. Det går bra.

Harry kommer och hämtar Jessica och Julia. Han kör fortare än vanligt och Jessica tycker det luktar lite konstigt i bilen. Visst luktar det öl? Det är en lukt hon känner igen alltför väl, men hon har inte väntat sig att finna den här.

Lördagen blir tråkig och söndagen ännu tråkigare, för Harry ligger mest och sover. De hittar lite mat i kylskåpet och gör i ordning själva. Det blir ingen dusch, det är visst inte så noga med det längre. Men på natten kommer Harry och kryper ner till Jessica som han brukar. Händerna tar för sig av Jessicas kropp. Hon stålsätter sig och räknar till hundra först en gång, sedan en gång till, och sedan märker hon att Harry har somnat. Hon stiger upp och lägger sig hos Julia. De håller om varandra och känner varandras goda lukt och värme. De ligger som två kattungar som slickat sig och sedan kurat ihop sig hos varandra. De behöver inte säga något, de vet att de har varandra och i morgon får de åka hem till mamma och aldrig komma tillbaka hit till Harry något mer.

Kap 26. 1995. Jessica.

Mamma och socialtjänsten får en skriven rapport efter vistelsen på barnpsyk. Där föreslås placering i familjehem av Joakim, stöd för mammas psykiska mående och kontaktfamilj för Jessica och Julia. Jessica vet precis vad som står i den där rapporten, för det har mamma berättat för henne. En av fördelarna med mamma är att hon berättar allting, man behöver inte gissa. Men ibland tänker Jessica att mamma borde låta bli att berätta vissa saker, sånt som Jessica egentligen inte har med att göra. Till exempel om Roger älskar mamma eller inte. Om hon ska gå på möte med socialtjänsten eller inte. Det blir kaos i Jessicas huvud. Där finns inte kvar någon plats för funderingar om henne själv. Om hennes kompisar, om vad hon ska ha på sig nästa dag i skolan, eller vilket teveprogram hon skulle vilja se.

"Jessica, vad tycker du om det där som barnpsyk har skrivit", säger mamma, fast Jessica försöker stänga öronen.

"Det är väl bra att vi får en ny kontaktfamilj", säger Jessica, fast hon förstår att det var det där andra hon skulle ta ställning till. Det som handlade om Joakim. Och som river och sliter i hennes bröst.

"Jag vill fortfarande inte att Joakim ska placeras", säger mamma häftigt. "Ännu mindre nu när inte Britta och Bengt finns kvar. De var de enda som jag tyckte om och kände att jag kunde lita på. Vilken annan familj klarar av Joakim? De kommer att tröttna och så får han flytta vidare. Så får det inte bli."

Vad ska Jessica svara på det? Joakim hade det så bra hos Britta och Bengt. Varför fick han inte stanna där? Men en ny familj … hon vet verkligen inte. Och är det hennes sak att veta? Mamma frågar henne, men bryr hon sig om vad Jessica säger? Hon har ju bestämt sig. Ändå känner Jessica att det hänger på henne. Att det är hon som ska veta vad som blir bäst för hennes syskon. Hon som är storasyster, hon som är mammas stöd.

Jessica och Julia har fått en ny kontaktfamilj, Linda och Niklas. Där trivs de. Jessica tyr sig till Linda och Julia till Niklas. De har inget emot att vara där lite längre perioder när mamma mår dåligt. När Jessica hänger av sig ryggsäcken hos Linda, är det som om hon också hänger av sig mammas bekymmer, lämnar kvar dem att säcka ihop. Bekymren ligger visserligen kvar där och pyr och de blossar upp igen när det är dags att åka hem.

Joakim får också en ny kontaktfamilj, Laila och John. Till Jessica säger han att det inte är så roligt att åka dit, men att han ändå tycker det är okay. Han har också ledsnat på Roger.

En kväll är det oväder på gång hemma. Mamma och Roger skriker åt varandra och Jessica hör hur det krasar av porslin som kastas mot väggen. Det är som att en ravin rivits upp och skakat om i lägenheten. Mamma kommer springande och nästan snubblar över Jessica.

"Kan ni inte lugna ner er, jag vill titta på teve", säger Jessica surt.

"Nu tycker jag att det är du som får lugna dig", säger mamma ilsket. "Det är inte du som bestämmer vilka som ska titta på teve. Om det inte passar så kan du bara sticka."

Jessica och Julia går in på sitt rum, packar sina ryggsäckar och ger sig iväg till fots till Linda och Niklas. Hoppas de är hemma! De bor bara några kvarter därifrån. Julia har glömt att sätta på sig mössa, men Jessica drar upp huvan på hennes jacka så att hon inte ska bli blöt av duggregnet. Julias kinder är våta, är det regn eller tårar? Jessica gråter inte, hon är mest arg. Hon har pressat ihop käkarna så det värker i huvudet. När de lämnat gården ser de en polisbil som kört fram, och strax efter kommer två poliser ut med Roger, som gestikulerar vilt och försöker göra sig fri, samtidigt som han har svårt att hålla sig på benen. Polisbilen startar och lyktskenet sveper över gården. Jessica och Julia ökar takten. De vill bara bort, bort.

Kapitel 27. 1995. Cecilia.

Varför är det så svårt med kärlek? Det räcker inte med att älska varandra, man måste ta hand om varandra också. Det gör inte Roger. Pengarna tar slut hela tiden.

"Jag ska väl inte betala för dina ungar", säger han, fast de lever som en familj.

"Ska jag betala för dig när du inte har några pengar då", fräser Cecilia. Hon är så trött, så trött på att aldrig ha råd. Hon muttrar hela tiden om att de är så fattiga. Ska pengarna räcka?

Så får Cecilia syn på Julia som ser lite orolig ut.

"Mamma, har vi mat till i morgon?" säger Julia.

Cecilia ger henne en puss på näsan.

"Men så du säger, gullungen min! Så klart vi har mat. Och tar det slut så handlar jag mer."

Jessica gör sig i ordning för att gå till skolan. Hon har inte rört sin smörgås som ligger kvar på bordet.

"Ingen salami i dag. Då äter inte jag", säger hon.

Julia tittar länge på smörgåsen, som om hon tänkt ta den och gömma till i morgon, för säkerhets skull. Men mamma slänger den i soporna.

Då kommer Tord som en räddande ängel till familjen. Han är stor och kraftig med svällande armar och buk, och han äter som en häst. Men det har han råd med, för han har en egen bilfirma som går bra. Cecilia kör ut Roger och låter Tord komma in i stället. Tord älskar Cecilia men Cecilia älskar inte Tord. Fast hon står ut med honom, eftersom han kommer med trygghet till familjen. De får göra utflykter och barnen får roliga aktiviteter, de får åka skoter och gå på marknad. Och de får äta dyr och god mat. De njuter av mat som de aldrig kunnat unna sig tidigare, entrecote, musslor och löjrom. Speciellt löjrommen älskar de och brukar äta det till frukost. När Joakim är hos sin nya kontaktfamilj Laila och John på helgen och de dukar fram frukost, frågar han: "Men var är löjrommen då?" Kontaktfamiljen tror att han skojar. Cecilia skrattar gott för sig själv när hon får höra Laila berätta det.

Cecilia gläds åt att barnen får ha det roligt, men själv har hon som en öken inom sig. Hur ska man kunna leva utan kärlek? Utan att ha en själsfrände? Hon vill dela sina tankar om vad hon läst, om sådant som handlar om att höja sig över det vardagliga. När hon försöker prata med Tord om poesi och romaner eller om vad som händer ute i samhället, skrattar han lite nedlåtande. Det är bara hans världsbild som gäller. Och den handlar om att komma sig upp, gärna på bekostnad av andra. *Måste jag ge upp mig själv totalt för barnens skull*, funderar Cecilia.

När Cecilia och Tord ligger tillsammans i sängen och han håller om henne med sina grova armar säger han "vad mysigt vi har det." Men Cecilia tycker inte det är mysigt. Det är som att ligga tillsammans med en flodhäst. Hans knotiga fingrar med spruckna naglar och hans unkna lukt äcklar henne. Hon vrider sig som en lake i iskallt pimpel-vatten, hon vill komma fri. Hur hamnade hon här, i Tords armar? Och det är inte bara kroppen hon har svårt att förlika sig med. Det är också hans attityd, överlägsen och själv-belåten. Hon längtar efter Roger. Hans skratt, hans glittrande ögon när han tittar på henne, hans händer på gitarren och på hennes kropp.

En dag är Roger tillbaka och Tord ute. Cecilia är fattig och lycklig men barnen oroliga. De vet hur det blir.

Cecilia betraktar sitt slitna hem och längtar efter förnyelse. Hunden Morris har kräkts i soffan och fläcken går inte bort. Katten Tussan har klöst på stoppningen, och det hänger långa trådar där. Joakim har ritat på bordsskivan. Själv har Cecilia målat och tapetserat men möblerna kan hon inte tapetsera. Tord hade lovat att köpa en ny soffa till henne, men det var innan hon bytte ut honom mot Roger. Cecilias väninna Liselotte kommer med en strålande idé: De ska klä ut sig till stadsbud och helt enkelt gå in på Obs interiör och hämta en soffa. Cecilia tänker lite dimmigt på vad Sonny sagt om att "ta tillbaka" det som kapitalisterna har roffat åt sig. Har inte kooperationen blivit likadan som de andra storföretagen, och låter folk jobba åt dem för låga löner? Och behåller en orimlig vinst själva? De har nog råd att avvara en soffa.

Sagt och gjort. Cecilia och Liselotte sotar en mustasch på överläppen och klär ut sig i keps och överdragskläder. Kepsarna drar de långt ner i ansiktena. De kliver in på Obs, går fram till en soffa som Cecilia redan har valt ut, viftar med ett papper, och säger i förbifarten att de ska hämta och köra ut en soffa till en kund. Ingen reagerar och de lastar soffan utan problem på den hyrda släpvagnen. De fnissar vilt när de kommit utom synhåll för affären. Soffan vaggar löftes-rikt på släpkärran och de ser fram emot att lasta av den och bära in den i vardagsrummet. Men när de kommer hem ringer telefonen. Det är polisen.

"Vi har hört att du stulit en soffa", säger polisen.

"Vad då ... vem säger det?" undrar Cecilia och biter sig i läppen. Någon har känt igen henne. Men hon finner sig snabbt.

"Ja jag har hämtat en soffa men den har jag köpt. Jag ska dit och betala, jag kan visa upp kvittot."

Polisen nöjer sig så länge men säger att han ska höra av sig igen.

Nu ringer Cecilia runt bland sina vänner och lånar ihop pengar. Hon åker till Obs och betalar, och visar i triumf upp kvittot för polisen. Men så lätt går det inte. Hon blir ändå åtalad för stöld och rättegång väntar.

Kapitel 28. Cecilia.

Det går bra för Jessica och Julia i skolan. Särskilt Julia är väldigt flitig. Hon stänger in sig i sitt rum på kvällarna med läxböckerna, och hon missar aldrig att ta med dem tillbaka till skolan nästa dag. Med Jessica är det svårare. Det händer fortfarande att hon har ont i magen och måste vara hemma. Men hon brukar ha lätt att ta igen det hon har missat. Och nu ska Joakim börja skolan.

Det ska bli möte mellan Cecilia, socialsekreterarna, Joakims assistent på dagis och rektorn. En märklig känsla tar plats i bröstet på Cecilia, när hon går in genom skolans port. Doften av böcker, damm och rengöringsmedel, den där skoldoften. Minnen från hennes egen skolgång, som gör att hon vill rusa därifrån.

De sitter uppradade längs ett bord i ljus björk. Bakom ryggen en bokhylla full med pärmar. Rektorn Ingela är en parant kvinna, iklädd ljusblå kavaj, och hon har ett noggrant sminkat ansikte. Ögonbrynen är kraftiga och ser ut som sniglar som kantrat, munnen är minutiöst målad. Rektorn har en bunt papper framför sig. Hon knäpper lite med sin penna, och stiftet åker fram och tillbaka med ett smällande ljud.

Utanför fönstret piskar regnet och socialsekreterarna, som var de sist anlända, har hunnit bli ordentligt blöta.

Sally, assistenten från dagis, är nervös och snurrar en hår-slinga mellan fingrarna när hon pratar. Men rösten, som är tunn i början, blir allt stadigare när hon berättar om hur svårt Joakim har att fungera bland barnen.

"Han lyssnar inte vad man än säger åt honom. Och han blir arg så fort han inte får som han vill", säger Sally och ser trött ut.

Sedan är det rektorns tur att prata. Rektorn tittar på Cecilia med bestämda ögon och föreslår att Joakim ska placeras i särskola. Föreslår var fel ord, hon säger att han *ska* placeras där.

Cecilia flämtar till. "Aldrig!" säger hon. "Han har inte svårt att lära sig, han har bara myror i kroppen. Han måste få gå i vanlig klass med en assistent."

Men de har tydligen bestämt sig, oj, vad alla är överens. Särskola måste det bli. Ansiktena är som stängda portar, med dörrsignalerna ur funktion. Cecilia funderar febrilt. När härskarspråket lämnat rektorns läppar fastnar det överallt i rummet, på taket, på väggarnas tapeter och på möblernas dynor.

"Måste ni inte testa honom i så fall", säger hon. "Så ni vet om han är särskolemässig?"

Assistenten Sally säger: "Det är nog är lite svårt att testa Joakim, för hur ska man få honom att sitta still under ett test?"

Socialsekreterarna Astrid och Eva-Lisa nickar och Astrid har ett litet leende på läpparna som retar Cecilia till förtvivlan och vansinne.

"Du ska inte sitta och hånle åt mig", utbrister hon och pekar på Astrid.

Astrid svarar inte, men undslipper sig en liten suck. Då rusar Cecilia upp, det här är mer än hon kan stå ut med! Hon står ett ögonblick stilla med skälvande läppar, sedan tar hon tag i bordet som de sitter vid, och välter det med ett brak innan hon rusar ut.

Cecilia ringer till läkaren på kirurgkliniken, där Joakim flera gånger har blivit opererad för sin läpp-käk-gomspalt, och dessutom varit på återbesök ytterligare ett antal gånger.

"De ska placera Joakim i särskola", säger hon med gråt i rösten. "Utan att ha testat honom. Du har ju träffat Joakim, är han ett särskolebarn?"

Läkaren hummar lite innan hon svarar.

"I så fall gör de fel", säger läkaren. "Man får inte placera ett barn i särskola utan att ha testat det. Och vad Joakim beträffar …."

"Ja …", säger Cecilia otåligt.

"Så behöver han förstås extra hjälp. Men inte särskola."

Cecilia hade nog gett läkaren en kram om de inte suttit flera mil ifrån varandra.

"Skriver du ett intyg då?" frågar hon.

"Visst, det kan jag göra", svarar läkaren.

Cecilia sjunker lättad ner på en stol. Så många fighter hon måste ta för sina barn. Nu ännu en avklarad.

En månad senare har Cecilia fått magsår och är inlagd på sjukhuset. Julia bor hos mormor och syskonen hos sina kontaktfamiljer.

Cecilia funderar, hur kunde hon gå med på att placera Julia hos *mormor?* Men det var som om hon inte hade någon vilja när hon var så här sjuk. Mormor tog helt enkelt med sig Julia.

Cecilia ringer till Julia. "Hur har du det, hjärtat?"

Det blir tyst i andra änden av tråden. En liten flämtning (eller en snyftning?) så säger Julia: "Jo, bra ... men det är ensamt. Varför får jag inte vara med Jessica? Eller åtminstone Joakim?"

"Du vet, Linda och Niklas kunde bara ha ett barn boende hos sig. Och då fick det bli Jessica. Och Laila och John har fullt upp med Joakim. När jag är frisk kommer du hem till mig igen."

Men Cecilia tycker att hon kan se Julia framför sig. Hur ensam och övergiven hon är. Cecilia kan se hur Julia vankar omkring i huset och stannar till framför spegeln. Hur hon tittar på bilden och frågar sig: Vem är den där söta flickan med de stora, ängsliga ögonen? Jo, det är ju Julia! Hon kanske ler men Julia är så sträng mot sig själv, det blir bara en grimas. Cecilia tycker sig se den där spegelbilden, leendet som inte når fram till ögonen, ögonen som fortsätter att stirra, vidöppna.

Sedan tänker Cecilia att Julia tittar sig omkring, nej ingen där. Nu ska hon öva sig att prata. Cecilia vet att Julia har svårt att prata när hon är tillsammans med andra människor. Det blir bara hackigt, orden vill inte komma fram. Cecilia har frågat varför, och Julia har mumlat att det är magen som spänner och klumpar som sitter i halsen. När hon försöker så låter det bara "eh, eh, eh ...", och då bryter svetten ut och rinner över hela kroppen. Händerna blir klibbiga och allt hon tar i blir klibbigt. Men nu, framför spegeln i mormors hus, kan hon öva.

Cecilia tycker sig se hur Julias mun rör sig ovant, läpparna är torra trots att pannan pärlar av svett. Hon pratar och beskriver rummet hon står i, gardinerna med mönster av höstlöv, den tjocka mattan som hon gräver ner tårna i där hon står.

Det är alldeles tyst i huset. Åh, Cecilia minns den där tystnaden. Mormor och Ove är på jobbet, men snart kommer de hem. Då kommer Julia att höra slammer från köket, men inga röster, för mormor och Ove brukar inte prata så mycket med varandra, och ännu mindre med Julia. Julia kommer att äta mat och sedan sätta sig i sitt rum med läxorna. Ingen kommer att hjälpa henne, men hon behöver ingen hjälp för hon är duktig i skolan. Julia hade nog ändå tyckt att det skulle ha känts fint om mormor kommit in och satt sig en stund hos henne, frågat hur hon haft det i skolan, vad hon tycker om lärarna och om hon har några kompisar. Men det händer inte.

Cecilia har pratat med Julia om hur det var när hon själv var barn, att hon inte hade det bra då. Nu kanske Julia förstår? I det där huset finns en kvävande tomhet. Ingen som pratar, förklarar, berättar. Alla går bara vid sidan om varandra. Hon tänker att hon *måste* bli frisk snart så att Julia kan komma hem.

Kapitel 29. 1997. Jessica.

Jessica är nu elva år. Hon tycker det går bra att bo hos sin kontaktfamilj Linda och Niklas. Där ska hon bo några månader tills mamma mår bättre. Linda ser till att Jessica äter frukost på morgonen innan hon ska till skolan. Hon kollar att gympapåsen är med på tisdagar och torsdagar och att läxorna blir gjorda. Jessica kryper gärna upp hos Linda i soffan på kvällen, och de pratar om vad de gjort under dagen.

En dag ser Jessica en man utanför skolgården. Han är klädd i täckjacka och säckiga jeans och har en keps på huvudet. Han kikar över staketet, får syn på Jessica och vinkar. Jessica låtsas inte om honom. Hon tittar åt andra hållet, men sedan kan hon inte låta bli att vända på huvudet igen. Då ser hon puckeln på mannen och förstår att det är pappa Nils.

Hur många år sedan var det som de sågs? Många. Hjärtat börjar klappa vilt. Varför har de inte träffats? Inte är det henne det har berott på. Hon har undrat. Men mamma har bytt samtalsämne när hon frågat om pappa. Mamma och pappa var visst osams, det var nog därför.

Hon går försiktigt närmare. Nils ler mot henne och tar fram en CD ur sin väska. ”Vill du ha? Jag hade en extra. Den här gillar jag. Undrar om vi har samma smak?”

Jessica sträcker fram handen och tar emot, vrider fodralet i handen och läser på baksidan. Hon sneglar lite på Nils som är solbränd med buskiga ögonbryn och vita skrattrynkor. Han ser snäll ut.

”Är det en bra skola det där”, frågar Nils och Jessica ryck-
er på axlarna. ”Så där”, säger hon och just då ringer det in,
så hon måste springa. Nils står kvar och vinkar.

Nu går det några dagar, sedan är Nils där igen. De pratar
mer. Något gott växer fram mellan dem.

Pappa. Jag har en pappa som bryr sig om mig, tänker Jessica.
Hon blir varm i kroppen och det känns som hennes värde
ökar.

Det dröjer innan Jessica berättar för mamma att hon bru-
kar träffa Nils. Men så småningom gör hon det, för mamma
kommer ändå snart att få veta det. Jessica har berättat för
kontaktmamman Linda och för sin bästa kompis Alva, så
snart är det många som känner till det. Linda uppmuntrar
henne och mamma höjer på ögonbrynen, ”jaså minsann”,
säger hon bara. Jessica tar det som ett godkännande.

Så småningom får Jessica följa med Nils till hans affär och
lager där han samlar på skivor, instrument, elektronik och
tusen andra saker som han köper och säljer. Han bor till-
sammans med en filippinsk kvinna och hennes dotter My
som är lika gammal som Jessica. My är ett litet kvicksilver,
men glad och rolig och hon och Jessica har kul ihop.
Plötsligt har Jessica fått en pappa och en styvsyster. Livet
har slagit en saltomortal.

En sen eftermiddag är Jessica i affären strax innan Nils ska
stänga. Hon hjälper till med att plocka undan kartonger och
skräp och då kommer han nära henne. Visst har han gett
henne en flyktig kram tidigare men nu lägger han den ena
armen om henne och drar henne till sig. Med den andra
handen stryker han henne först över håret, sedan ner över
axeln och vidare över bröstet, som just börjat få rundning

och hårda knappar till bröstvårtor. Handen glider sedan ner över magen och drar längs insidan av låret. Jessica stelnar och står stilla. Vad är det som händer? Pappa?

Nils smeker henne en stund och släpper henne sedan. De fortsätter att plocka undan i affären utan ett ord. Men i Jessicas huvud är det kaos. En tanke växer och tar form. *Det här har jag varit med om tidigare, det här som jag har försökt glömma. Det som har hänt fast jag sagt till mig själv att det inte har hänt. Jag känner igen det. Jag vet vad som förväntas av mig.*

Vad ska hon göra? Hon har fått en pappa. Han tafsar på henne. Men det kanske bara var den här gången? Hon hoppas det.

Nu är de på väg till Skara sommarland. Det är pappa Nils, filippinskan, My och Jessica. Det ska bli kul! De åker tidigt på morgonen för det är många mil som ska avverkas. Det är en stekhet dag, och pappa Nils har vevat ner sidorutan och hänger med ena armen utanför. Jessica känner hur det fläktar på henne i baksätet. Hennes svettklibbiga blus torkar, det är skönt. Jessica och My räknar hur många bilar de kör om – det är många. De vinkar till de omkörda. Rätt åt dem!

Utanför bilen rusar landskapet förbi och hon ser hur det förändrar sig. Från stora gårdar med imponerande man-gårdsbyggnader och kilometerlånga fält med vajande säd, till kargare och skogigare områden. Nu stannar de vid en vägkrog och flickorna får beställa vilken mat de vill, och Jessica tar hamburgare och pommes frites. Nils och filip-pinskan klagar över sin sega köttbit. Men glassen efteråt överskuggar allt.

På kvällen sover de över på hotell. Det känns lyxigt.

Filippinskan ska natta Jessica är det bestämt. Men i stället kommer pappa. Han fäller ner persiennerna i fönstret, tänder den lilla nattlampan och viker undan det tjocka överkastet.

"Lägg dig här i min säng", säger pappa. "På rygg." Jessica gör det.

"Ta av dig trosorna", fortsätter pappa. Hon tvekar men till slut tar hon av sig trosorna. Resåren är lite trasig och hon drar försiktigt, så den inte ska gå sönder ännu mer.

Nils sätter sig bredvid henne, och sedan sträcker han ut sig i sängen och lägger armen om henne.

"Resan gick ju bra", mumlar han och Jessica nickar. Inget illamående, magsjuketabletten har gjort nytta.

"Och i morgon ska vi undersöka allt som finns här på sommarlandet", fortsätter han. "Det blir kul."

Jessica ser hur Nils knäpper upp sina byxor och tar fram sin lem. Han håller den nära hennes ansikte. "Pussa lite här", säger han medan han lägger sin hand över hennes kön. Vad ful och otäck lemmen ser ut! Köttig och skrovlig och som ett kokt ägg längst fram. Jessica pussar hastigt och vänder sig sedan bort. Nils vrider tillbaka hennes ansikte mot sig, och hon känner hans andedräkt som luktar öl. Obehaget och paniken växer. Hur ska hon göra för att han ska sluta tafsa? Män tycker väl om smala tjejer? *Om jag spänner ut magen så att jag blir tjock ska han väl tycka att jag är ful och låta bli mig.*

Pappa går ut efter en stund och filippinskan kommer in. Hon verkar arg. "Upp med dig, du ska sova med My i det andra rummet", säger hon. Jessica stiger upp och står på golvet, nu har hon trosor och nattlinne på sig. Men hon darrar och mår illa, det sticker i hela kroppen från fötterna och ända upp till huvudet.

Jessica fortsätter att träffa pappa Nils. Han är rolig och omtänksam. De har oftast kul ihop, men ibland vill han tafsa på henne. Hon tänker på hur det var hos Harry, *bäst att få det överstökat,* och går med på att göra som han vill. Nu vill han massera henne och sedan att hon ska massera honom.

"Det hjälper mig att slappna av", säger han.

Han trycker in sina fingrar i hennes underliv, det gör lite ont, hon håller andan tills han slutar. De duschar och bastar och duschar sedan igen. Jessica vill stå hela natten i duschen, hon vill inte gå in till honom. Benen gör motstånd och blir blytunga, kroppen gör uppror. Men hon måste gå.

En gång visar Nils porrfilm och tycker att Jessica också ska titta. Hon äcklas men fascineras också. Så de bär sig åt på filmen! Kryper och krälar och den stora lemmen trycks in i kvinnans mun. Och så smiskar gubben kvinnan med en rem. Efter filmen är Nils upphetsad och hans lem är stor. Han smeker Jessica och trycker in sina fingrar i hennes underliv, *ska han aldrig sluta.* Jessica känner det som om hon ska explodera. Hon vill bara bort, bort därifrån. Hon går ut i köket och ringer till sin kontaktmamma Linda, hon bor ju hos Linda nu. Linda måste komma och hämta henne. Men ingen svarar, i stället går en telefonsvarare igång. Nils ropar otåligt från rummet intill, "ska du inte komma och massera mig någon gång."

Jessica håller luren så att orden ska tas upp av telefonsvararen. Sedan går hon långsamt tillbaka till Nils.

Kap 30. 1998. Jessica.

Nu är Jessica tolv år. Hon mår inte bra, så hon har fått en BUP-kontakt. Men vad ska terapeuten kunna hjälpa henne med när det är så mycket som man inte får säga. Allt som hon tryckt tillbaka och som ligger och skaver i magen. Men det är ändå fint att ha någon att prata med. Någon som är intresserad och lyssnar.

Jessica sätter sig i Charlottes soffa. Det är en liten soffa där det bara får plats två personer. Charlotte själv sitter i en fåtölj mitt emot. Sofforna är ljust lila och det ligger en matta på golvet, randig i mörkt och ljust lila. I fönstret står en lila orkidé som just blommar. Gardinerna är vita och skira. Ett fint rum, tycker Jessica. Hon har varit här några gånger. Charlotte har ett runt ansikte, med lite fräknar över näsan och kinderna och långt, ljust hår som hon samlat i en knut, där det ramlat ut några hårslingor. Hon har en kjol som går nästan ända ner till fötterna och silvriga örhängen som klirrar till när hon nickar, vilket hon gör ofta.

Det första Jessica frågade när hon började hos Charlotte var om allt hon sa skulle stanna mellan dem. Charlotte nickade då. Skönt.

Nu sitter Jessica och Charlotte mitt emot varandra som flera gånger tidigare. Det är rörigt i Jessicas huvud. Hon pratar om skolan, om mamma, om syskonen men hela tiden kommer samma tanke upp i huvudet på henne: Harry. Och pappa. Vad de gjort med henne.

Plötsligt glider orden ut ur munnen, orden som hon aldrig vågat säga högt till någon.

"Min kontaktpappa, han … tafsade på mig".

Charlottes ögon vidgas en smula men hon svarar lugnt: "Tafsade, vad menar du?"

Då berättar Jessica. Hennes kinder blir heta av skammen, men hon kan inte stoppa orden när de väller fram. Hon kommer ihåg mer och mer när hon berättar och hon berättar allt. Men om pappas tafsande säger hon ingenting. Där har skammen slagit igen alla dörrar.

Charlotte frågar som om hon inte trott sina öron.

"Var det din kontaktfamilj? Som du fått av social-tjänsten?"

"Ja."

"Det är oerhört …"

Jessica betraktar Charlotte, vars fräknar tycks ha bleknat. Kanske var det fel att berätta. Men det känns ändå bra. Hon har lyft bort en börda från sig själv och lastat över den på Charlotte. Bara inte mamma får veta. De sitter tysta en stund.

"Du förstår kanske att det här måste polisanmälas", säger Charlotte till slut.

En knytnäve i magen på Jessica.

"Nej! Och du har lovat att det jag säger här ska stanna mellan oss."

"Ja, men det finns undantag. Och det här är ett sådant. Jag kommer att göra en polisanmälan. Och berätta för din socialsekreterare som får informera mamma."

Det är ett svek. Att först lova och sedan bryta. Tilliten sprucken som en gammal fönsterruta. Vem ska hon nu kunna lita på? Jessica vacklar ut från rummet. Hon känner hur

det brutna förtroendet förföljer henne som en stickande
stank. Hon vill aldrig gå dit igen.

Kap 31. 1998. Cecilia.

Cecilia står på en stol och putsar fönster. Det är den vackraste månaden, maj, och växtligheten har just kommit igång, det spirar och doftar där ute och högt uppe i himlen svirrar svalorna. Nu går det inte an att ha smutsiga fönster, man måste kunna se allt det vackra utanför. Cecilia gnuggar ihärdigt med trasan och känner sig nöjd med resultatet.

En signal från telefonen. Och en till. Cecilia lägger ifrån sig trasan och sprayflaskan, och tar ett skutt ner från stolen innan tredje signalen når fram.

"Hej, det är Astrid, från socialkontoret. Jag måste berätta en sak för dig. Det kanske blir lite jobbigt för dig att höra, så sätt dig ner först. Jo - jag har fått information från Jessicas BUP-terapeut som har gjort en polisanmälan om sexuellt övergrepp på Jessica. Det gäller kontaktpappan Harry."

Det svartnar för ögonen på Cecilia. *Nej, nej!* Det är inte sant. Det får inte vara sant. Hon håller sig i bänken intill för att inte ramla omkull. Genom det putsade fönstret skymtar hon socialtjänstens hus, bara trehundra meter därifrån. Och Astrid som gömmer sig någonstans bakom en gardin där. Varför orkade hon inte gå den där futtiga sträckan för att se Cecilia i ansiktet och berätta? Cecilia skriker rätt ut:

"Det får inte vara sant!"

"Men varför blir du så upprörd, du har ju själv varit inne på den tanken", svarar Astrid, men det hörs att hon darrar lite på rösten.

"Vad menar du? Jag har väl aldrig trott – jag har litat på er på socialtjänsten."

Så erinrar sig Cecilia fotot. Som hon rivit sönder och kastat i papperskorgen för länge sedan.

"Och hur kan du säga att jag inte har rätt att vara upprörd när det värsta har hänt min dotter", skriker hon och vacklar iväg. Telefonluren blir hängande i sin sladd.

Hon landar på sängen. Gråter och hamrar med nävarna på kudden. Tar fram asken med tabletter. Tar en näve, lite vatten, sväljer, gråter, sparkar med benen, fortsätter gråta, tar fler tabletter, glider bort, domnar av.

Dagarna går i ett enda kaos. Cecilia kommer hem efter några dagar på sjukhuset. Tankarna löper gatlopp i huvudet på henne. *Jag skaffar ett vapen och dödar honom*, tänker hon. Om inte hon gör det kommer Joakim att göra det, det är hon säker på. För när Joakim fick veta spottade han på henne och sa: "Det är ditt fel! Du är vår mamma och du ska skydda oss. Du har lämnat oss till den där jäveln."

Våldet. Där är det. Hon har det inom sig, hon kan använda det.

Vad kostar ett vapen? Hon ringer runt. Tjugotusen kronor. Nej, de pengarna har hon inte och kan inte få tag på heller. Det går inte. Hon måste släppa det.

Cecilia hatar socialtjänsten. Nu ska hon starta krig mot dem!

Jessica blir förhörd av polisen. Socialsekreteraren Astrid följer med som stöd. Cecilia är för svag, hon klarar inte att följa med. Men Jessica berättar för Cecilia, att hon inte tycker att Astrid var till så mycket stöd. Astrid frågade inte en enda gång hur Jessica mådde. Men en liten kram fick hon.

"Mamma, det var kusligt att vara på polisstationen", säger Jessica till Cecilia. "Fast polisen hade vanliga kläder på sig, ingen uniform. Jo, en liten slips i polisfärg. Och polisen var en kvinna. Hon var rätt lik Charlotte. Jävla Charlotte," säger Jessica och Cecilia ser att hon sväljer när tårarna hotar att komma. Jessica berättar att hon och polisen gick in i ett litet rum, och där visade polisen en kamera som satt i ett hörn.

"De spelade in förhöret", berättar Jessica.

"Jaha, vad frågade polisen då", säger Cecilia.

"Hon frågade vad Harry hade gjort och om jag var rädd för honom."

"Och då berättade du. Var du rädd?"

"Ja, väldigt rädd. Men jag vågade inte berätta för någon. Jag sa att Harry kunde vara rolig som en kompis, men att han ibland var arg och då var jag rädd att han kunde döda oss. Det tyckte polisen var konstigt. Men precis så var det."

"Jessica, gumman, varför berättade du inte för mig?"

"Mamma! Jag vågade inte. Jag trodde att du skulle ta livet av dig när du fick veta."

Cecilias tårar rinner. Vad hennes dotter har fått bära! Och Jessica höll tyst för att skona sin mamma. Och Cecilia tänker att allt är socialtjänstens fel.

Kapitel 32. 1998. Eva-Lisa.

Tänk om man fick ägna sig åt ett ärende i taget, tänker Eva-Lisa, när hon sitter med Cecilias mapp framför sig. Men vid hennes sida ligger ytterligare mappar om flera familjer och barn. För att nu inte tala om hennes egen familj. Tankarna på den skjuter hon ifrån sig under arbetstiden. Dottern Rebecka, vad gör hon nu? Är hon i skolan eller har hon gått hem? Eva-Lisa har bokat in en semesterdag i kalendern nästa vecka, när det är elevvårdskonferens.

Hon skissar på ett papper:

- Cecilia självmordsförsök *vilken gång i ordningen?*
- Bråk i lägenheten, flera, den senaste gången
- allvarligast, både Cecilia och Joakim blev
- misshandlade av Roger, hon stryker under *Joakim* och ordet *misshandel.*
- Rättegång om övergrepp på Jessica *och det är vårt fel, vårt fel, vårt fel*
- Hyresskulder, *varför har de inte kunnat förhindra det på försörjningsstöd?* Irriterad grimas.

Telefon från receptionen: "Laura har kommit".

Eva-Lisa tar hissen ner till väntrummet. Hissen visslar till och på ett ögonblick är hon nere. Det är första gången hon träffar Cecilias mamma, men de har pratat i telefon tidigare. Ändå blir hon förvånad när hon träffar henne. I telefon har hon varit närmast arrogant, men nu ser hon mest trött och uppgiven ut. Hon är så liten och bräcklig att vinden borde gå rakt igenom henne. Kritvitt hår, som en hätta av snö. Glasögon med spetsiga bågar som får henne att likna en katt. Ögonen bakom glasen är skarpa och ett tveksamt leende glider över munnen när Eva-Lisa sträcker fram handen.

"Välkommen. Här borta har vi ett besöksrum", säger Eva-Lisa.

"Ja, det var ju jag som ville träffa dig", säger Laura försiktigt när de har slagit sig ner. "Jag är väldigt orolig för Cecilia, men kanske allra mest för barnen."

"Jag har förstått det, ja", säger Eva-Lisa.

"Den här förskräckliga Roger, han har alldeles förstört henne. Det är bara bråk och bråk. Och jag tror att han knarkar."

"Varför tror du det?"

"Han ser konstig ut på ögonen ibland, han vevar med armarna, ja, du vet väl hur man känner igen en knarkare?"

Vi får se till att han lämnar urinprov, tänker Eva-Lisa.

"Cecilia då? Knarkar hon?"

"Nej, det tror jag inte. Men man kan aldrig veta. Fast hon tar massor av piller som skrivs ut från olika läkare. Det är väl ett slags knark det med."

Hon bör nog också lämna urinprov, tänker Eva-Lisa.

"Och barnen, hur är det med dem?"

Nu kommer det tårar i Lauras ögon.

"De har ett helvete."

"Kan du beskriva hur?"

"Joakim, han behöver så mycket tid och omsorg, för att komma på rätt bana. Men Roger lurar i honom en massa tokigheter."

"Som vad då?"

"Att poliser är dumma, att dem kan man lura, att det är rätt att slåss och en massa annat."

Rätt att slåss, tänker Eva-Lisa. *Cecilia har berättat att mamman misshandlat henne som barn. Har mamman förträngt det?*

"Det skulle inte förvåna mig om han bjuder Joakim på knark också", fortsätter Laura.

"Är det något du har belägg för, eller är det något du bara tror?"

"Nej, jag har inga belägg, men det skulle inte förvåna mig. Och flickorna, de går omkring som vandrande vålnader."

"Jag har hört att det går väldigt bra för Julia i skolan", säger Eva-Lisa för att balansera upp. "Skulle det göra det om hon mår så dåligt som du säger?"

"Inte vet jag. Men det är en målmedveten flicka. Inget biter på henne, egentligen. Men Jessica har rispat sig i handlederna. Hon är på väg att bli lika nervig som sin mamma."

Orden flyter ut i rummet som små eldslågor, men de falnar inte, utan ligger och gnistrar på golvet.

Laura nämner inte övergreppet på Jessica, som hon fått höra av Cecilia för några dagar sedan. Elefanten i rummet.

"Så vad tycker du att vi ska göra?" frågar Eva-Lisa.

"Det enda rätta är att omhänderta barnen, så att de får lugn och ro någon gång."

"Tack för dina synpunkter. Ska vi ta det som en anmälan?"

"Absolut. Ni måste göra något!"

Eva-Lisa hinner knappt in i sitt rum, så ringer telefonen. Det är Tord. Men det är ju slut mellan honom och Cecilia. Vad vill han?

"Hej! Jo, jag måste uttrycka min oro", säger Tord direkt.

"Om vad då", svarar Eva-Lisa, fast hon förstår.

"Det är Cecilia och barnen", säger han. "Joakim har varit en hel del hos mig på sistone, och han berättar så hemska saker. Att Roger har dragit Cecilia i håret så att det lossnar och börjar blöda. Sånt där ska väl inte ett litet barn behöva vara med om."

"Det låter hemskt", svarar Eva-Lisa sedan hon svalt några gånger. *Fy fan,* tänker hon. *Men Tord kanske är svartsjuk på Roger och överdriver? Vill ha tillbaka Cecilia?*

"Hur kommer det sig att du tar hand om Joakim? Jag trodde det var slut mellan dig och Cecilia?"

"Slut och slut ..." säger Tord. "För stunden kanske. Men det brukar rätta till sig efter ett tag. Och Joakim trivs hos mig, så han får komma ibland. Och en sak till – har du tid att lyssna?"

"Javisst". *Fast klockan är snart fem. Hon borde gå hem.*

"Hennes farbror hade dött. Och polisen sa att det kunde vara mord eller självmord. Då tog Cecilia en bil som hon lånat och åkte med en helvetisk fart, jag tror de var uppe i 160 kilometer i timmen. Är det klokt det?"

"Det låter livsfarligt. Hur vet du det här?"

"Jag pratade med henne när hon kom hem sent på kvällen. Bilen hade kraschat i en rondell."

"Oj! Hur gick det med Cecilia?"

"Inte en skråma på henne. Hon har en förmåga att komma ner på fötterna."

"Man kan i och för sig förstå att hon var upprörd. Men ändå…"

"Jag blir så orolig", säger Tord med en lång suck.

"Jag med", säger Eva-Lisa. "Men tack för samtalet."

Eva-Lisa går in till sin chef Mihkkel.

"Är gränsen nådd", undrar hon enkelt sedan hon berättat vad hon fått höra.

Mihkkel nickar. "Vi öppnar en utredning", säger han. "Troligen måste vi omhänderta barnen, men vi måste få mer kött på benen först."

Eva-Lisa känner både lättnad och sorg. Det borde inte gå så här. De kunde ha hjälpt bättre. *De kunde ha låtit bli att placera barnen hos en kontaktfamilj som utsätter dem för övergrepp.*

Men de gjorde inte det med berått mod. De var i god tro. Godtrogna, ja. Oprofessionella.

Hade någon annan kunnat förutse? Hon visste inte. Men Cecilia hade ju anat. Varför lyssnade de inte på Cecilia?

Eva-Lisa sitter en stund med huvudet i händerna på sitt rum. Hon lyfter sedan blicken och tittar ut. Vårsolen och några björkar med nyutspruckna blad gör sitt bästa för att få henne på gott humör, men hon reagerar inte.

Telefonen ringer. Det är från Rebeckas skola. Hennes dotter. Hur orkar man ha egna barn, när man hela tiden konfronteras med andra barns nöd? Rebecka var bara i skolan första timmen, sedan gick hon hem.

Kapitel 33. 1998. Cecilia.

Jessica bor hos Linda och Niklas och åker hem till mamma Cecilia på helgerna. Men Linda tycker inte att hon ska åka hem så ofta. Hon säger att Cecilia glömmer att skicka med kläder och skolböcker, när Jessica ska tillbaka till Linda. Cecilia blir irriterad. Man borde kunna begära av Jessica att hon ska hålla rätt på sina egna saker! Cecilia tycker att Linda överbeskyddar Jessica och gör henne lat.

Cecilia skriver brev till Jessica, som hon tar med sig och läser när hon är hos Linda. Linda har bett Cecilia att inte skriva så många brev, för när Jessica har läst dem blir hon så kantig och ovänlig mot Linda. *Jaså, ska man inte ens få skriva brev till sin dotter!*

Cecilia tycker att Jessica har förändrats sedan hon började bo längre tider hos Linda. Hon pratar på ett annat sätt än tidigare, hon använder andra ord och uttryck. Hon har blivit som lite fin av sig. Cecilia blir livrädd. *Min dotter påverkas och förändras. Hon glider bort från mig. Snart kan vi inte längre prata med varandra.*

Cecilia har fått ett meddelande från socialkontoret om att de avslutat utredningen på barnen. I meddelandet står det: "Jessica och Julia har sin kontaktfamilj där de bor tillsammans på frivillig basis. Joakim har också en kontaktfamilj och vistas dessutom mycket hos Tord. Det får räcka för stunden." Men utredningen har för Cecilia känts som en örfil, ett varningsskott. Faran är inte över, bara tillfälligt avvärjd.

Nu gäller det att njuta av att ha barnen hos sig, även om det bara är över helgen. Det är midsommar, och naturen står mjukt och frodigt leende runt omkring dem. Cecilia och barnen ska fira hos Tord. Inte kan Cecilia säga nej när Tord bjuder dem till sitt sommarställe. Det känns fint, även om hon måste stå ut med Tord. Barnen ska få en riktigt härlig midsommarhelg.

Tord kör fram båten och barnen hoppar i. Det forsar om båtens bog när Tord vrider på gasen. Båtens akter gräver sig ner i vattnet, motorn vrålar. Cecilia betraktar Jessica, som vänder upp ansiktet mot vinden och låter håret fladdra bakåt. Stänk från vattnet landar på hennes ansikte, och det syns att hon slappnar av och njuter. Även Cecilia njuter när hon tittar på sina barn. *Så här kan livet också vara,* tänker hon.

"Fortare, fortare", hojtar Joakim.

"Om jag drar på mer gas, så kommer båten att stegra sig och vi ramlar i allihop", ropar Tord för att överrösta motorljudet.

"Det gör inget, vi har flytvästar", ropar Joakim lyckligt tillbaka.

Efter en sväng ut på vattnet slår Tord av på farten, och de närmar sig bryggan.

"Hoppa ur nu ungar, för nu ska vi köra med vattenskidor och då måste jag koncentrera mig extra mycket", säger Tord.

Cecilia sätter sig på bryggan och fäster vattenskidorna på fötterna. "Så här?" undrar hon. Vattenskidor har hon aldrig prövat, däremot vanliga slalomskidor. Det här ska väl inte vara svårare?

Tord startar försiktigt, men det blir ändå ett ryck, och Cecilia dyker på huvudet i vattnet.

"Det är lättare nu när du redan är i plurret", säger Tord hjälpsamt. "Vinkla upp igen, var beredd!"

Cecilia vinklar upp skidorna, håller i repet med handtaget, kommer upp, vinglar till och hittar sedan balansen. Alla som står på bryggan applåderar. De kör en bit, Tord svänger försiktigt, Cecilia vinglar, men lyckas hitta balansen. Wow, härligt!

Sedan blir det Jessicas tur. Cecilia betraktar henne uppmärksamt. Hur ska Jessica klara det här? Hon har ingen vana från slalomåkning, men har ändå en naturlig balans. Efter många försök kommer hon upp på skidorna och forsar fram. Triumf!

"Julia och Joakim, ni är för små ännu", säger Tord. Julia nöjer sig med det, men Joakim stampar ilsket på bryggan.

När Tord kommer tillbaka säger han att nu blir det ingen mer båttur, för bensinen håller på att ta slut. De går upp till stugan och Tord dukar fram midsommarmaten: sill, gräddfil, färsk potatis och sallad. Att grilla: kotletter, lax, paprika, halloumi och tomater. Vin och nubbe är också på plats på bordet. Han tänder grillen, medan barnen går ner till stranden för ett extra bad.

Cecilia står en stund och tittar ut mot vattnet. Solen håller på att sjunka och vinden har mojnat. Havet rör sig, lätt mumlande, snart är det helt stilla. Långt borta hör hon ljuden från en annan midsommarfest. *Barnen har det bra. Det är det viktigaste,* tänker hon. Nu kommer de springande.

"Kan vi inte åka en sväng till med båten", ropar Joakim på långt håll. "Vi har hittat en dunk med mer bensin."

"Den bensinen går inte att ha till båtmotor", svarar Tord och rynkar pannan. "Ni ska inte hålla på och gräva bland mina grejer."

Joakim är oljig om fingrarna och Cecilia torkar av honom. "Har du öppnat dunken?" frågar hon.

"Ja, jag hällde i." Joakim ser skuldmedveten ut.

"Men förbannade unge … nu blir motorn förstörd", ryter Tord.

Festen är också förstörd. Alla är sura och arga. Grillen bränner köttet som blir oätligt. Jessica undrar varför det inte finns någon korv och hon säger att hon vägrar äta mat som är vidbränd.

"Du är verkligen otacksam", säger Cecilia. "Du har fått åka båt och vattenskidor, och så klagar du på maten. Är det Linda som har lärt dig att göra det?"

"Det var det värsta jag har hört, vad har Linda med era vidbrända kotletter att göra", skriker Jessica. "Jag tänker inte vara kvar här. Jag sticker härifrån", säger hon sedan.

Ingen tar någon notis om hennes hot, men en timme senare upptäcker Cecilia att Jessica inte ligger och sover som hon trott, utan att hon faktiskt har gett sig iväg till fots hem till Linda. Flera kilometer att gå i midsommarnatten. Det finns ingen telefon i stugan och de kan inte ta bilen och följa efter, för de har druckit snaps. Cecilias hjärta dunkar hårt. *Jag ville att de skulle få en rolig midsommar och så blir det så här. Det blir alltid bara skit med det jag gör. Som mamma har sagt, jag klarar ingenting. Bara det inte har hänt något …*

Kapitel 34. 1998. Eva-Lisa.

Eva-Lisa tittar på klockan. Snart dags att hämta Jessica hemma hos Linda. Linda ska också följa med till tingsrätten som stöd till Jessica. Det blir bra.

Eva-Lisa plockar bland sina mappar och försöker koncentrera sig, för att åtminstone få något lite gjort, innan hon måste iväg. Hon har tre utredningar som har dragit ut på tiden, de måste bli klara senast nästa vecka. Händerna rör sig som spindlar över pappershögarna. Det är tryckande varmt i rummet, en av dessa tidiga höstdagar när sommaren fortfarande försöker hålla kvar sitt grepp och luftkonditioneringen verkar ha lagt av. Eva-Lisa sätter igång den extra bordsfläkten som Mihkkel nyligen har ordnat åt henne, och då uppstår det en tromb på hennes skrivbord. Papper som hon nyligen sorterat leker nu en lustig dans, och en del hamnar på golvet. Hon stänger av fläkten och sorterar pappren igen. Överst ligger nu en anmälan om snatteri, Joakim Åkerman. Lille Joakim, bara åtta år. Det är inte den första när det gäller honom. Han har stoppat ett kassettband i fickan i en musikaffär nere i stan. Var han där ensam? Inga vuxna var i alla fall med. Men tydligen två kompisar, för det var anmälningar på fler barn samtidigt, och praktiskt nog har hon fått utredningarna på alla tre.

Eva-Lisa tittar på klockan en gång till, innan hon knappar in på telefonen att hon ska iväg på tjänsteärende. Hon stoppar ner sitt anteckningsblock i väskan. Där ligger redan ett papper. Anteckningarna från elevvårdskonferensen om Rebecka. Men det ska hon inte tänka på nu. *Det är hennes fel.*

Det var den uppfattningen hon fick när hon var på elev-vårdskonferensen. Ja, det är alltid föräldrarnas fel, särskilt mammornas, även om barnen har en neuro-psykiatrisk funktionsnedsättning, tänker Eva-Lisa bittert. Rebecka orkar inte med slamret, pratet och stöket i skolan, det är därför hon går hem. Eller låter bli att gå dit. Och någonstans undrar Eva-Lisa om det inte förekommer mobbning också. Rebecka är tyst som muren när Eva-Lisa frågar, men det rycker lite i ansiktet på henne och det väcker funderingar. Eva-Lisa tänker att hon själv borde ta tjänstledigt från jobbet för att vara med Rebecka i skolan ett tag. Men de får ingen vikarie på jobbet. Det går inte. Hon undrar om det finns någon som är med barnen ute på rasterna, och ser vad som händer där?

Men hon skulle inte tänka på Rebecka nu. I stället funderar hon på vad polisen sagt om vad som kommit fram i förhören med Jessica och Harry. Förhörsprotokollet såg inte så proffsigt ut, tyckte hon.

"Är det de mest erfarna poliserna som får hand om utredningar om sexuella övergrepp?" frågade hon.

Svaret kändes inte helt betryggande.

"Vi låter de här utredningarna cirkulera lite mellan poliserna", fick hon veta. "Utredningar om övergrepp på barn är så påfrestande, att man inte kan utsätta samma poliser för det gång på gång."

Jaså, här värnar man om poliserna. Men på det sättet hinner de ju aldrig bli riktigt kunniga på området. Och på socialtjänsten resonerar man inte så. Där får de mest erfarna socialsekreterarna just de där ärendena. Fast varje gång känner man sig lika oförberedd och orolig, tänker Eva-Lisa. Och nog är det sant att det är slitsamt. Men vad är det då inte för barnen?

Nu har hon satt sig i bilen och snart är hon framme vid Lindas hus. Hon tar hissen upp, och när hon ringer på dörrklockan står de redan färdiga i lätta sommarkläder. Linda är lång och smal, tjusig, tycker Eva-Lisa, som känner sig ful och sliten, i jämförelse, i sin svettiga bomullsklänning. Linda har luftiga, mönstrade byxor och en knallgrön blus. På ögonlocken en svagt grön nyans. Ett silvrigt smycke i halskedja med en berlock som gungar där mellan brösten. Kort, nyklippt hår, mörka skor med liten klack. Jessica har vita jeans och en kortärmad T-shirt som ser ny ut, och på fötterna vita sneakers. Hennes långa hår är hårt tillbakastruket från ansiktet och samlat i en hästsvans på ryggen. Ansiktet är sommarbrunt, naket och trotsigt, blicken omväxlande rädd och ilsken. Nu ska hon möta Harry i rättssalen. Hon hade sluppit att vara med om hon velat. Men hon vill vara med.

De får också träffa Jessicas advokat, hennes målsägarbiträde, en lätt överviktig man som Eva-Lisa pratat med tidigare, som hastigast. Han verkar ännu svettigare än Eva-Lisa och torkar sig gång på gång i pannan med en pappersnäsduk. Luften dallrar i vestibulen, men i rättssalen är det svalt och Eva-Lisa slappnar av lite. Hon sneglar på Jessica, som stirrar stelt framför sig. Linda kramar hennes hand.

Harry erkände att han hade rört vid Jessicas kön en gång.

"Jag var full och visste inte riktigt vad jag gjorde", sa han, som om det var en ursäkt. Han såg så vanlig och oförarglig ut när han satt där i rättssalen. En trevlig kille med skrattgropar i kinderna, inte kan väl en sådan utsätta småflickor för sexuella ofredanden? Men Eva-Lisa har träffat flera män som sett vanliga och trevliga ut fast de utnyttjat tjejer. Hon hoppas att domaren och nämndemännen kan se igenom fasaden.

"Skönt att det är över", säger Eva-Lisa efteråt till Jessica som nickar.

Sedan säger Jessica: "Harry sa att det bara var en gång men det var ju många gånger."

"Jag har läst polisförhöret och det har Tingsrätten också gjort", säger Eva-Lisa lugnande." Och allt som du har berättat står där."

"Ändå står det inte allt", viskar Jessica. "De borde ha frågat mer … och jag borde ha sagt hur jag kände mig. Hur illa jag mådde när han … Men jag orkade inte …"

"Du har varit så himla duktig, Jessica", säger Eva-Lisa. "Nu kanske Linda bjuder på något gott när ni kommer hem."

"Japp", säger Linda och lägger armen om Jessica. "Det blir lasagne och glass. Din favvo-mat!"

Några veckor senare får Eva-Lisa ta del av domen. Harry har dömts för sexuellt ofredande till två års villkorligt och Jessica får ett skadestånd. Eva-Lisa känner sig lättad. Jessica har fått upprättelse.

Kapitel 35. 1998. Cecilia.

Det dimper ner ett kuvert på hallmattan från brevinkastet. Cecilia slänger det först i högen med reklam och oöppnad post men sedan sugs hennes ögon dit. Bostadsföretagets emblem på kuvertet. Hon har inte betalat hyran. Varken den här månaden eller förra. Kanske är det till och med tre hyror som inte kommit in. Men hon ska, hon ska …!

Så river hon upp kuvertet, uppsägning av hyreskontraktet. Vräkning. Det svartnar för ögonen. De ska bli utkastade, är det möjligt? Vart ska de ta vägen?

Telefonen ringer. Det är Astrid på socialkontoret.

"Jag behöver boka en tid med dig", säger hon. "Det har kommit in flera anmälningar som vi behöver diskutera."

Anmälningar … snaran dras åt. *Nu händer det. De kommer att ta barnen,* tänker hon. Hon kommer att förlora dem. Och hon kommer att bli hemlös. Smärtan är en vit, uppslukande eld.

"Tar ni mina barn nu", skriker hon. "Är det vad ni gör?"

"Lugna dig, vi ska diskutera anmälningarna och vad som behöver göras. Men en utredning blir det."

En utredning. Vad ska de reda ut? Och vad är det för anmälningar? Är det hennes skvallriga grannar som ljugit ihop något om henne? De blir väl glada nu när hon blir vräkt. Kanske har skolan ringt till soc och klagat på Joakim igen. På hans frånvaro som beror på den nya operationen, som har gjort honom trött och orolig. Hjärtat bultar allt snabbare i bröstet och hon får svårt att andas.

Tre dagar senare är de på väg till Sillvik, och det är över hundra mil mellan de båda städerna. Roger har visat sig handlingskraftig och skaffat sig ett jobb där. Cecilias syster Sofia bor i Sillvik och har ordnat en lägenhet åt dem. Simsalabim, allt kommer att ordna sig. Men Cecilia har en otäck känsla i magen. Soc kommer inte att släppa dem så lätt, det är hon säker på.

Rogers bil är oskattad och obesiktigad. Han har bytt skyltar på bilen. Roger, Cecilia, Jessica och Julia känner sig näs-tan upprymda, som inför en nöjesutflykt. Men de ska ner för att skriva kontrakt på lägenheten, och Roger ska besöka sitt nya jobb. Cecilia och Roger håller varandra i händerna när de går mot bilen. *Vi är båda fördömda, låt oss gå tillsammans*, tänker Cecilia med Raskolnikovs ord i Dostojevskijs "Brott och straff".

"Det blir inte så kul med ny skola", säger Jessica försiktigt.

"Den kanske är bättre än den du nu går i ", säger Cecilia uppmuntrande. "Du gillade ju inte din fröken något vidare. Och rektorn sa, att din klass är den värsta sexan som hon har sett under sin tid på den skolan."

"Om jag ändå hade kommit vid terminens början i stället för mitt i terminen", säger Jessica tjurigt.

"Så du ska bli kvar här i Timmerhamn då när vi andra flyttar? Du vill kanske fortsätta bo hos Linda?"

"Nej … men får jag inte träffa Linda något mer nu? Och inte pappa?"

"Vi får se hur vi ska ordna allt", säger Cecilia överslätande. "Först ska vi kolla på den nya lägenheten. Och det blir fan så skönt att komma bort från soc och de knäppa grannarna i Timmerhamn."

Mil efter mil avverkas. Några pengar till resan har de inte fått av soc. Vad ska de betala bensinen med? Det blir tjuvtankning. Första gången går bra men andra gången, åh, de blir stoppade och två barska poliser dyker upp. Den ena verkar välbekant. Cecilia hajar till när hon så småningom känner igen honom.

"Men vad tusan Sonny – har du blivit *snut!* Vem kunde tro det! Jag som trodde du skulle göra revolution och krossa hela det här samhället."

Det är verkligen Sonny. Han ser nästan generad ut.

"Äsch, Cecilia, polisen gör mycket nytta. Skyddar dem som blir utsatta. Men vad har du hittat på nu då?"

"Du vet hur soc är, de vägrade betala vår resa, och vi var ju tvungna att komma iväg."

"Och jag är tvungen att skriva en anmälan. Vem av er var det som körde?"

Cecilia och Roger tittar på varandra och båda säger på en gång: "Jag!"

De går åt sidan för att bestämma sig.

"Det måste vara jag", säger Cecilia "Du riskerar att förlora ditt jobb om de får veta."

"Det måste vara jag", säger Roger och ger Cecilia en liten kram. "De får ännu större anledning att ta barnen annars."

"Ok, då får det bli du", säger Cecilia nedslaget, och nu känner hon den där kalla handen som griper tag om hjärtat igen. Jessica och Julia kikar genom bilfönstret och undrar vad polisen vill. Cecilia tänker på Joakim som är hemma hos Tord. Om Joakim hade varit med, så hade han troligen skuttat ut direkt ur bilen för att prata med poliserna, och fått veta lite för mycket.

"En rutinkontroll", säger Cecilia lätt till flickorna, när hon och Roger återvänt till bilen och fått köra vidare. *Tur att polisen inte kollade registreringsnumret,* tänker hon. *Eller kanske Sonny gjorde det i alla fall? Och valde att inte bry sig om den falska skylten?*

Det är nästan natt när de kommer fram till Sillvik och ska sova över hos Sofia. Sofia är längre än Cecilia, fast hon är yngre. Hon har ett bekymrat uttryck i ansiktet och hon säger inte så mycket. Cecilia och Roger får ta dubbelsängen och Sofia själv sover i soffan. En madrass släpas in från förrådet och flickorna får sova på den. Den luktar lite unket. Sofia har en hund, en svart labrador, som snor runt omkring dem och vill sova på madrassen fast han har en egen korg.

"Aj, du får inte trampa på mig", säger Jessica, och föser undan hunden, men han kommer strax tillbaka och lägger huvudet i hennes knä. Då smeker hon honom över huvudet, och låter honom ligga nära henne. Cecilia tittar på dem med ett litet leende. Hon vet att Jessica gillar hundar.

Roger har somnat, men Cecilia ligger länge vaken och tittar på väggar och fönster i det obekanta rummet. Några bilar kör förbi utanför, och deras lyktor lyser in genom persiennernas lameller och bildar randiga mönster på väggen. Något skräller till i trapphuset, men sedan blir det tyst. Hon betraktar sina döttrar där de ligger på madrassen nedanför dubbelsängen. Barnens andetag är som vajande gräs. Jessica sover med öppen mun och med en arm runt hunden. Hunden snusar och småspringer lite med tassarna i sömnen. Julia har sparkat av sig täcket och sover med tummen i munnen. Cecilia lägger försiktigt täcket över henne igen och smeker henne över kinden.

Hon undrar vad flickorna har tänkt på innan de somnat. Så många olika hem de har sovit i, hos alla kontaktfamiljerna, och så hos mormor. De är vana. Och snart ska de ha ett nytt hem i en främmande stad.

Nästa morgon trängs de omkring det lilla köksbordet och Sofia kokar kaffe. I kylskåpet hittar hon lite yoghurt som Jessica och Julia får dela på. Men de blir inte mätta. Ute är det svalt men soligt och Cecilia och Roger är på gott humör.

"Vi åker ner på stan och får oss en ordentlig frukost, så tittar vi på lägenheten sedan", säger Roger.

"Är ni klara, har alla varit på toa", undrar Cecilia medan hon plockar ihop den lilla packning de hade med, extra trosor och strumpor, tandborstar och tandkräm, smink och cigaretter.

Lite sömndruckna traskar flickorna nedför trapporna medan Roger och Cecilia tar hissen. Sofia vinkar i dörren innan hon stänger den.

Nere på stan är det redan full rörelse, fast klockan bara är nio. Trafiken bullrar genom stadens hjärta och Jessica och Julia tittar sig omkring, nyfikna på sin nya stad. Staden ligger vid havet, precis som deras förra stad. Det kommer ibland saltstänkta fläktar från havet, med dofter av tång och diesel från fartygen. Men nu skiljer det över hundra mil mellan de båda städerna.

De svänger in på en parkering, där det står Quality Hotel och går in i hotellet i samlad tropp, med Roger i täten. De känner doften av kaffe och mat och styr stegen in i hotellets matsal, där de blandar sig med övriga gäster. Roger pratar avspänt med en man som har kulmage och rödstrimmiga ögon.

"Det var en riktigt givande konferens", säger Roger, "fast det blir ju alltid lite sent på kvällen."

Den rödstrimmige nickar och ser ut som om han försöker komma på om han och Roger känner varandra. Om de rentav har varit på samma konferens. Rogers vänliga prat övertygar honom.

Julia trycker sig intill Cecilia och viskar: "Får vi verkligen äta här?"

"Javisst, ta en tallrik och lägg på lite skinka och fralla nu, här finns det juice också. Ät ordentligt för det dröjer innan vi kan äta nästa gång."

Roger och Jessica har redan slagit sig ner vid ett bord och Roger fortsätter att prata med den rödstrimmiga mannen, som verkar ha dålig aptit, för han petar bara i maten.

En kvinna med uppsatt hår, mönstrad blus och snäv kjol ler varmt mot Julia som ler tillbaka. Cecilia lägger en arm om vardera dottern och tittar kvinnan stolt i ögonen. *Titta, du*, uppmanar hon tyst inom sig. *Har du någonsin sett så fina barn? De är mina. Du skulle vilja ha dem, va?* Och så slår det henne: *Kanske den där kvinnan är ett familjehem? Som får ta emot andras barn. Som till exempel skulle ta hand om Julia?* Hon kramar barnens axlar extra hårt och får behärska sig för att inte klösa ögonen ur den främmande kvinnan.

"Det är inte världens bästa buffé här, men det duger absolut", säger hon med tillkämpat lugn. "Och barnen tycker det är spännande att få vara med."

Damen nickar och verkar knappt kunna slita blicken från Julia, men en tunnhårig man med skrynklig skjorta drar henne i armen och ber henne komma och sätta sig längre bort.

Cecilia sjunker ner på en stol bredvid Roger. Hennes hand darrar lite när hon håller i kaffekoppen, och det känns som hon har en sten som tumlar runt i magen. Framför henne ligger en assiett, med en smörgås med ost, tomat och paprika, och bredvid smörgåsen en apelsinskiva. Hon tar apelsinskivan med två fingrar och ser hur det droppar röd fruktsaft från den, innan hon lägger ner den på assietten igen. Så betraktar hon smörgåsen en lång stund, lyfter den sedan resolut mot munnen och tar en stor tugga. Hon tvingar ner brödet genom halsens trånga korridor och bitarna klättrar sakta nedför strupen. Till slut lyckas hon svälja alla tuggorna.

Kapitel 36. 1998. Jessica.

Nu ska de börja på ny kula i Sillvik. Mamma har kontaktat skolorna och Jessica får komma till sin nya klass. Redan första dagen får hon en kompis där och då känns det genast lättare. Den värsta spänningen i magtrakten släpper. Julia går i samma skola men i trean. Mamma går på en massa möten om Joakim för han måste få någon slags specialklass. Och så säger hon att han behöver få en DAMP-utredning. Ja, det är full fart på mamma. Hon vill ordna allt och fort ska det gå.

Men när mamma kontaktar kommunen i Sillvik för att få nya kontaktfamiljer blir det kalla handen. Mamma kan inte förstå det och inte Jessica heller. Nu bor de i Sillvik, vad är problemet?

Jessica lyssnar på ett telefonsamtal mellan mamma och socialchefen i Sillvik: "Eftersom det är en pågående utredning och insatser från Timmerhamns kommun, så kan vi inte göra något", säger socialchefen. "Timmerhamns kommun har kvar ansvaret."

"Så klart att det ska finnas nya stötestenar", säger mamma, och Jessica ser hur hon biter sig i läppen vid beskeden. Men Jessica är glad i hemlighet. Hon ska få behålla Linda och Niklas som kontaktfamilj. Hon kommer att få åka till dem, trots det stora avståndet. Men hon får också veta att den utredning av hela familjen som startats i Timmerhamn samtidigt rullar på, en utredning som ska visa om Jessica och syskonen måste placeras eller inte, den utredningen är ett mörkt och hotfullt moln som glider fram.

Det är som en snara som dras till allt hårdare om halsen på alla i familjen. Allt som hänt har skrivits ner, det vet Jessica. Och det var så mycket som hände strax innan de flyttade. Men här i Sillvik är det ju bra. Varför blir de inte lämnade i fred? Varför kan de inte få nya kontaktfamiljer här?

Jessica ser hur mamma blir allt oroligare. Hon är uppe och går på nätterna, hon orkar knappt laga mat på dagarna och det blir barnen som får handla maten. Tur att det ligger en affär ganska nära deras hus. Jessica ser tablettburken vid mammas säng, stesolid och nitrazepam. Oron dunkar i kroppen. Hon vet att mamma ibland tar för många tabletter, det är farligt. Finns det risk att hon gör det nu?

Jessica blir hämtad i skolan av en socialsekreterare som heter Tobias. Han är ung och klädd i täckjacka och jeans. Han stammar lite när han pratar med Jessica, det verkar som han inte är van vid att prata med barn.

"Hej Jessica, jag jobbar på socialkontoret här i Sillvik. Det har hänt något tråkigt … polisen och sjukhuset har ringt till oss. Din mamma ligger på sjukhuset, det … det ser inte så bra ut."

Jessica känner det som att hennes eget hjärta stannar. Hon blir kall och stirrar Tobias i ögonen.

"Är det tabletter hon har tagit? Hur dålig är mamma? Får jag träffa henne, kommer hon att överleva", frågar Jessica.

"Hon är medvetslös. Vi vet inte om hon kommer att klara sig. Nej, du får inte träffa henne. Ni ska få åka till era kontaktfamiljer nu. Flyget går om två timmar. Vi ska bara hem till er och hämta lite kläder."

På flygplatsen träffar de en annan socialsekreterare, Gunilla, som har Julia och Joakim med sig. Jessica hör hur hon pratar med dem. Hon låter inte alls ledsen och orolig.

"Mamma är lite sjuk", säger Gunilla. "Skulle inte ni tycka det vore kul att träffa era kompisar i Timmerhamn?"

"Kul är kanske inte rätt ord...", muttrar Jessica för sig själv. Krampen i magen har inte släppt.

Julia tittar från den ena till den andra.

"Varför är det så bråttom? Jag vill träffa mamma", säger hon tyst och tårarna rinner längs kinderna.

Det är spännande att flyga. Men oron gör att de inte kan tänka på något annat än mamma. Till och med Joakim håller sig lugn. Och när de kommer fram till Timmerhamn får även Julia och Joakim veta att mamma kanske inte kommer att överleva. Att mamma kanske dör.

Julia kvider. "De har inte berättat sanningen", säger hon mellan snyftningarna. "Tänk om mamma kommer att dö … *tänk om mamma* …. Jag hade velat få se mamma, få röra vid henne, och få säga adjö även om mamma inte hör eller känner något. Jessica, fick du veta?"

Jessica nickar och tittar bort så att inte Julia får se att även hon har tårar i ögonen. Hon lägger armen om sin lillasyster. Men Julia tar bort den och skriker: "Du fick veta och du sa ingenting! Jag ville också få veta! Jag är inte alls för liten. Man måste få veta …"

Jessica sväljer. *Vuxna tror att de vet bäst. Men de bara sviker,* tänker hon.

Kapitel 37. 1998. Eva-Lisa.

Alla är nervösa på kontoret i dag. De ska få besök av Social-
styrelsen. Det händer inte ofta, men när det händer så är det
olycksbådande. Det är inte bara en rutinkontroll, utan det
är en anmälan som Socialstyrelsen har tagit fasta på. Man
ska undersöka om socialkontorets personal har brustit i sin
handläggning.

Eva-Lisa iakttar Mihkkel. Hans ögon hänger en bit ner på
kinderna. Hon vet att han har jobbat varenda kväll den
senaste veckan. Gått igenom akter, rensat, städat, allt
det som socialsekreterarna borde ha gjort själva löpande.
Men det är det bara Astrid som gjort. Hennes akter är i stort
sett oklanderliga. Ändå är det just hon som blivit anmäld.

Socialstyrelsen har begärt att det inte bara är akten om
det anmälda ärendet som ska granskas, utan alla barn-
utredningar under det senaste halvåret.

Vad var det som gick fel i det där ärendet?

Eva-Lisa memorerar detaljerna för hundrade gången.

När de gick på hembesök efter att de hade fått signaler om
oro för barnen i en familj.

En mamma i fyrtioårsåldern öppnar dörren när Eva-Lisa
och Astrid kommer. Hon verkar trött och sliten, och ögonen
vandrar vilset från den ena till den andra. Hemmet är
snyggt och välordnat, en stor palm i kruka på golvet, vackra
tavlor på väggarna och prydnadsföremål innanför glas-
dörrar. Astrid ser en skål som gjorts av en konstnär som hon
känner, och hon säger det till Margita, som mamman heter.

Det är alltid bra att prata om neutrala saker innan man kommer in på känsloområdet, det håller Eva-Lisa med om för sig själv. Margita nappar inte på kontaktförsöket utan tittar bara tomt på en punkt ovanför Astrids huvud.

En pojke i fjortonårsåldern och en flicka som ser ut att vara ungefär tio slinker undan när socialsekreterarna kommer. Flickan kommer strax tillbaka och stryker med handen på Astrids nylonstrumpklädda ben. Hon har runt ansikte och sneda ögon – Downs syndrom, tänker Eva-Lisa, och hon ser på Astrid att hon tänker detsamma.

"Vi har fått en anmälan om att barnen är ute utan tillsyn", säger Astrid. "Det är en granne som har hört av sig."

Margita blir inte upprörd, vilket förvånar Eva-Lisa. Hon fortsätter att titta tomt framför sig.

"Har ni fritis till barnen?" undrar Astrid. "Pojken är väl för gammal, men flickan?" *Borde väl vara LSS*, tänker Eva-Lisa. *På grund av funktionshindret.*

Margita skakar på huvudet.

"Det behövs inte. Emil tittar till Anna", säger hon.

"Det var en snäll storebror", säger Astrid. "Men Anna behöver nog något för egen del".

Margita skakar ihärdigt på huvudet. Eva-Lisa går in i barnens rum, medan Astrid fortsätter att prata
med Margita.

Eva-Lisa kommer tillbaka efter en stund. Astrid avslutar samtalet och så går de.

"Astrid, det är något konstigt med barnen", säger Eva-Lisa när de går ut. "Anna satt i Emils knä och Emil hade dragit ner hennes brallor."

"Jaså, gjorde han något med henne då", undrar Astrid.

"Nej inte vad jag såg, han drog upp dem när jag kom."

"I så fall hjälpte han väl bara henne med kläderna."

"Jag vet inte, vi borde kolla det där mer. Och tycker du inte att mamman verkar konstig?"

"Jo, väldigt frånvarande. Nästan psykiskt sjuk."

De bestämmer sig för att göra ett besök till om några dagar. Men då blir Eva-Lisa sjuk och Astrid vill inte gå dit ensam, även om det är Astrid som är den ansvariga handläggaren i ärendet. Andra akuta ärenden kommer in till socialkontoret och det dröjer flera veckor innan de får chans att göra ett nytt besök. Men då har Margita och barnen flyttat till en annan kommun. De borde ta reda på vilken kommun och underrätta den. Eller slutföra utredningen trots flytten. Snart ska de göra det.

Grannen hör av sig igen. För ett tag sedan såg hon Emil med armen om Anna, Annas byxor var nerdragna och Emil hade handen innanför sina egna byxor. Nu har hon sett att familjen har flyttat men vet inte vart. Hon är upprörd. Varför har inte socialtjänsten ingripit?

Det är samma granne som nu har gjort anmälan till Socialstyrelsen.

Eva-Lisa är skakad. Varför dröjde de för länge? Borde de ha ingripit direkt? Men tanken att en bror ger sig på en syster … Fast barnen har kanske en psykiskt sjuk mamma, all normalitet förvrids. Hur lämpligt är det förresten att barnen bor hos en psykiskt sjuk mamma? Det blir värre och värre ju mer hon tänker på det. Men är det hennes sak att påminna Astrid? Har hon inte nog med sina egna ärenden att hålla rätt på?

Ett minne kommer upp. Den där unga flickan som kanske hade blivit utsatt av sin bror. För länge sedan. Vad hette hon, Sabina ... Marklund? Sådant förekommer. Och en funktionsnedsatt unge är extra utsatt.

Sedan blir hon arg. De hinner inte. Varför tar de på sig all skuld själva? Varför har de så lite resurser att de inte hinner följa upp.

Nu tänker Eva-Lisa på Jessica, Julia och Joakim. Borde socialtjänsten ingripa där? Ja. Men när och hur? Nu. Om mamman överlever. Fast om hon inte överlever, så är saken klar. Så hemskt.

Vad kommer att hända om de blir prickade av Socialstyrelsen? Det är väl Mihkkel som får bära hundhuvudet. Kanske han väljer att sluta. Plötsligt känner hon ömhet för honom. Han gör vad han kan för dem. Tyvärr så räcker det inte.

Även Cecilia har pratat om att anmäla socialtjänsten, för alla fel som hon tycker att de har gjort. Vi får se hur det blir med det, tänker Eva-Lisa. Om Cecilia överlever.

Det var bättre för några år sedan. Då verkade det som att socialtjänsten hade mer pengar. De kunde placera föräldrar och barn tillsammans som stöd. Det får de inte göra nu. Och inte får det förebyggande arbetet kosta särskilt mycket heller. Det som verkligen skulle hjälpa.

De går tillsammans till lunchrestaurangen. Astrid, Eva-Lisa, Ale och Rickard. Ibland har de matlådor, men nu känns det bra att lämna kontoret ett tag.

"Om man skulle byta jobb", säger Astrid. "Det är Lars som tjatar om det. Så att vi inte ska behöva bråka varenda gång som Lars måste åka på sina tjänsteresor, samtidigt som jag behöver resa till ett familjehem. Någon måste ju vara hemma med Marcus."

"Bra idé", säger Ale. "Jag skulle vilja jobba i skogen. Fälla träd, dra fram, lasta på vagnen."

"Lite för ensamt", säger Rickard. "Jag skulle vilja jobba i charken på ICA. Här har vi en jättefin bit innanlår, skulle jag säga."

"En gång var min dröm att bli musiker", säger Astrid. "Kanske dags att förverkliga sina drömmar. Men det skulle Lars aldrig gå med på. Han står inte ut när jag sätter mig vid pianot eller tar fram klarinetten. Varför bryr jag mig hela tiden om vad han tycker? Här på jobbet är jag åtminstone stark och självständig. Men vad hjälper det? Jag blir ändå anmäld. Skit också."

Eva-Lisa lägger armen om Astrid. "Men min dröm var att bli socialarbetare", säger hon. "Och det blev jag. Det är faktiskt ett bra jobb på många sätt. Inte minst för att jag har er."

Det är en solig dag och solen ligger som en len tunga över taken. De känner värmen sprida sig mellan dem. De har varandra. Trots Socialstyrelsen.

När Eva-Lisa cyklar hem, får hon syn på en ung, mörk kvinna som hastar fram längs vägen och oroligt tittar sig omkring. Eva-Lisa blir nyfiken. Varför är kvinnan rädd? Hon bestämmer sig för att följa efter, för att se vart hon tar vägen. Det finns en flyktingförläggning, men kvinnan är inte på väg dit. I stället närmar hon sig bostadsområdet där Eva-Lisa vet att Mihkkel bor. Till hennes förvåning ser hon hur kvinnan går rätt in i Mihkkels trädgård, tar upp en egen nyckel och är inne i huset. Vad gör hon där? Om hon vore

Mihkkels sambo skulle hon väl inte se så rädd ut. Är hon en svart städhjälp, eller, eller … blir hon kanske utnyttjad sexuellt? Eva-Lisa vill inte tro det, men nu för tiden händer så mycket som man aldrig kunnat tro. Hon bestämmer sig för att fråga Mihkkel så fort hon får tillfälle.

Kapitel 38. 1998. Cecilia.

Cecilia svävar i en dimma. Hon har ingen kropp. Men en hals har hon, och där sitter det en slang och något som skaver och fräter. Illamåendet sköljer genom henne. Hon försöker slå upp ögonen, men det är tyngder på dem. Hon kisar och uppfattar konturerna av en figur som sitter på en stol intill. Nu lyckas hon få upp ögonen och känner igen figuren. *Mamma. Hur kan mamma vara här?*

Hon känner lakanets mjukhet mot sin arm, och när hon rör armen kommer det en kall ilning från stålramen som är runt sängen. Det sitter en nål och en slang i armen och slangen går till en flaska på en droppställning. Hon tittar upp i taket där det surrar en fläkt. Så vrider hon lite försiktigt på huvudet och ser ett fönster med fällda persienner. Miljön är välbekant, hon befinner sig på ett sjukhus, och nu klarnar hennes blick alltmer. Hon fäster blicken på figuren vid hennes sida. Deras ögon möts.

Mamma… Det är faktiskt mamma. Kan det vara möjligt? Ett spänt och fårat ansikte med mörka skuggor under ögonen. Nu slätas ansiktet ut lite grand. Det kommer dröjande ord från munnen.

"Så du lever …", hörs mammas välbekanta röst, som inte är lika hård och bestämd som den brukar. Det är som lite gråt i den. Och läpparna är spetsade, en aning spända, som om de suger på något.

"De ringde mig från sjukhuset. Jag tog ett sista-minuten-plan hit." Cecilia sluter ögonen. Hon är så trött. Men det är bomull runt hjärtat. Mamma har kommit till henne. Hon sträcker mödosamt fram sin hand och mamma tar den. Hon ville dö. Men hon lever. Hon vet inte hur allt ska bli nu och hon orkar inte tänka på det. Tanken har blivit svagbent. Hon lyfter blicken och tittar in i mammas ögon igen.

Cecilia har fått sprutor mot epilepsi nu, när gifterna från medicinerna ska lämna hennes kropp. Hon tittar sig i spegeln och ser ett förvridet ansikte. Är det verkligen hon? Nu har mamma lämnat sjukhuset och åkt hem. Så får Cecilia höra att Joakim är på samma sjukhus. Hans kontaktfamilj har tagit med honom dit för en tandreglering. Åh, Joakim! Att få träffa honom.

Hon trycker på knappen och en sköterska kommer.

"Jag vill träffa Joakim", säger Cecilia.

"Är det så lämpligt det", undrar sköterskan, och tillägger när hon ser Cecilias ilskna blick, "du är ju fortfarande svag."

Men Cecilia står på sig och strax har hon med hjälp av en rullstol tagit sig till den våning där Joakim befinner sig tillsammans med Laila, hans kontaktmamma. Joakim blir förskräckt när han ser Cecilias sneda ansikte, och börjar storgråta. Cecilia sluter honom i sina armar, han kravlar sig loss och springer iväg. Laila fångar in honom när en sköterska säger att han ska in i ett annat rum för att sövas. Han försvinner och Cecilia sjunker ner i rullstolen, ensam med ett bultande hjärta. Det borde vara hon som sitter vid Joakims sida nu.

Läkaren kommer, en gänglig man som ser ut att vara i moppeåldern. Ska han karva i Joakims mun? Ja, så har det sagts. Cecilia vill prata med läkaren, men han står och pratar med en kollega i det oändliga och Cecilia fylls med frustration.

"Du bara pratar och pratar, medan mitt barn ska opereras", skriker hon till sist. "Och jag behöver prata med dig."

Läkaren kastar en blick på henne och går sin väg. I stället kommer en sköterska och tar Cecilia i armen. Cecilia skakar loss sköterskan, som om hon vore en obehaglig insekt, reser sig ur rullstolen och försöker springa efter läkaren. Men hennes ben är mjuka. Sköterskan öppnar en dörr till ett annat rum och ber Cecilia att vänta där. Cecilia rullar in i rummet och väntar, fylld av upprörda tankar. Efter några minuter kommer en man, betydligt äldre än läkaren, och sätter sig framför henne. Han utstrålar trygghet. Det är sjukhusets psykolog. "Berätta nu", säger han enkelt, "varför du är så upprörd."

Och nu rinner det ur Cecilia. Oron för Joakim, ledsnaden över att hon själv är på sjukhuset efter ett självmordsförsök, socialtjänstens utredning. Allt.

Psykologen lyssnar och säger: "Du är som ett kärnkraftverk. Det är farligt men också bra. Ta vara på din kraft och använd den på rätt sätt, så kommer det att ordna sig."

Hon nickar. Hon känner sig sedd och lyssnad på. Så rullar hon tillbaka till sitt rum på sjukhuset och sträcker ut sig på sängen.

Kapitel 39. 1998. Cecilia.

När Cecilia kommer hem från sjukhuset möts hon av en ny sorts tomhet i lägenheten. Barnen är borta, omedelbart omhändertagna enligt LVU, och hon har inte rätt att säga till att de ska komma hem igen. Inte som tidigare, när de varit placerade i kontaktfamilj, när det var hon själv som bestäm-de. När barnen är borta känns det som om huset saknar tak, eller som om en av väggarna har försvunnit. En kall tystnad har lagt sig över hennes lägenhet och tillvaro. Hon flyter omkring i ett slags dimma, ett tillstånd nära en permanent mardröm där alla sinnen är bedövade, alla utom smärtan.

"Cecilia Åkerman mot Socialnämnden", står det på dörren till länsrättens sal. En gonggong hörs, en röst i högtalaren ropar upp dem och Cecilia går in, stödd av sin advokat.

Nu sitter Cecilia i salen och stirrar omväxlande ner på pappersbunten framför henne, omväxlande på den skara personer som tagit plats vid bordet. Beslutet om ett omedelbart omhändertagande enligt LVU fick hon medan hon var kvar på sjukhuset. Sedan blev utredningen klar och hon har fått läsa den tillsammans med sin advokat. Nu ska det beslutas om barnen ska vara fortsatt omhändertagna, eller om de ska få komma tillbaka hem till henne. De om-händertogs när socialtjänsten befarade att Cecilia skulle dö. Men hon dog inte, så då borde väl barnen få komma hem, tänker Cecilia. Men varför sitter de i så fall här i länsrätten?

Advokaten vid Cecilias sida är en äldre svartögd kvinna klädd i prasslande mörk klänning. Hon bryter på något språk, det kanske är tyska. Hon utstrålar intresse, kompetens och trygghet. Mitt emot sitter socialnämndens representanter, socialsekreteraren Astrid och chefen Mihkkel. Astrid är prydlig, som alltid, i diskret, grå klänning och ett brett silverhalsband. Hon har ett lätt ironiskt ansiktsuttryck, Cecilia avskyr den minen. Mihkkel ser ut som om han nyss dragit upp sin skjorta ur torktumlaren. Ovanpå skjortan har han en brunmönstrad kavaj och i halsen en lite snett knuten slips. Han petar diskret in lite snus under läppen. Skägget är för dagen någorlunda ansat, men hans svartgråa lugg ramlar då och då ner i ansiktet på honom.

Bredvid socialnämndens personal sitter deras advokat, en mörkhårig, smal kvinna klädd i åtsittande, svart klänning. Hennes läppar är vinröda och de långa, välformade naglarna är målade i samma nyans och liknar blodsdroppar. Advokatens blick är hökaktig när den sveper över salen. Ytterligare en advokat finns det, det är den advokat som ska föra barnens talan och föreslå vad som är bäst för barnen. Hon är blek och rödhårig, med tunga glasögon över en liten potatisnäsa. Vid bordets kortända sitter domaren, en liten skinntorr man med nickande huvud, som en fågel. Han är flankerad av tre nämndemän, två kvinnor i sextioårsåldern, och en yngre kvinna som ser nervös ut och pillar med nagelbanden hela tiden.

Cecilia är fortfarande svag i kroppen och olika känslor avlöser varandra. Ibland infinner sig ett slags kyligt lugn, på gränsen till förstening. *Jaha, jag visste att det skulle bli så här. Nu när det har hänt startar kriget och jag kommer att strida tills någon av oss ligger död på marken.* Ibland tar kaos över kommandot och då flyger hennes tankar iväg. Hon försöker greppa tankarna, men de är som löv som glider undan av en gäckande vindpust och som inte låter sig fångas.

Texten i den omfångsrika utredningen stirrar på henne från pappersbunten på bordet. Hon tycker att sidorna sprakar som atmosfäriska störningar. Utredningen beskriver inte henne och hennes barn, nej, den ser ut att handla om en helt annan familj. Ändå känner hon igen vissa händelser. När hon välte bordet på skolmötet. När hon bar iväg soffan från Obs. Vansinnesåkningen när morbrodern hade dött. *Vad har allt det där med mina barn att göra?*

Mihkkel mässar på och talar om hennes brister som förälder, och att barnen därför måste omhändertas och placeras i familjehem. Bara enstaka ord når fram till Cecilia. I stället brusar det och dånar som klockringning.

Astrid ser ut som om hon ångrar att hon kommit dit. Hon är röd i ansiktet och hon väter läpparna med tungan med jämna mellanrum. Hon försöker fånga Cecilias blick, men Cecilia tar fram laserblicken och stirrar tillbaka mot Astrid, innan hon åter låter ögonen fastna vid pappren framför sig.

Endast när barnens advokat pratar, når orden fram till Cecilia. Advokaten skjuter upp glasögonen från näsan vid vartannat ord, men hennes röst är varm och hon beskriver barnen som om de stod här, framför dem. Advokaten har träffat dem och de har berättat för henne.

"Jessica ville inte byta skola igen, men nu har hon träffat några av sina gamla kompisar, Stina och Malin, och då tycker hon att det känns bra. Hon vill gärna börja i scouterna som hon var med i tidigare. Och så vill hon gå på ridskola, det har hon också gjort tidigare."

Vi gick tillsammans på ridskolan, Jessica och jag några gånger, men sedan hade jag inte råd, tänker Cecilia. *Att få göra saker tillsammans med min dotter, det är fint. Vem ska nu kolla att det är en bra ridskola, att det är säkert där?*

Advokaten fortsätter: "Julia berättar stolt att hon är en av de duktigaste i sin klass. Hon har just börjat spela gitarr, och familjehemmet har köpt en gitarr till henne."

Den har väl soc betalat, tänker Cecilia med sammanbitna tänder, *men när jag ansökte om pengar till en gitarr åt henne blev det nobben.*

"Joakim har fått tillbaka den assistent som han hade tidigare i skolan, och de har gjort utflykter tillsammans. Joakim är duktig på att rita och måla och har uppenbarligen ärvt sin mammas begåvning härvidlag. Och jag tror att han också spelar gitarr. Vilka kreativa barn!"

Ja, han fick en elgitarr av Tord. I vårt tidigare liv för tusen år sedan, tänker Cecilia och tuggar på sina torra läppar.

"Alla tre barnen längtar efter mamma. De vill att hon ska få hjälp att må bra och de hoppas få flytta hem snart."

Nu rinner tårarna på Cecilia. Men det börjar brusa och dåna igen i öronen så att hon inte hör, eller inte vill höra, orden som advokaten avslutar sin plädering med: "För att garantera barnens trygghet och skydd bör de vara fortsatt placerade i familjehem enligt paragraferna 1 och 2 LVU."

Den lille skinntorre domarens sista ord: "Domen meddelas om en vecka."

Kap 40. 1998. Cecilia.

"Nu är jag frisk igen, nu ska barnen hem", säger Cecilia när hon sitter på socialkontoret tillsammans med Mihkkel och Eva-Lisa.

Utanför har hösten tagit ett stadigt grepp. Regnet har gjort himlen gråstrimmig, det blåser iskalla vindar och löven virvlar runt. Några lösslitna kvistar piskar mot fönstret, det låter som ett kulregn.

"Nej inte än, de är omhändertagna enligt LVU, och vi måste vara säkra på att det är stabilt hemma först", säger Mihkkel.

"Hur länge ska de vara borta då? Det är inte bra för dem att byta skola hela tiden", svarar Cecilia. "De får ju byta igen när de kommer tillbaka till mig. Min advokat säger att målet alltid är att barn ska tillbaka till sina föräldrar. Och ju förr desto bättre."

"Är du fortfarande ihop med Roger?" frågar Eva-Lisa. "Allt bråk mellan er är ju inte bra för barnen."

"Så ni ska bestämma vem jag är ihop med?" Cecilia höjer rösten och ögonen gnistrar. "Det är ert fel att det blivit bråkigt mellan Roger och mig."

"Vårt fel?" säger Eva-Lisa och ser konfunderad ut.

"Ja ert fel. Att ni förstört mitt och barnens liv", säger Cecilia. "J'accuse. Jag anklagar er. Jag anklagar socialtjänsten!"

"Nu får du allt förklara dig", säger Mihkkel.

"Vad har jag fått för hjälp egentligen? Olämpliga kontaktfamiljer. En kontaktfamilj som förgripit sig på min dotter!

Hjälpen i skolan för Joakim har jag fått tjata mig till, ni höll emot i det längsta. Och hans DAMP-utredning är det också jag som sett till att ordna."

"Taxi till dagis …", muttrar Eva-Lisa. "Som du har fått. Hur många andra får det, egentligen."

Cecilia betraktar Eva-Lisa några sekunder. Hur kan allt ändra sig så här? Tidigare uppfattade hon Astrid och Eva-Lisa, ja, kanske i synnerhet Eva-Lisa, som stöttare och hjälpare, som lyssnade på henne och försökte hitta lösningar. Rentav som goda vänner. Men sedan hon fått veta att Harry hade utsatt Jessica för övergrepp ändrades allt. Nu känner hon bara misstro och fiendskap. Det kulminerade med utredningen då hennes barn blev omhändertagna. Hon tycker att socialtjänsten har visat sitt rätta ansikte bakom den vänliga fasaden.

"Har ni egentligen haft någon planering, någon linje i det ni gjort? Några idéer", fortsätter Cecilia. Nu höjer hon rösten: "Om barnen ska bo i andra familjer, då tar jag min hand ifrån dem. Jag adopterar bort dem. Jag tar ut spiralen och Roger och jag gör nya barn. Vi sticker till Danmark och så glömmer jag att jag någonsin har haft några barn."

"Men så kan du väl inte göra", säger Eva-Lisa och ser förskräckt ut. "Det är meningen att de ska komma till dig för umgänge. Att ni ska fortsätta att ha kontakt."

"Hur kan du säga så? Vet du hur ont det gör för mig när de kommer från en främmande familj, till mig för *umgänge*, när de sedan ska åka tillbaka till den där familjen som inte jag känner, som inte jag har godkänt, som kan vara någon som utsätter mina barn för övergrepp igen och igen …"

"Du ska väl inte tro det värsta", säger Mihkkel över-
slätande. "Vi har hittat bra familjer, där vi räknar med att
barnen ska trivas."

"De kan inte trivas någon annanstans än hos mig."

"Men Jessica och Julia är i alla fall lättade över att de slip-
per Roger", säger Eva-Lisa. "Jag pratade nyss med dem."

"Jaså … vad sa de mer då?" Cecilias blick utstrålar både
smärta och nyfikenhet. "Att de trivdes hos de där jävla
människorna och aldrig ville komma tillbaka till mig mer?
Sa de det? Nej, jag trodde väl det!"

"De vill vara hos dig, men inte när Roger är där."

"Ja, men då separerar jag från Roger. Inga problem! Får
barnen komma hem då?"

"Inte precis ännu. Du måste själv må bra och vara stabil
också."

"Åh, ni är ju totalt urblåsta i skallen båda två. Hur ska jag
kunna må bra utan mina barn? Så de ska aldrig få komma
hem, då?"

"Jo, och nu måste vi planera umgänget", säger Mihkkel
tålmodigt. "Till en början får du träffa dem i familjehem-
men. Om allt fungerar bra får de komma till dig över en helg
så småningom."

"Vet ni att detta är tortyr! Det är emot de mänskliga rättig-
heterna. Barnen kommer att vara förtvivlade över att inte få
följa med mig hem och få vara med mig. Jag ska överklaga
till Europadomstolen."

"Din advokat har överklagat till kammarrätten och det är
den vägen du ska gå. Så får vi höra vad kammarrätten
säger."

Nu har kraften sipprat ut från Cecilia. Hon sjunker ihop på stolen. Ansiktet är flammigt och håret hänger okammat längs kinderna och ryggen. Hon ser ut att inte ha sovit eller ätit på länge.

"Gå hem och vila dig nu", säger Mihkkel farbroderligt och klappar Cecilia vänligt på armen.

Cecilia rycker ilsket åt sig armen och stirrar på honom som om hon trodde att han var på väg att döda henne.

"Du rör mig inte", väser hon. "Det räcker att du har förstört livet för mina barn." Och så går hon.

Kapitel 41. 1998-99. Eva-Lisa.

Eva-Lisa funderar. När barn ska placeras i familjehem är det början på något helt nytt. En flod som ska byta fåra.
Barn som formats i en familj ska möta nya vuxna och kanske också nya barn i en annan familj, och alla ska lära sig att fungera ihop med varandra. Såren från separationen följer med, flytande som brännmaneter.

"Hur ska vi tänka när vi letar familjehem", undrar Eva-Lisa och kliar sig i huvudet. Hon har haft svårt att sova på nätterna efter omhändertagandet. Den senaste natten somnade hon inte förrän klockan var över två och sedan höll hon på att försova sig på morgonen. Hon borde verkligen tvätta håret, känner hon nu. Tur att hon i alla fall slapp vara med i länsrätten.

"Mamman vill att det ska vara i Sillvik, så att kontakten mellan henne och barnen går smidigt. Det är egentligen inte klokt att de befinner sig i sina kontaktfamiljer i Timmerhamn just nu, hundra mil från mamman", säger Eva-Lisa.

"Men hur blir det om de finns i Sillvik", undrar Astrid. "Först ska vi utreda familjerna. Hopplöst med dessa avstånd. Och så ska vi också ha kontakt med familjehemmen under placeringen, stötta dem och följa upp. Med mamman så nära barnen, så finns det risk att hon kommer att störa placeringen och försvåra alltihop."

Eva-Lisa nickar fundersamt.

"Jo, det är en stark mamma det här. Svag på en del sätt, men stark på andra sätt. Hon kommer att göra vad hon kan för att få hem barnen. Och det är väl bra på sätt och vis. Kan vi inte be Sillvik att ta över ärendet?"

"Hon kommer att sätta myror i huvudet på barnen", säger Astrid. "Hon kommer att försvåra att de rotar sig i familjehemmen."

"Vill vi att de ska rota sig där då", säger Eva-Lisa. "Vi vill väl att de ska komma hem så snart som möjligt?"

"Ja, men vad är egentligen realistiskt", undrar Astrid. "Den här mamman har missbrukat tabletter i massor med år, och gängat sig med en missbrukande man. Hur villig verkar hon vara att ändra på något i sitt liv?"

"Kanske hon är det nu", säger Eva-Lisa.

"Kanske det ja", svarar Astrid. "Risken är bara att hon saboterar placeringarna. Då kommer barnen hem, fast det inte är planerat, därför att familjehemmen inte orkar med situationen och så blir det samma visa igen. Barnen måste få lugn och ro någon gång."

"Men mamman är ju en del av barnen. Det går inte att komma ifrån. Och placeringar har bäst chans att lyckas om barnen har regelbunden kontakt med sina föräldrar", invänder Eva-Lisa.

"Men bara i de fall föräldrarna inte saboterar placeringen", säger Astrid. "För då går det inte alls."

Nu sitter Eva-Lisa i bilen, tillsammans med Julia och Joakim. De ska besöka ett jourhem i Timmerhamn, medan Jessica bor kvar hos sin kontaktfamilj Linda och Niklas. Julia hade velat att Jessica skulle bo med henne och Joakim, men familjen som de ska till kan bara ta emot två barn. Snön yr omkring bilen och vindrutan är knottrig av is. Barnen är för-väntansfulla och oroliga på samma gång.

"Hoppas jag får köra skoter där", säger Joakim.

"Knappast", säger Julia. "Det är du för liten för."

"Men jag kanske får *åka* skoter i alla fall", säger Joakim." Med pappan. Om de inte har någon skoter, så vill jag inte bo där."

"Åh, vad du är dum", säger Julia, "det är väl annat som är viktigt. Att de är snälla och att man får bra mat."

"Är de inte snälla, så får de med mig att göra", säger Joakim, knyter näven och boxar mot bilsätet, samtidigt som han river sig i sårskorporna på benet. Det är fula ärr där sedan man har transplanterat hud från benet till hans trasiga läpp.

"Jag tror de är snälla", säger Eva-Lisa. "Det måste de vara för att få ta emot barn. Förresten har de en adopterad pojke också."

"Ska de adoptera oss", undrar Julia och ser rädd ut. "Mamma har pratat om att hon ska adoptera bort oss. Hur kan hon säga något sådant!"

"Nej då", svarar Eva-Lisa. "Den här pojken har inga föräldrar. Men det har ju ni. Och familjen är bara jourhem som tar emot barn för kortare tid. Så småningom ska ni få flytta till ett familjehem."

"Eva-Lisa, vad är det för skillnad mellan alla hem", säger Julia. "Det är så snurrigt. Kontaktfamilj, jourhem, familjehem och adoptivhem. Adoptivhem, är det som att föräldrarna ger bort sitt barn? Men mamma har inte gett bort oss, utan ni på soc har tagit oss från henne, har hon sagt. Och hon har sagt att vi inte ska vara borta från henne särskilt länge. Men varför har mamma i så fall pratat om adoption? Eva-Lisa, hur är det egentligen?"

Eva-Lisa funderar en stund innan hon svarar.

"Jag tror inte att mamma har tänkt adoptera bort er. Hon har sagt så när hon har varit ledsen och upprörd, men annars säger hon ju hela tiden att hon vill att ni ska komma hem till henne igen. Så det är det hon vill. Jourhem får man bo i när det är lite bråttom och man inte har hittat ett hem där barnen kan bo en längre tid."

"Så många familjer …", säger Julia. "När man kunde vara hemma i stället."

Eva-Lisa tittar på Julias ansikte i backspegeln. Julia tuggar lite på läppen och hon stryker händerna mot bilens stoppning. Julia som nästan förlorat sin mamma, och som inte vet när hon får träffa henne igen. Kommer hon att gå och oroa sig för att mamma ska försöka ta livet av sig ännu en gång? Och var finns egentligen barnens pappa? Julia har berättat att pappa Björn nästan aldrig hör av sig.

"Han tycker väl inte att hans barn är något att ha", har Julia sagt och då skär det i hjärtat på Eva-Lisa. Hon bestämmer sig för att så fort som möjligt ringa Björn och se till att han kontaktar Julia och Joakim.

Nu är Julia tyst, men Joakim har börjat trumma med fötterna mot sätet. Eva-Lisa kör försiktigt, för det har börjat snöa ymnigt nu, och hon håller nästan krampaktigt i ratten. Bara inte Joakim börjar krångla, så att hon tappar kontrollen över bilen!

Äntligen framme och Eva-Lisa drar en suck av lättnad när de svänger in på gården.

Kapitel 42. 1999. Jessica.

Jessica bor kvar hos Linda och Niklas, men där har tillvaron
vänts upp och ned. Linda och Niklas är på väg att skiljas,
alla bara skiljer sig, tänker Jessica, och efter det har Linda
förändrats. Hon har magrat. Hon sminkar sig mer och klär
sig som en tonåring. Hon lånar kläder och CD-skivor av
Jessica, och pratar med henne som en kompis. Jessica tycker
inte om det. Hon varken behöver eller vill ha Linda som en
kompis. Hon är tretton år och har jämnåriga kompisar och
vill att Linda ska fortsätta att vara som en extra mamma till
henne.

En dag har Jessica ont i huvudet och letar efter Alvedon i
Lindas medicinskåp. Då ser hon flera förpackningar med
varningstrianglar på. Hon stelnar till och blir som en
varningstriangel hela hon. Hon vet vad de där tabletterna
be-tyder. I flera år har hon gett akt på mamma Cecilias tab-
letter, kollat vilka de är och hur många som går åt. När en
hel ask har tömts är det fara å färde. Då har mamma gjort
ett självmordsförsök, eller också är hon på väg att göra det.
Den där skräcken! Hatet mot tabletterna. Rädslan att förlora
mamma, att hon ska lyckas i sina föresatser denna gång.

Vad ska hon göra nu när hon sett tabletter även
hos Linda? Hon håller koll under några veckor, och ser att
det försvinner väldigt många tabletter under tiden. Hon
ringer till socialkontoret.

"Det är Jessica Åkerman här. Kan jag få tala med Eva-Lisa
eller Astrid. De är mina socialsekreterare."

En raspig kvinnoröst svarar, det är nog kanslisten Bir-
gitta. Jessica tycker att hon känner igen rösten.

"Ett ögonblick, jag ska se om de är inne. Ja, Astrid är här.
Vänta lite, så får du prata med henne."

Jessica hade hellre velat prata med Eva-Lisa, Astrid är så
stram, men det är inte så mycket hon kan göra åt det.

"Hej, det är Astrid här."

"Hej, det är Jessica."

"Ja men hej på dig, vad har du på hjärtat då?"

"Jo du vet Linda, min kontaktfamilj, som jag bor hos … "

"Ja?"

"Det verkar som om hon tar en massa starka tabletter. Jag
har sett i hennes medicinskåp."

"Jaså, vet Linda om att du går och snokar i hennes
medicinskåp?"

"Jag *snokar* inte! Jag skulle ha tag på Alvedon, för jag hade
ont i huvudet."

"Alvedon kan också vara farligt om man tar för många
eller för ofta."

"Men förstår du inte – Linda äter en massa starka
tabletter, sådana med varningstrianglar på."

"Har hon sagt att hon har ont någonstans, att hon
tar tabletter mot smärta?"

"Nej, hon har inte sagt det. Fatta – jag blir orolig! Det
räcker väl med att jag är orolig för mamma?"

"Ja, det förstår jag. Har du pratat med Linda om det här,
frågat henne varför hon tar tabletterna?"

"Ja, jag frågade om ett par sorter. Hon sa: Den här tar jag
när jag är ledsen, den här när jag behöver bli pigg och den

här när jag måste sova. Det är precis som med mamma. Du får prata med henne, Astrid!"

"OK, då gör jag det."

"Bra!"

Efter några dagar ringer Jessica till Astrid igen.

"Har du pratat med Linda", frågar Jessica oroligt.

"Ja, men Linda blev arg", säger Astrid. "Hon nekar till att hon använder narkotikaklassade tabletter. Hon påstår att du ljuger, Jessica."

"Men fy fan, hur kan Linda säga så om mig", säger Jessica upprört.

"Hon kanske tycker att du överdriver. Att du gör en höna av en fjäder."

"Varför säger hon inte det då", säger Jessica. "I stället för att säga att jag ljuger. Och du då, Astrid, tror du också att jag ljuger?"

"Nej, det var väldigt hårda ord av Linda. Är ni osams på något sätt?"

"Det händer väl att vi blir osams. Men jag vill ju bara hjälpa henne. Jag är orolig! Är inte du det?"

"Jo, lite grand. Men det kanske inte är så farligt trots allt. Med de där tabletterna, menar jag."

"Så du tror mer på henne än på mig", säger Jessica.

"Det vet jag inte om jag gör", säger Astrid. "Försök att ta det lugnt nu, och tänk på att Linda är vuxen och måste ta ansvar för sig själv."

"Mamma är också vuxen. Men om jag inte hållit koll på hennes tabletter och ringt ambulans när hon tagit för många, så hade hon varit död nu."

”Det är ett för stort ansvar för en liten tjej som du”, säger
Astrid.

”Ja, men när ingen annan gör det”, säger Jessica med gråt
i rösten. ”Och när ingen bryr sig då jag berättar. Hej då!”

Linda och Jessica glider ifrån varandra. Linda är inte längre
hennes förtrogna, utan nu går båda och tittar snett
på varandra. Jessica börjar känna sig alltmer ensam. Hennes
inre har blivit som ett ödsligt rum. Nu känns det inte längre
så bra att bo hos Linda. Hon längtar mer och mer
efter mamma.

Kapitel 43. 1999. Cecilia.

Cecilia sitter vid köksbordet. Hon har en halvdrucken kaffe-
kopp vid sidan om sig och ett fat med cigarettfimpar. Hon
tittar ner i bordsskivan för att slippa se sig omkring, se
tomheten i rummet, köksstolarna som ingen sitter på mer
än hon, köksgardinen som har ett stycke spindelväv i
kanten, den vajar lite av värmevinden från elementet.

Kan någon förstå den här tomheten? Tomheten när man
blivit berövad något. Hon tänker på en del vänner hon har
som är barnlösa. De pratar om friheten de har att göra vad
de vill och inte bli hindrade av alla plikter i en familj. "Nu
har du tid att måla", säger de tröstande till Cecilia. De
förstår ingenting! När barnen var mindre, blev hennes liv
uppslukat av dem, och hon längtade efter att få någon stund
för sig själv. Men det var inte samma sak som att hon ville
vara utan barnen. Så snart de blivit födda blev de en del av
henne och hon en del av dem. Nu har hon liksom blivit
amputerad. Det finns ingen frihet, det finns bara gapande
hål, hål som måste fyllas på något sätt. Cecilia gör det ge-
nom att gå igenom alla handlingar i LVU-ärendet. Framför
sig har hon därför just nu en hög med papper. Det är be-
sluten från socialtjänsten och länsrätten. Hon skriver så det
nästan går hål i pappret, och det är en överklagan hon
skriver. Det är hennes advokat som ska göra överklagan,
men advokaten måste få alla fakta, och det är Cecilias sak
att hålla henne med dem. Så länge hon skriver bärs hon
fram av ilskan och kan hålla ångesten i schack, den som
annars invaderar henne och gör henne mjuk och kraftlös.

Hon läser beslutet om att Julia och Joakim placerats i familjehem hos Monica och Tage. Det var några månader sedan. Hon fick veta att föräldrarna var religiösa.

"Hur kan ni placera barnen i en religiös familj?" sa Cecilia när hon pratade med Eva-Lisa. "Jag är ju inte religiös. Nu får barnen en massa konstiga tankar och idéer."

"Nej då, ingen fara", svarade Eva-Lisa. "De går till kyrkan ibland och deras egen son går i söndagsskola, men de kommer att låta barnen få tycka och tro vad de vill."

Cecilia ringer till barnen så ofta hon kan. I början ringde hon varje dag, men då sa Eva-Lisa att hon inte fick ringa så ofta, för det blev jobbigt för familjehemmet.

Jaha, jobbigt för dem. Men för mig då, tänker Cecilia. *Och för mina barn? De vill prata med mig. Och jag måste få veta hur de har det.* Till slut fick hon gå med på att bara ringa på torsdagar. Men det var inte alltid hon fick prata med barnen då heller. De kanske var ute och lekte, eller tittade på något teveprogram. Monica sa att hon ropat på barnen, men att de inte ville komma. Det var lögn, förstås. Ibland sa hon att det var för sent på dagen, att barnen skulle sova. Alla dessa undanflykter.

Nu har hon äntligen fått tag på Joakim. "Hej lilla gubben", säger hon.

"Hej", svarar Joakim.

"Hur har du det?"

"Bara skit, mamma."

"Jaså, ja, det ante mig."

"Vänta, jag måste se så de inte står och lyssnar." Joakim försvinner en stund och kommer sedan tillbaka.

"Alltså, de är så himla taskiga. Jag får aldrig några vecko-
pengar, så jag kan inte köpa chips eller godis."

"Det var det värsta jag har hört! Inga fickpengar. Är det
likadant för Julia?"

"Nja … hon är snällare, så hon får inga streck."

"Vad då för streck?"

"Om jag har gjort något dumt, så får jag ett streck. Och om
jag får flera streck, så får jag ingen veckopeng. Jag kan till
och med bli skyldig dem pengar."

"Skulle du bli skyldig dem pengar?"

"Ja, och mamma, jag tror att de har tagit emot oss för
pengarna. För de får väl betalt för att ha oss? Jag får aldrig
några nya kläder, utan bara begagnade kläder från
grannens barnbarn. Men själva har de köpt ny bil och ny
jacuzzi."

"Det låter hemskt! Men jag ska prata med soc om det."

Cecilia har tagit fram ett nytt papper och skriver ner allt
som Joakim säger.

"Och Tage tog fram en kudde och tryckte över huvudet
på mig en gång när han var arg."

"Nää … vad är det du säger? Det är ju misshandel."

"Jag kunde knappt andas. Och en annan sak, mamma!
Kommer du ihåg att jag fick en leksaksapa en gång när jag
hade opererats?"

"Ja, den där med den långa svansen", säger Cecilia.

"Oj, nu kommer Monica in, vi får prata om något annat."

Monica ropar på Joakim som släpper telefonluren och går
till henne. Cecilia står kvar med bultande hjärta. *Kudde över
huvudet! Och vad var det med apan? Joakim lät både arg och rädd.
Vad gör de med mina barn?* Hon ringer upp och ber att få prata

med Julia. Hon får bara ringa på torsdagar, men det är faktiskt torsdag i dag.

"Hej gumman", säger Cecilia.

"Hej mamma", svarar Julia.

"Hur har du det?"

"Bra".

"Jag pratade nyss med Joakim. Han lät inte så nöjd. Han sa att han inte får några fickpengar."

"Men det får jag. Och jag brukar köpa lite godis till Joakim, så att han också ska få."

"Vad du är snäll. Men han borde väl få fickpengar han också?"

"Jo ... "

"Han pratade om sin leksaksapa också. Vet du vad det handlade om?"

"Ja, men vi ska visst äta nu. Vi hörs sedan, mamma. Hej då!"

Cecilia sjunker ihop på stolen. Nu sitter Julia och Joakim och äter där borta hos Monica och Tage. *Barnmisshandlaren.* Hemmet som är godkänt av socialtjänsten. Men själv är hon inte godkänd, nej underkänd är vad hon är. Samhället har satt på henne en stämpel: "Olämplig". Ibland tror hon på det. Skammen och saknaden gröper ur magen på henne och kaffet glider tillbaka upp genom strupen, hon får gå till vasken och spotta. *Mamma hade rätt.* Men så pyser ilskan fram, *de har så fel som de kan ha.* Tur att hon har sin ilska, den ger henne extra kraft. En kraft som hon behöver för att se till att barnen kommer hem till henne.

Kapitel 44. 1999. Eva-Lisa.

Eva-Lisa är på väg till kontoret efter ett hembesök. Septembersolen öser frikostigt sitt guld över träd och gator där hon går. Nu ska hon in och skriva färdigt en utredning som bli-vit försenad. Men när hon kommer in i receptionen blir hon hejdad av receptionisten Birgitta.

"Det var en liten man här nyss och frågade efter dig eller Astrid", säger Birgitta. "Han fick komma upp till Mihkkel så länge."

"Vad då för en liten man", undrar Eva-Lisa.

"En nioårig pojke. Han kom alldeles ensam. Jag tror han heter Joakim."

Hjärtat sjunker ner i skorna på Eva-Lisa. När barn kommer ensamma till socialkontoret är det något man måste ta på allvar. Tur att Joakim fick komma in.

Hon tar hissen upp och knackar på Mihkkels dörr. Mihkkel sitter vid datorn och försöker jobba, och han stryker med handen över sitt ganska vildvuxna skägg. Eva-Lisa låter blicken glida över pappershögarna på skrivbordet och pärmarna i bokhyllan och hon ser dammet som svävar i ljus-strimman från fönstret.

"Bra att du kom, Eva-Lisa", säger Mihkkel synbarligt lättad. "Du får prata med Joakim. Jag måste skriva färdigt det här."

Jaha, och när ska jag skriva min utredning, säger inte Eva-Lisa. Hon nickar bara.

Joakim sitter i ett hörn av rummet och trummar med

fötterna på golvet. Hans mun är full av kexsmulor. Mihkkel brukar ha ett paket kex i skrivbordslådan och har tydligen bjudit Joakim. Men Joakim har svårt att äta kex med sin nyopererade mun. Smulorna fastnar också i hans tandställning och han pillar med nageln för att få loss dem, samtidigt som han slickar sig om munnen. Eva-Lisa ser att det är fullt med kexsmulor på heltäckningsmattan också.

Eva-Lisa tar Joakim i handen och de går in i hennes rum.

"Vad är det som har hänt, Joakim", frågar hon.

"Jag går inte tillbaka till dem, det gör jag inte", säger Joakim och börjar vandra runt i rummet, samtidigt som det rycker i ansiktet på honom.

"Nu får du berätta", säger Eva-Lisa.

"I morse när jag skulle till skolan kom hon, Monica, och visade mig sin plånbok", säger Joakim. "Det fattas en femtiolapp, sa hon. Och hon sa att jag hade tagit den."

"Hade du det, då?"

"Nej, det hade jag inte!" Joakim fnyser och det yr kexsmulor över Eva-Lisas golv också.

"Nehej, men varför trodde hon det i så fall?"

"Hon anklagar mig för allt möjligt. Och nu sa hon att vi skulle prata ordentligt om det i kväll, efter skolan. Och då blev jag rädd."

"Varför det, är det farligt att prata?"

"Ja, när Tage kommer hem … han kan bli så väldigt arg. En gång tog han min leksaksapa, den som har lång svans, och virade runt halsen på mig. Jag trodde han skulle strypa mig."

"Men oj", säger Eva-Lisa. "När hände det här?"

"Det var några månader sedan, tror jag. Eller några veckor."

"Varför har du inte berättat det förrän nu, då?"

"Jag vågade inte. För i så fall kanske det skulle bli ännu värre."

"Har du berättat det för mamma?"

"Nej, men till henne har jag berättat om kudden."

"Vilken kudde?"

"Den som Tage tryckte över ansiktet på mig."

Eva-Lisa skälver till. Om det finns minsta sanning i Joakims berättelse, så kan han inte vara kvar i det familjehemmet.

"Kommer du direkt från skolan nu", frågar hon.

"Nej, jag gick aldrig till skolan. Jag gick till Tords bilverkstad i stället", säger Joakim.

"Så du har pratat med Tord."

"Ja, jag frågade om jag kunde få vara hos honom. Men han sa att jag var omhändertagen enligt LVU och då skulle polisen komma och hämta mig. Så det gick inte. Han tyckte att jag skulle ringa till mamma och sedan gå upp hit."

"Fick du tag på mamma?"

"Ja. Hon blev tokig förstås, och sa att jag inte skulle tillbaka till Monica och Tage."

"Nu är det inte hon som bestämmer det", säger Eva-Lisa. "Men vi får se vad vi kan göra."

Eva-Lisa ringer till Joakims familjehem och det är Tage som svarar. Eva-Lisa berättar var Joakim har sagt och Tage säger att Joakim ljuger som en häst travar. Men han är inte välkommen tillbaka till dem. Han har ställt till med för mycket trassel.

"Får jag komma hem till mamma nu", säger Joakim för-
hoppningsfullt.

"Nej. Vi får hitta en annan placering till dig." Eva-Lisas
hjärna arbetar febrilt. *Har vi något ledigt jourhem*, tänker hon.
Nej. I så fall får vi köpa in från en annan kommun. Så får hon en
tanke och frågar Joakim: "Vad gillar du din lärare?"

"Kristina?" Jo, hon är schysst.

"Hon och hennes man har ansökt om att bli kontaktfamilj.
Kanske de kan ta emot dig, lite tillfälligt i alla fall", säger
Eva-Lisa. *Måtte de säga ja. Då får Joakim gå kvar i skolan också,*
tänker hon.

Joakim rycker på axlarna.

"Men du får följa med hem till Monica och Tage för att
hämta mina kläder och grejer. Jag går inte dit ensam", säger
Joakim.

Eva-Lisa nickar. Hon ringer till läraren Kristina, som ro-
par på sin man. De behöver bara en kort stunds betänketid.
Joakim tittar uppmärksamt på Eva-Lisa under samtalet och
slappnar av när hon nickar bekräftande.

Eva-Lisa suckar lite för sig själv. Nu väntar mycket arbete.
Hembesök hos lärarfamiljen, utredning av dem i den nya
rollen, nytt LVU-beslut om omplacering. Kanske polis-
anmälan av familjehemmet? Och Julia då? Ska hon vara
kvar hos Monica och Tage?

Eva-Lisa tänker flyktigt på den utredning hon hade
planerat att skriva i dag, men låser in mappen i sitt arkiv-
skåp. Så tar hon Joakim i handen och de går tillsammans till
Mc-Donalds, där de äter varsin hamburgare. Hon köper en
till Rebecka också. I kväll kommer hon inte att hinna laga
mat.

Kapitel 45. 1999. Jessica.

Jessica funderar och funderar. Joakim såg till att han fick flytta från Monica och Tage. Men Julia är kvar där, det kan väl aldrig vara bra? Och måste hon själv vara kvar hos Linda? Hittills har hon inte haft något emot det, men nu när Linda har blivit så konstig efter skilsmässan känns det helt annorlunda. Joakim promenerade iväg från sitt familjehem. Modigt av honom! Det kunde Jessica också göra. Men hon vill inte att de ska placera henne i någon annan familj, hon vill hem till mamma.

Mamma fick avslag på sin överklagan hos Kammarrätten. Men hon har berättat att hon ett halvår efter det gjorde en hemtagningsbegäran. Den håller de på och tittar på nu, soc och domstolen. Och eftersom Jessica snart är tretton år så måste man ta hänsyn till vad hon vill, har mammas advokat sagt.

Jessica stoppar ner handen i fickan. Där ligger hennes plånbok med senaste månadspengen som hon inte gjort av med. Det är ett tecken och måste betyda något särskilt, annars brukar pengarna försvinna väldigt snabbt. Men det är nog meningen att hon ska använda pengarna till något annat. En tågbiljett! Jessicas ben går av sig själva till tågstationen och hon köper en biljett till Sillvik. Tåget går i kväll. Det passar så bra. Linda ska bort i kväll och Jessica ska vara ensam. Ingen kommer att märka att hon inte ligger i sin säng på kvällen. Nu spritter det av fjärilar i hennes kropp. Hon ska överraska dem alla. Hon ska rymma!

Det småregnar, Jessicas jacka är blöt och hon inser att hon måste hem och byta kläder. Kanske hitta något i kylskåpet till matsäck. Men hon måste vara försiktig, Linda får inte misstänka något.

Då ser hon en liten figur komma traskande och huka sig i blötvädret. Det är ju Julia som kommer från skolan. *Lillasyster min*, tänker Jessica och blir varm i bröstet.

"Julia!" ropar hon och Julia stannar upp och tittar sig omkring. Hon får syn på Jessica och kommer fram till henne.

"Hej", säger Jessica och lägger armen om Julia. "Hur har du det nu när Joakim har flyttat?"

"Åh, det är rätt lugnt och skönt", säger Julia. "Joakim slogs så mycket, det var jobbigt. Men lite ensamt har det blivit. Jessica, varför får jag inte bo med dig? Jag kan väl flytta till Linda, eller så flyttar du till Monica och Tage?"

"Varför ska du och jag bo hos de där knäppa familjerna", säger Jessica. "Jag tycker det är dags att flytta hem."

"Ja, men det kanske vi gör också, snart", säger Julia. "Det har mamma sagt till mig."

Jessica fnyser. "Den där hemtagningsbegäran som hon håller på med kommer att ta flera månader innan den är klar. Och inte ens då vet vi om vi får flytta hem."

Jessica ser tårar i Julias ögon. "Men vi kan inte göra något åt det", säger Julia och snurrar en lock hår varv på varv runt ett finger.

"Jo då. Vet du vad! Jag har köpt en biljett till Sillvik. Tänker åka dit i kväll, rymma helt enkelt."

Julia spärrar upp ögonen av förvåning.

Men så kommer Jessica att tänka på något. *Vad händer om Julia skvallrar. Inte medvetet, men hon kan råka försäga sig. Då blir allt förstört.*

"Följ med du också, Julia!" säger Jessica och tittar uppfordrande på Julia.

"Jag? Men det törs jag inte. Och jag har ingen biljett. Och inga pengar att köpa en heller."

"Äsch, vi gör så här", säger Jessica som nu känner sig helt upplivad. Så klart att Julia måste följa med! "Du tar min biljett. Du vet ju att jag kan dyrka upp dörrar. Jag hittar en låst kupé, dyrkar upp dörren och gömmer mig under ett säte. Det är jättesmart, om man tänker efter. För om polisen letar efter två rymmarflickor så kommer de inte att se några. Bara en ensam vanlig tjej som har en biljett, det är vattentätt. Gå hem och säg till Monica att du ska sova över hos en kompis. Och så träffas vi här utanför stationshuset klockan halv sju i kväll."

Julia ser inte övertygad ut, men Jessica vet att Julia kommer att göra som Jessica har sagt. Det gör hon alltid. Fast hon vet att Julia inte tycker om att ljuga, som hon måste göra nu till Monica. Hon har ljugit tidigare, fast hon sagt till Jessica att hon inte velat det. Hon har ljugit om Harrys övergrepp, eller i alla fall inte berättat, hon har ljugit till soc om att allt är bra hemma, fast det inte är det. Men Jessica vet att man måste ljuga om vissa saker. Det har hon sagt till Julia och Julia lyder.

De skils åt. Jessica står länge och betraktar den lilla figuren som går bortåt med tveksamma steg. Själv är hon inte tveksam. Hon ser en telefonkiosk och ringer till mamma.

"Mamma, vi kommer till dig i morgon bitti."

Hon hör mamma flämta till. "Vad är det du säger?"

"Jo, Julia och jag kommer. Jag ska rymma och jag har köpt en tågbiljett."

"Men kära unge, det låter toppen, men det kommer inte att gå. Polisen hittar er och vips så är ni tillbaka igen."

"Mamma, du känner väl mig? Jag ska se till så att vi inte blir hittade", säger Jessica, och nu känner hon i hela kroppen att det är sant.

Det är redan mörkt ute när de träffas på centralstationen.

"Jag trodde att Monica skulle säga nej när jag bad om att få sova över hos en kompis", säger Julia och ser ut som om hon nästan hade hoppats det. "Men Monica såg bara glad ut för hon vet att jag inte har så många kompisar. Och inte har hon ringt och kollat heller, vad jag vet."

"Åh, bra, Julia! Jag visste att du skulle fixa det här", säger Jessica, och Julia ler.

Det duggregnar ute, dimman sveper sin fuktiga sjal över tågområdet och flickorna huttrar. I väntrummet är det kvalmigt och flickorna vill inte vara där, även av den anledningen att någon kan få syn på dem och känna igen dem. Så de står och trycker under ett utskjutande tak utanför stationshuset.

Nu ser de tåget som glider in längs perrongen. Flickorna väntar tills alla stigit av och de nya resenärerna stigit på, innan de själva äntrar tåget. Det är ett högt trappsteg och Jessica får dra upp Julia, men så är de båda uppe och inne, och det finns ingen återvändo längre.

Det är inte många passagerare på tåget, så de söker efter en kupé utan några andra resenärer. När de hittar en sådan, slår sig Julia ner och Jessica ger henne biljetten.

"Hur ska du göra nu då?" undrar Julia.

"Snart ska jag leta efter en tom kupé där jag kryper in och lägger mig under ett säte. Jag kan nog behöva ligga så några timmar, för jag tror att det kan komma en polis snart, och då får det bara vara en flicka och inte två i den här kupén."

Julia hackar tänder. Hon ser ut att frysa och verkar tycka att alltihop är olustigt. Men Jessica känner sig upplivad. Hon tycker det är spännande.

Jessica och Julia sitter en stund tillsammans och tittar ut, medan landskapet vindlar förbi. Efter en stund försvinner ljusen från staden, och det blir kolmörkt utanför tågfönstret. Landskapet blir bara glimtvis upplyst av ljuset från något enstaka hus som de passerar.

Jessica skulle helst vilja sitta kvar tillsammans med Julia, men det går ju inte. "Jag måste gå nu, innan konduktören kommer", säger Jessica. "Här, ta biljetten."

Hon memorerar numret på Julias kupé och går sedan längs den smala korridoren på tåget, medan hon försiktigt tittar in i kupéerna. Där, en tom kupé. Hon lirkar upp låset, det var enkelt, sedan hinner hon precis krypa in under ett säte när hon hör slammer och en röst: "Nypåstigna!" *Oj, det var i grevens ögonblick.*

Det är obekvämt att ligga på golvet under sätet, men Jessica vågar inte röra sig. Efter ett tag stannar tåget plötsligt och hon hör rop och skymtar rörelser i korridoren utanför. Tåget står stilla en lång stund. Är det polisen som kommer nu? Jessicas hjärta tar ett oroligt skutt. Tänk om de tar Julia!

Och tänk om Julia berättar att Jessica ligger under ett säte någonstans i tåget. Men nu startar tåget igen och det blir tyst.

Jessica ligger en stund och lyssnar på sina hårda hjärtslag, sedan slappnar hon av. Tåget låter du-dunk, du-dunk, det är sövande, och till slut somnar hon på det hårda golvet.

Det är nog mitt i natten när hon vaknar. Armar och ben är stela, hon måste upp. Hon sträcker på sig och reser sig försiktigt, drar dörren åt sidan, den gnisslar högt. Nu är hon ute i korridoren och passerar några kupéer där gardinerna är fördragna. Så är hon framme vid Julias kupé. Julia spritter till och vaknar när Jessica öppnar dörren. Hon har suttit och sovit, lutad mot väggen. I ena handen har hon biljetten, som konduktören har klippt ett hål i. I den andra handen en banan, som hon ser ut att ha kramat så hårt att den har blivit mosig. Fingrarna är fortfarande lite geggiga.

Jessica lägger armen om Julia.

"Nu är vi snart framme", säger hon. "Hos mamma och alla djuren därhemma. Längtar inte du, Julia?"

Julia gäspar, nickar och lutar sig mot Jessica.

En känsla av triumf sprider sig i Jessicas bröst. Det har gått bra så här långt. Visst kommer det att gå bra i fortsättningen också?

Kapitel 46. 1999. Jessica.

Varma armar runt kroppen – de är hemma. Mammas doft, hunden Rambos glada gläfsande och katten Sissis nyfikna nosande. Papegojan Pedro pratar extra högt i rummet intill. Den anar att något nytt händer. Frågan är om inte djuren är lika viktiga som mamma? Nej, men de är i alla fall delar av familjen och hemmet. Roger finns inte där, mamma och han har separerat. Så skönt, tycker Jessica. Hon slänger glatt och kaxigt upp ryggsäcken på sängen och släntrar ut i köket där Julia har slagit sig ner. Mamma har kokat choklad och ställt fram bröd och pålägg.

"Jag måste handla mat, jag visste inte att ni skulle komma", säger hon och flinar lite. Jo, hon visste. Men trodde kanske inte att rymningen skulle gå att genomföra. "Nu har ni i alla fall kommit hit och då tycker jag att ni ska gå i skolan här i Sillvik också. I era gamla klasser."

Det är klart. De kan inte bara sitta i lägenheten, det inser Jessica också, även om hon inte är lika förtjust i skolan som Julia.

"Men då kommer de och hämtar oss i skolan om de vet att vi är där", säger Jessica bekymrat.

"Jag ska prata med soc", svarar mamma. "Jag säger att ni kommer att gå i skolan och att de inte får hämta er där. Jag tror att de går med på det. I övrigt säger jag att jag inte vet var ni finns, de får leta."

"Bra sagt", säger Jessica och lyser upp. Hon lyssnar när mamma ringer, och när hon kommer tillbaka och håller upp en tumme är alla överens. Jessica ser mammas nöjda blick när de sitter och äter. Ögonen går från den ena till den andra. Hon ser också ut som om hon lyssnar särskilt efter de välbekanta ljuden, ljudet av familj vid middagsbordet, bestick mot porslin, mummel och skratt. Mamma som varit så ensam utan sina barn, tänker Jessica.

De röjer undan i en garderob, och arrangerar kläder och prylar så att det ska gå bra att gömma sig där. Så kryper flickorna in, mätta och nöjda efter chokladen och smörgåsarna, medan mamma går ut och handlar.

Två dagar senare stiger Jessica och Julia upp tidigt för att gå till skolan. Mamma sitter vid köksbordet med sin kaffekopp och cigarett och tittar oroligt ut. Hon ropar till flickorna att hon ser en bil leta efter parkering.

"Det är ingen polisbil, men jag är säker på att det är civilklädda poliser", säger hon. "De har parkerat och står och tittar upp längs fasaden på huset och nu är de på väg in i trapphuset. Göm er, tjejer! Tur att hissen är trasig, det tar en stund för dem att komma upp."

Nu hörs det bestämda steg utanför och strax ljuder dörrsignalens plingande. Julia har redan krupit in i garderoben, medan Jessica sprungit ut på balkongen. Kompisen Lisa bor intill. Jessica klättrar upp på balkongräcket. Hon tar stadigt tag och undviker att titta ner, så häver hon sig över till den andra balkongen. Hon knackar på rutan till Lisas lägenhet. Åh, där ligger Lisa i sängen, hon ska väl egentligen också till skolan? Lisa vacklar upp och öppnar och Jessica ramlar in. Hon skrattar hysteriskt.

"De tänker hämta oss", säger hon.

Lisa nickar. Jessica har berättat om rymningen, och Lisa har uttryckt sin fulla beundran över Jessicas mod.

"Vi väntar tills de åkt, sedan kan vi gå till skolan", säger Jessica. De kikar genom gardinen och då ser Jessica till sin fasa att poliserna har Julia med sig. De har hittat henne i garderoben. *Åh nej!* Jessica får en klump i halsen. Men själv ska hon inte låta sig hittas.

Varje morgon den närmsta tiden upprepas samma scenario. Poliserna kommer tidigt på morgonen men Jessica är förberedd. Hon har ställt ett par gympaskor på balkongen och får kvickt på sig dem när hon hör poliserna i trappan. Så över till andra balkongen och in till Lisa som har satt sin balkongdörr på glänt. Sedan går de tillsammans till skolan. Soc och poliserna håller sitt löfte. De gör inga hämtningsförsök i skolan. Och Jessica anstränger sig så mycket hon kan för att sköta skolan. Kanske får hon flytta hem på riktigt om skolan går bra?

Till slut ger poliserna upp. De tror att Jessica befinner sig någon annanstans än hemma.

Det går några veckor. Socialsekreteraren Eva-Lisa ringer till mamma. Jessica lyssnar till samtalet.

"Hej! Vet du var Jessica befinner sig om nätterna?"

"Nej, men hon är i skolan på dagarna."

"Träffas ni inte alls?"

"Jo, någon gång ibland. Men Jessica är rädd för att ni ska hämta henne och ta henne tillbaka till Linda. Hon vill inte vara där mer."

"Vi har pratat om det här på socialkontoret. Om vi ordnar ett jourhem i stället? I närheten av dig, så att ni kan hålla kontakt?"

”Jaha … det får jag fundera på.”

När hon avslutat samtalet lyfter hon blicken och tittar på
Jessica.

”Vad säger du? Det här är nog inte hållbart i längden. Jag
får inget underhållsstöd eller barnbidrag, eftersom du
egentligen inte bor här. Men om de har ett jourhem
i närheten kan du komma hit och hälsa på och du slipper i
alla fall vara hundra mil bort som tidigare.”

Jessica slokar med huvudet, men nickar sedan. Hon
behöver verkligen ett par nya jeans och en jacka.

Två dagar senare kommer socialsekreteraren Gunilla från
socialtjänsten i Sillvik. Nu har de lånat ut sin personal igen.
Jessica känner igen Gunilla, som hämtade dem för att åka
till Timmerhamn, när mamma var nära att dö. Det känns
som att det var evigheter sedan, fast det bara var ett år.

Jourhemmet består av en ensamstående kvinna, Lisbeth.
Gråhårig fast hon bara är i femtioårsåldern och inte har hon
färgat håret heller. Håret är ihopdraget till en fågelboaktig
tofs i nacken. Ansiktet är solbränt efter sommaren. Lisbeth
ler vänligt, fast utan inställsamhet och hon har kråksparkar
runt ögonen. Hon bor i ett radhus med en pytteliten träd-
gård framför. När de kommer har hon just dragit av sig
trädgårdshandskarna. Det faller lite jord ner på hallmattan
men Lisbeth bryr sig inte om att sopa upp det.
Köksluckorna är slitna, men i fönstret står prunkande pelar-
goner.

”Egentligen är jag Sillviks jourhem”, säger Lisbeth. ”Men
de har sagt att ni får låna mig ett tag. Och jag har inga andra
barn här just nu.”

"Ja, det blir nog inte så länge i alla fall", säger mamma. "Jag räknar med att barnen ska flytta hem rätt snart."

Gunilla säger hastigt att hon inte hört något om det. Men att Jessica får umgås regelbundet med sin mamma under jourhemsplaceringen.

"Ja, sånt är viktigt", säger Lisbeth. "Och att jag och mamma är överens om tiderna."

Det känns bra, tänker Jessica. *Hoppas att mamma också tycker det.*

Jessica flyttar in hos Lisbeth. Jourhemmet ligger långt från både skolan och mammas lägenhet, men Jessica har bestämt sig för att det ska fungera ändå. Hon har kommit efter i skolan på grund av skolbytena, men jobbar nu för att komma ikapp. Hon gillar Lisbeth. Lisbeth månar om Jessica, men tränger sig inte på. Vill Jessica vara ensam får hon det.

Jessica vågar inte heller komma Lisbeth alltför nära. Hon vet att det bara är ett jourhem och att hon ska flytta därifrån så småningom. *Varför tycka om någon som sedan ska försvinna,* tänker Jessica. *Och alla vuxna som har svikit. Finns det någon man kan lita på? Bäst att vara garderad när det gäller nya vuxna.* Så många har passerat i revy i hennes liv: Kontaktfamiljer, familjehem, lärare. Och pappa Nils. Hon längtar efter pappa som hon inte träffat på länge. Hon skjuter undan tankarna på hans tafsande och tänker i stället på allt roligt och fint de haft ihop.

Lisbeth försöker se till så att Jessica får besöka mamma då och då. Lisbeth pratar med soc och så kommer de överens om en umgängesplan. Men den är inte huggen i sten, ibland går det att rucka lite på den. Men inte för mycket, då säger Lisbeth ifrån, och Jessica finner sig.

Kapitel 47. 1999. Eva-Lisa.

Ny vecka på socialkontoret. Astrid berättar glatt att hon äntligen har börjat ta musiklektioner, trots makens motstånd.

"Jag skulle verkligen, *verkligen,* önska att jag hann med några fritidsintressen nu för tiden", säger Ale. "En lång utflykt på skidor, till exempel, men det var evigheter sedan."

Eva-Lisa betraktar honom medlidsamt. Hon vet att Ale gärna skulle vilja arbeta halvtid och ta hand om tvillingdöttrarna hemma, men han har berättat att hans fru Karin inte kan få heltid på sitt jobb. Fast om han är hemma med barnen, så kanske han ändå inte kan åka iväg på någon lång skidtur, tänker Eva-Lisa. Barn tenderar att ta all den tid som man inte är på jobbet.

Åh, så tröttsamt detta är, tänker Eva-Lisa. Den eviga kampen för att få skolan att fungera för dottern Rebecka dränerar henne på kraft.

De pratar inte längre om att byta jobb. Alla tre är beroende av inkomsten. De biter ihop och gör så gott de kan. Men Ale muttrar: "Arbetslinjen, det är vad som gäller. Man ska vara glad för att man har ett jobb. Men det borde vara ett meningsfullt jobb också, för att man ska vara riktigt glad."

"Arbetslinjen är som en lina som man balanserar på", säger Eva-Lisa. "Så rädd för att trilla ner." Och hon tänker på Socialstyrelsen och granskningen som gett en prickning av Mihkkel som ansvarig chef.

”Är det inte meningsfullt då”, undrar Astrid. ”Det tycker jag. Att hitta stödinsatser för barn och föräldrar. Och att skydda barn när inte stödinsatserna räcker.”

”Jo, men arbetet är så fyrkantigt”, säger Eva-Lisa. ”Det borde finnas större utrymme för kreativa lösningar.”

”Som vad då”, undrar Astrid.

”Som att kanske få hyra en stuga några sommarveckor till en ensamstående mamma som är helt utsliten, och som har svårt att orka med att fostra barnen. I stället för att barnen ska vara i en kontaktfamilj.”

”Det där är i så fall en uppgift för försörjningsstöd”, säger Astrid nyktert.

”Vi borde jobba mer tillsammans med försörjningsstöd”, säger Eva-Lisa. ”Deras arbetslinje går ut på att skrämma folk, så att de tar vilket jobb som helst, även hos tveksamma arbetsgivare som inte har kollektivavtal.”

”En arbetslinje som går efter linjal”, infogar Rickard, som är fackligt ombud på arbetsplatsen och vet det mesta om arbetsrätt.

Mihkkel kommer med ett papper som han tagit ur faxen. Domen på Cecilias hemtagningsbegäran.

”Omhändertagandet ska upphöra för Jessica och Julia men kvarstå för Joakim”, läser han.

Socialsekreterarna tittar på varandra och ser ut som fågelholkar.

”Nu läste du nog fel”, säger Eva-Lisa.

”Men det kommer aldrig att gå”, säger Astrid. ”Allt vårt jobb är förgäves.”

"Förgäves vet jag inte just", säger Ale. "De kunde inte bo hemma när mamman nästan tagit livet av sig. Och så har de sluppit den där hemska Roger ett tag."

"Ja, lite andrum för barnen", säger Eva-Lisa. "Men de skulle behöva längre tid i familjehem. De är så trasiga. Värst med pojken, men även flickorna."

De suckar. Det här var inget bra besked.

Kapitel 48. 2000. Eva-Lisa.

Spänd förväntan inför millennieskiftet. Skulle datorerna stanna? Alla data försvinna? Kanske hissarna i huset haka upp sig. Alla gissar, ingen vet riktigt. Ale tror på en riktig krasch.

"Tänk om hela socialtjänsten rasar", säger han hoppfullt. "Så att vi får bygga upp det igen från grunden. Bortse från alla gamla strukturer och bygga helt nya."

"Jag tror ändå inte vi skulle göra det", säger Eva-Lisa. "Vi tror att det måste vara på ett visst sätt, eftersom det alltid har varit så."

"Ja, men vi pratar hela tiden om att vi egentligen jobbar på fel sätt. Att vi kommer in för sent i ärendena", säger Ale och kliar sig på sina armar, som är fulla av eksem. Ju stressigare Ale har det på jobbet, desto mer eksem får han. "Vi borde se till att få fler öppna förskolor och familjecentraler och vi borde ordna mer stöd åt familjehemmen, så de orkar med sina uppdrag."

"Vilka vi", frågar Eva-Lisa. "Det är politikerna som bestämmer. Förebyggande arbete är lönsamt, men eftersom det alltid är besparingar på gång, så är det just det förebyggande som politikerna drar in på. För det som är reglerat i lagen får inte tas bort."

"Men som det är nu, så verkar det som att det lagreglerade också kan naggas på", säger Ale. "Vi förväntas hela tiden klara fler utredningar och insatser med samma antal anställda."

"Jag tror det kommer bli annorlunda när BBIC är infört", säger Astrid som har gått på kurs och ska lära ut det nya arbetssättet till de andra.

"Vad är det som kommer att bli annorlunda då", undrar Eva-Lisa.

"Det är meningen att barnens röst och behov ska bli tydligare", säger Astrid.

"Inte en dag för tidigt", säger Ale. "Nu tycker jag att det mest är föräldrarnas intressen som får styra."

"Och så ska det bli ett mer strukturerat arbetssätt med nya blanketter", fortsätter Astrid.

"Blanketter hit och blanketter dit", muttrar Eva-Lisa. "Som om vi inte redan hade tillräckligt."

"Ett av problemen är att akterna ser ut som sophögar", säger Astrid, vars akter inte påminner ett dugg om sophögar. Tvärt om så är de föredömligt välsorterade. Det är övriga kollegers akter hon menar och Eva-Lisa känner sig träffad.

"Om vi hade tid att avsätta en dag för aktstädning då och då skulle det bli avhjälpt", säger Eva-Lisa. "Men så fort vi försöker göra det, så dyker det upp nya akuta ärenden som vi måste ta itu med."

Det ska bli fyrverkerier i hela Timmerhamn på millenienatten. Eva-Lisa är ute i det iskalla vintervädret tillsammans med dottern Rebecka. Kylan är hård och metallisk. Den isande och torra luften gör att näsan drar ihop sig, och när de gapar kan de se hur kölden ryker ur munnarna. I mörkret avtecknar sig stjärnbilderna mot himlen, som om de vore rispade i glas. Eva-Lisa känner ett sug när hon

blickar uppåt. Minnen sprider ut sig på den öppna stjärn-
himlen. Hon tänker på de många årens kamp för Rebecka i
skolan, som utmynnade i att Rebecka till slut ändå klarade
skolan, fast med ett nödrop. Hur ska hon klara vuxenlivet?
Men nu lyser raketerna och solarna upp himlen och gör det
ljust, nästan som på dagen. Trots kylan är många ute och de
rör sig i mörka flockar längs gatorna. Det lyser inbjudande
från krogarna och finklädda människor rör sig in och ut
därifrån, som havsvågor mot stranden. Eva-Lisa och Re-
becka tittar in i varandras ögon och ser fyrverkerierna
avspegla sig där. Eva-Lisa håller armen om Rebecka som
lovat att de ska gå hem tillsammans. Det har varit så många
nyårsfester planerade, alla har pratat om dem. Men Rebecka
vill inte gå på några nyårsfester, säger hon. Eva-Lisa och
Rebecka har ätit nyårsbuffé tillsammans, bara de två. *Vi får
värna varandra när vi tagit klivet över till det nya århundradet,*
tänker Eva-Lisa. *Gud vet att det kan behövas.*

Kapitel 49. 2000. Cecilia.

Så får Cecilia också information om domen. Att flickorna ska flytta hem.

Hurra, hon har vunnit! En triumferande känsla som börjar i bröstet och sedan sprider sig som brinnande lava i hela kroppen.

Visserligen ska Joakim fortfarande vara placerad, men så småningom får nog han också komma hem, tänker Cecilia. Hon kramar Jessica och ringer till Julia. Åh, nu måste hon ordna med tillbakaflytt till skolan för Julia också.

"Mamma, i dag har jag berättat för mina klasskompisar att jag ska bli kvar här i skolan i Sillvik", säger Jessica glädjestrålande till Cecilia. "Och oj, vad många grattiskramar jag har fått!"

Det går några dagar och sedan får de veta: Socialtjänsten har överklagat domen och begärt inhibition.

"In-hibi-vad då?" fräser Cecilia i telefon till sin advokat med en röst som är på väg att spricka.

"Det betyder verkställighetshinder", säger advokaten. "Att man inte kan verkställa beslutet. Alltså ingen hemflytt ännu."

"Nu ljuger du", säger Cecilia. "Jag har ett papper här där det står att omhändertagandet ska upphöra. Att Jessica och Julia ska flytta hem."

"Ja, men hörde du inte att jag sa att socialtjänsten har överklagat det beslutet?"

Cecilia tittar ut genom fönstret. Hon ser ett flygplan mot den blåa himlen. Ett flygplan som flyger bort och tar med sig hennes glädje och hopp.

Verkligheten landar i Cecilia. Att placeringarna ska fortsätta. En sådan nedrighet! Varför vill socialtjänsten henne så illa? Har det blivit något slags prestige, att socialtjänsten tycker att de måste vinna till varje pris? Att inte hon och barnen får vinna?

Men det här är ingen tävling. Det är en bedömning av vad som är bäst. Och Cecilia tycker att socialtjänstens bedömning är så in i helsicke fel.

Cecilia har levt i ett spänningstillstånd, som släppte när hon fick domen om att barnen skulle få flytta hem. Nu rasar allt igen. Först berättar hon för Jessica, sedan ringer hon till Julia och alla tre gråter, förtvivlat och ilsket.

"Jävla, jävla soc", skriker Jessica.

Cecilia knyter nävarna. "Aldrig sluta kämpa", säger hon till sig själv. "Aldrig!"

Kapitel 50. 2000. Eva-Lisa.

Eva-Lisa vet att Jessica trivs bra hos Lisbeth, men det är bara ett jourhem och dessutom ett som är till låns. Kammarrätten har bifallit socialnämndens överklagan, så nu är barnen omhändertagna enligt LVU igen.

Mihkkel pratar med sina socialsekreterare: "Försök att hitta ett familjehem som ligger lite närmare där mamman bor nu", säger han. "Det fungerar inte att sitta och åka hundra mil vid varje umgänge. Dyrt blir det också."

"Vem blir det som ska få åka i stället? Det blir ju vi", säger Eva-Lisa ilsket. "Och vi har inte hur mycket tid som helst. Rättare sagt, så har vi väldigt knappt med tid. Vi hinner inte med det vi ska göra redan som det är i dag."

"Om vi hittar ett familjehem i närheten av Sillvik, så kanske vi kan få ärendet överflyttat dit", säger Mihkkel. "För i så fall bor mamma och barn i närheten av varandra, och då är det lättare att få igenom en överflyttning. De argument vi hade att barnen skulle ha kvar skola och familjehem i vår kommun, är redan överspelade."

"Det låter vettigt", säger Eva-Lisa och nickar. "Jessica går redan i skolan i Sillvik och även Julia har en skolplacering ordnad där." Tanken att ärendet skulle flyttas över till Sillvik känns både lockande och oroande för Eva-Lisa. Detta ärende som tar så mycket tid, vad skönt det skulle vara att slippa det! Men samtidigt vill hon inte släppa det heller. Hon har blivit fäst vid barnen och är fascinerad av Cecilia. Hon vill vara med och se till att allt blir bra för dem. En jobbig sak är att man sällan vet hur det har gått när man har släppt ärendet, tänker Eva-Lisa. Har det blivit som man planerat eller har det gått åt skogen? Jo, om det har gått illa blir ärendet aktualiserat igen, då får man veta. Men om en annan kommun har tagit över, då vet man ingenting. Måste man veta då? Ja, för att få bekräftelse på om man gör riktiga bedömningar. Sådant som kan vara till nytta i nya ärenden.

"Det går nog inte med ett vanligt familjehem", säger Astrid. "Det behöver vara något väldigt erfaret. Kanske ett storfosterhem."

Eva-Lisa nickar. Det har börjat dyka upp familjehem som tar emot flera placeringar samtidigt, och inte har vanliga jobb. De kostar mer än vanliga familjehem, men är också proffsigare, och ska kunna klara svårare barn.

Mihkkel lyssnar på socialsekreterarna och verkar nöjd med deras resonemang. *Ingenting är enkelt, det finns inga färdiga svar*, tänker Eva-Lisa. Det är inte svart eller vitt. Man måste alltid ha en stor portion osäkerhet i ryggsäcken inför varje ställningstagande och vägval. Men ju mer erfarenhet man har, desto säkrare blir bedömningarna, tänker hon.

Kapitel 51. 2000. Jessica.

Jessica besöker Siv Sahlman tillsammans med mamma och Eva-Lisa. Siv har redan tre barn placerade, trots att hon är ensamstående. Hon har också ett eget barn, en kille som är fjorton år. Siv bor i ett stort hus på en gård en bit utanför stan. På samma gård men i ett annat hus bor Sivs syster som också är familjehem. Där finns två barn placerade.

Siv verkar vara en kvinna med pondus. Hon är stor som ett hus och har halvlångt, rävrött hår och händer som en karl, grova och nariga. *Som dasslock,* tänker Jessica. En liten baby ligger i en vagn på gården och inifrån huset kommer två nyfikna barn med kalviga ben springande. *Hon kommer att krossa bebisen med de där händerna,* fortsätter Jessica att tänka. Sivs röst är hög och gäll när hon säger till barnen att gå in och plocka fram fika.

"Här hjälps alla åt", säger Siv till Cecilia och Jessica.

Jessica känner ett obehag längs ryggraden. Är det kadaverdisciplin som gäller här? Hon tittar på mamma som har fått en liten rynka mellan ögonen. Men mamma säger till Siv att det kan vara bra med lite regler. Att Jessica tar sig ton ibland på ett sätt som inte är så trevligt.

En femtonårig flicka med brunt hår i hästsvans knackar på Jessicas axel.

"Jag heter Samantha", säger hon. "Vad heter du? Och hur gammal är du? Ska du flytta hit?" undrar hon nyfiket och tuggar ivrigt på ett tuggummi.

"Jessica. Fjorton år. Vet inte, kanske", svarar Jessica.

"Kom ska jag visa dig en sak", säger Samantha.

De går bort en bit i trädgården och flickan tar fram en liten kula som ser ut som en bit ljus lera.

"Vet du vad det här är?"

"Det ser ut som lera."

"Det är hasch, knark", säger flickan och studerar Jessicas ansikte för att notera reaktionen.

Jessica rycker på axlarna.

"Jaha, så du knarkar då?"

"Ibland. Det måste man göra för att stå ut. Men jag har tagit starkare saker också."

"Hur får du tag på det då?"

"Min mamma drogar och jag känner hennes kompisar. De fixar åt mig."

"Jaså … men vad tycker din mamma om det?"

"Hon vet inget. Vissa saker säger man inte. Men hasch är inget farligt. Man måste få ta sånt som man mår bra av."

"Vet Siv om det?"

"Tok heller! Hon skulle bli vansinnig."

"Jaha …Vad gör hon när hon blir vansinnig då?"

"Straffarbete. Och att man inte få följa med när de gör något kul."

"Jaha. Så ni gör kuliga saker ibland?"

"Absolut. Utflykter, bio, bad. Förresten så håller de på och ska fixa en pool här. Du ser den där gropen där borta. Det blir fint att ha i sommar." Hon pekar med en hand, vars naglar är fulla med avskavd nagellack.

De går tillbaka till de andra. Siv och hennes son Tim har dukat fika i bersån, där det doftar bedövande starkt av nyligen utslagna syrener. Bullarna är goda. Kakorna ser ut som uppsvällda haschkulor och Jessica blir full i skratt. *Tänk om det är ett knarkarnäste det här. Inte mig emot,* tänker Jessica. Tim ser förresten inte riktigt normal ut han heller. Luggen hänger långt ner i ansiktet, men i övrigt är han ojämnt klippt. Kanske är det Siv själv som varit framme med en trubbig sax under Tims protester?

Ett par veckor senare flyttar Jessica och Julia in. Det är en hel månad kvar på terminen och de åker skolbuss tillsammans, Jessica, Julia, Samantha och Tim. Jessica pratar med Eva-Lisa i telefon, och de kommer överens om hur ofta hon ska få träffa mamma. Det känns tråkigt att flytta från Lisbeth. Varför ska hon behöva hålla på och flytta hela tiden? Men nu bor hon i alla fall tillsammans med Julia. Det är fint.

Kapitel 52. 2000. Jessica.

När det har gått ett par månader, har familjehemsmamman Siv hittat en påse med tabletter, då hon inspekterat Jessicas rum.

"Det är inte mina tabletter. Det är mammas. Jag har tagit med mig dem, för att inte hon ska ta för många. Jag brukar portionera ut dem åt henne", säger Jessica förtrytsamt.

"Det tror jag inte ett dugg på. Jag förstår att det kan vara spännande att pröva, men det är farligt. Så jag tar hand om dem", svarar Siv.

Jessica är röd i ansiktet av skam och förbittring.

"Men litar du inte på mig? Jag avskyr tabletter. Jag skulle aldrig ta några själv. Mitt förra familjehem Linda, hon tog tabletter. Jag berättade för soc. Men de trodde inte på mig."

"Ditt förra familjehem? Var hon tablettmissbrukare? Det låter inte så troligt."

Siv skakar på huvudet och de rävröda hårtestarna flyger.

"Jag måste prata med dig om en annan sak", säger Siv sedan. "Du vet våra hästar."

Jessica nickar. Siv och hennes syster har två hästar som alla får rida på ibland. Men den ena hästen är halt just nu.

"Zinnia får smärtstillande när hon är halt. Det är en medicin som innehåller GHB."

"Jaha. Hoppas hon blir bra då."

"Jag hade en burk i köksskåpet. Men nu har det försvunnit en hel del pulver."

"Tråkigt. Vad är GHB för något?"

"Jag sa ju det, smärtstillande. Och inflammationsdämpande. Men en del tror att man kan knarka det."

"Oj då. Är det farligt?"

"Knark är jättefarligt. Och GHB ska man inte använda till något annat än hästar."

"Ja, det förstår jag."

"Är det du som har tagit ur burken?"

"Jag? Nej, absolut inte. Varför skulle jag göra det? Jag har inte haft en aning om vad GHB är. Men nu vet jag."

Jessica funderar på om Samantha känner till att man kan knarka GHB. Det gör hon nog. Hon kan en hel del om droger.

"Det är kanske inte så konstigt att jag tror att du kan ha tagit det. Med tanke på alla de här tabletterna som jag hittade hos dig."

"Nu får du sluta! Jag använder inte tabletter och jag har inte tagit GHB."

"Och så har det försvunnit pengar ur min portmonnä som jag lagt på köksbänken. Och ett helt paket cigaretter."

"Och då tror du förstås att det är jag som tagit dem? Varför måste du alltid tro att det är jag hela tiden. Men du har så jävla fel som man kan ha", skriker Jessica.

Siv ruskar på huvudet innan hon går ut från Jessicas rum. På hennes ansiktsuttryck kan man se att hon inte tror ett dugg på vad Jessica sagt.

Jessica tycker det är fint att bo tillsammans med Julia. Men Julia håller inte alltid med Jessica.

"Du har blivit så hård, Jessica", säger Julia. "Knappt jag känner igen dig. Varför ska du hela tiden svara emot Siv?"

"När hon gör knäppa saker måste hon väl få veta det", säger Jessica, och känner sig nöjd över att inte Siv har någon total makt över henne.

"Jag är snäll mot de snälla och hård mot de dumma", säger Jessica. Det har hon hört mamma säga och hon tycker det låter som en bra levnadsregel.

"Du får väl försöka förstå Siv också", säger Julia. "Hon har så många barn att ta hand om."

"Jaha, är det mitt fel, kanske", säger Jessica. Hon trivs inte hos Siv, och hon känner sig orolig för Julia också. Julia försöker smälta in bland alla barn, men hon har så svårt att prata. Ibland låter det bara "eh, eh, eh", och alla skrattar. Jessica också. Men Julia ger henne en sårad blick och går därifrån. Jessica vänder sig om för att slippa se den lilla figuren traska iväg med sänkta axlar.

Jessica brukar prata med Julia om att hon ska rymma. Hon minns den sköna känslan när de gett sig av från sina familje-hem i Timmerhamn. Att ingen kunde hindra dem när de hade bestämt sig. Men hon ser att Julia blir arg och ledsen.

"Nej, Jessica! Gör inte det. Det blir bara elände", säger Julia.

"Men Julia, tanten är inte klok. Vet du vad det är det senaste hon gjorde? Hon låste in mig på vinden och så fick jag sova där. Det finns råttor! Och Samantha har sagt att det finns spöken också."

"Tror du på det där," säger Julia men ryser samtidigt. Jessica inser att Julia verkligen inte själv skulle vilja sova där på vinden.

"Men hade du inte gömt dig där uppe", säger Julia. "Och så råkade Siv låsa dörren?"

"Vad du är dum", svarar Jessica. "Så klart förstod hon att jag var där. Och så ville hon ge mig en läxa. Det verkar som om du vill försvara Siv. Men du är väl med mig? Antingen är man med mig eller också är man emot mig. Välj sida nu!"

Jessica läser förvirring och ledsnad i Julias ansikte. *Varför ska Julia vara ett sådant litet våp*, tänker Jessica irriterat. *Med Siv måste man sätta hårt mot hårt.*

Jessica brukar berätta för mamma om allt dumt och dåligt som Siv gör. Och mamma håller med henne, hon erkänner för Jessica att hon inte heller gillar Siv. Det känns skönt, men ibland får Jessica dåligt samvete för att hon har kryddat sina berättelser lite extra. Det har hon gjort för att mamma verkar uppskatta det. Och så klart vill Jessica göra det som blir bra för mamma.

Kapitel 53. 2001. Jessica.

Efter varje gång de träffar mamma, blir det allt svårare att
åka tillbaka till familjehemmet. Mamma ser sjuk ut. Hennes
hy är grå och håret glanslöst. Dricker hon? Äter hon
för många tabletter? Jessica har ingen aning, och inte kan
hon hålla koll när hon inte själv får vara hemma
hos mamma.

"Jag orkar inte piffa upp mig", säger mamma när Jessica
frågar rent ut. "Jag längtar så mycket efter er. Allt kommer
att bli bra om ni kommer tillbaka till mig. Min advokat filar
på en ny hemtagningsbegäran."

"Men er kan jag piffa upp", säger mamma och målar Julias
tånaglar rosa. Snyggt, tycker både Jessica och Julia. Men när
de kommer tillbaka till familjehemmet hör Jessica att Siv
säger att "det där var då riktigt fult."

"Gräsligt. Du ser ut som en ... jag vill inte nämna vad jag
tänker på."

Och så tar hon fram aceton och gnuggar bort lacket
ordentligt.

Nu ska det bli invigning av den nya poolen hemma hos Siv.
De har bjudit in grannarna. Det kommer en kille som ska
spela gitarr, de ska duka långbord, sjunga och äta tårta och
så ska de sätta på vattnet och hurra. Sedan ska de testa
poolen tillsammans, så alla har tagit på sig baddräkter och
är förväntansfulla. Det sitter färgglada lyktor i träden, och
trädgårdsborden har vita dukar och vaser med ring-
blommor som lyser som små solar. Den riktiga solen spelar

också med sina strålar genom lövverket och skickar reflexer i glasen och vaserna.

Jessica springer runt och kittlar de andra, och rätt som det är så är tårtspaden borta, och även elvispen till grädden. Jessica flinar glatt och säger att hon nyss har sett dem, vad konstigt att ingen annan har gjort det. Hon är uppvarvad och nu är det ingen hejd på henne. Hon har just fått veta att det var Tim som tagit GHB-pulvret ur burken. Han har tagit pengar och cigaretter från Siv också. Skönt att bli rentvådd! Tim har bett om ursäkt, men Jessica har inte fått någon ursäkt. Hon sjuder av ilska, och funderar på vilka nya saker hon ska hitta på för att sätta krokben för Siv.

"Jessica, nu tar du fram tårtspaden och elvispen, om du ska få vara med om invigningen", säger Siv och spänner ögonen i henne.

"Vad då, jag? Jag har inte gjort något." Och Jessica flinar.

I ögonvrån ser hon hur Julia tittar omväxlande på Jessica och Siv. Hennes ansiktsdrag är spända. Luften är full av elektricitet och alla väntar på en urladdning.

"Kan inte du och jag gå bort till badplatsen och bada i stället", säger Julia till Jessica. "Jag tror inte jag har lust att vara med på invigningen."

"Det låter bra", säger Siv hastigt och kastar en vänlig blick på Julia. "Jag skjutsar er, det är för långt att gå."

"Jag vill ändå inte vara med på er fåniga skitinvigning", säger Jessica kaxigt och hoppas att ingen märker att hon har lite gråt i halsen. Jessica och Julia tar sina handdukar och traskar iväg till bilen.

Vid badplatsen strosar de längs vattnet. Vågorna strömmar runt vristerna på dem i små virvlar, och suger efter deras fötter på vägen ut igen. De bryr sig inte om att bada, utan blir sittande länge på stranden, och ser solen sucka och blekna och sedan gå ner. Långt borta hör de spel och sång och skratt. Men här är det bara vågornas kluckande, och en och annan storspovs visslande som hörs.

De bittra skälvningarna inom Jessica sjunker undan, och så småningom lommar hon och Julia tillbaka, men de blir upplockade på halva vägen av Siv som kommer med bilen. Då är det nästan helt mörkt ute och de huttrar lite.

En annan dag är Jessica tillsammans med sin kompis Ida som har lyckats komma över en flaska HB, hembränt.

"Alltså inte GHB", säger Jessica, "fast det låter nästan likadant." Ida nickar, hon vet inte vad GHB är men låtsas inte om det. De smiter iväg och sätter sig i ett skogsbryn, blandar ut med läsk och dricker. Det är inte gott, men det bränner först till, sedan blir det varmt och skönt i magen. Dimman har kommit och lagt sig i tunna sjok över träd och buskar. Men Jessica och Ida har varandra, de är tillsammans i en liten ö av värme och klarhet. När Jessica reser sig upp, svirrar det i huvudet och hon vinglar till, men hittar snabbt balansen igen.

"Nu kan jag inte komma tillbaka till Siv", säger hon. "Det blir utegångsförbud i minst en vecka. Jag tror jag rymmer, helt enkelt. Det är jag bra på."

Ida är med på noterna och de ger sig iväg tillsammans. Efter någon timme ser de lyktorna från en bil på långt håll.

"Vi kanske kan lifta?" säger Ida men Jessica är misstänksam.

"Det kan vara Siv som är ute och letar", säger hon.

Mycket riktigt, Jessica känner igen Sivs röda Volvo. De gömmer sig bakom ett träd och ser bilen försvinna. Då går de ut på vägen igen, men plötsligt kommer bilen tillbaka. De börjar springa, men så ser de Siv parkera vid vägkanten och springa efter dem. De springer över ett gärde mot en stuga, som de ser längre fram. Där kanske de kan gömma sig? Siv springer ovanligt snabbt och smidigt för att vara så stor och tung. Hon vinner på dem. De kastar sig över ett dike, men *aj*, där var taggtråd, som de inte såg i skymningsmörkret. Jessica stannar upp och drar med handen över ansiktet, blod och hudslamsor fastnar på handen. Nu har Siv kommit ikapp och hon tar hårt i Jessicas arm.

"Olycksaliga unge", fräser hon.

"Jag har skadat mig, ser du inte det", säger Jessica, medan tårar blandar sig med blodet i ansiktet.

Ida står bredvid och ser förskräckt ut. Äventyret är inte roligt längre. Hon inser att hon är långt hemifrån, och inte vet hur hon ska komma hem.

"Jag skjutsar dig hem", säger Siv kort till Ida. "Och sedan ska du i säng direkt", fortsätter hon till Jessica.

Siv sitter bakom ratten, med hårda ögon fästade vid vägen. Hon kör så att gruset sprutar om hjulen, och de kommer hem till Idas mamma. De går in alla tre och mamman blir förskräckt när hon får syn på Jessicas ansikte.

"Lilla barn, vad har hänt", undrar hon.

"Fastnade i taggtråd", svarar Jessica och en tår trillar över kinden.

"Du måste till sjukhus med det där så de får sy", säger mamman som är sjuksköterska.

Men Siv muttrar och säger "Nej, Jessica ska hem med en gång."

"Då måste jag i alla fall få sköta om såren", säger Idas mamma och tar fram sårrengöring och tejp. Hon jobbar en lång stund, och Jessica försöker att inte skrika fast det svider.

"Så där. Men du får gå till skolsköterskan i morgon, och säga till att hon fortsätter att se över skadorna. Vilken otur, stackars unge."

Jessica smakar på orden. *"Stackars unge"*.

Det var länge sedan någon sa det till henne.

Kapitel 54. 2001. Jessica.

Jessica är hemma hos mamma på umgänge, när Eva-Lisa ringer.

"Hej Jessica, hur har du det", säger Eva-Lisa.

"Vad tror du! Vad håller ni på med på soc?! Varför får jag inte bo hos mamma, fast domstolen sa det förut", säger Jessica.

"Ja men nu finns det ett nytt beslut", säger Eva-Lisa. "Och det är det jag tänker prata med dig om."

"Jag vet vad det är för beslut. Jag har sett det pappret också, och jag kan faktiskt läsa!" säger Jessica.

"Du bor ju hos Siv nu", fortsätter Eva-Lisa

"Den där kärringen vill jag aldrig se mer. Hon är precis galen! Det tycker mamma också."

"Jag vet att ni inte kommer så väl överens."

"Jaså ... har hon pratat skit om mig? Men då ska du få veta att hon ljuger!"

"Hur det än är med den saken, så kan du inte bo kvar där längre."

"Tack! Det var det bästa jag har hört på länge",
säger Jessica. Hon blir först lättad men sedan lite orolig. "Vad händer nu?"

"Vi har pratat om det på socialkontoret. Och vi tycker att vi vill ha en ordentlig utredning av dig, för att ta reda på vad du behöver."

"Det är bara att fråga mig. Jag behöver flytta hem."

"Nej, vi tror att du behöver få vara någonstans där det finns vettiga vuxna, och kanske psykologer som du kan prata med. För jag tror inte att du mår bra, Jessica. Efter allt som du har varit med om."

Jessica blir tyst. Nej, hon mår inte bra. Ibland får hon panikkänslor, och då rispar hon sig lite i armen. Smärtan gör att det känns bättre för stunden, men sedan kommer oron tillbaka. Hon är noga med att ha långärmat på sig, så att ingen ska se de blodiga risporna. Och så fort hon får en chans dricker hon sig berusad på alkohol. Då lättar bekymren en stund, men kommer tillbaka med full kraft dagen efter.

"Vad har ni tänkt er då", säger Jessica slutligen.

"Att du får komma till ett HVB-hem för en åtta veckors utredning."

"Jaha. Bara jag slipper Siv", säger Jessica.

"Ja, då vet du nu vad vi planerar. Har du mamma i närheten, så att jag kan få prata med henne också?"

"Visst. Mamma! Soc vill prata med dig."

Jessica går in i sitt rum och lägger sig på sängen. Det är rörigt i huvudet. Nu ska hon alltså flytta igen, men bara tillfälligt. Det där HVB-hemmet, är det som barnpsyk, kanske? Några schysta människor man kan prata med, om alla tankar hon har i huvudet? Minnena av vad Harry gjorde. Och pappa. Nej! Pappa får hon inte prata om. I alla fall inte vad han gjorde med henne.

Julia kommer intassande i rummet. "Ska du flytta, Jessica", frågar hon.

"Ja. Flytta och flytta, det är det enda jag gör hela tiden. Men det borde du också göra. Du kan ju inte bo kvar hos den där häxan."

"Soc har pratat med mig också", säger Julia. "Om att jag ska bo på ett HVB-hem jag med. Fast inte samma som du."

"Nej, de har inte fattat att vi behöver bo ihop", säger Jessica.

Mamma kommer in i rummet. "Jag hörde vad ni pratade om", säger hon. "De där HVB-hemmen är för olika åldrar, det är därför ni inte kan bo ihop. Men det är bara åtta veckor det handlar om. Sedan får man se. De kanske kommer fram till att ni ska flytta hem, i alla fall? Så det är bäst ni sköter er. Eller i synnerhet du, Jessica! Inga fler rymningar."

Jag lovar ingenting, tänker Jessica. *Det finns ingen som kan hålla mig kvar om jag inte vill det.*

Så flyttar Jessica till HVB-hemmet, en institution för ungdomar. I hennes rum finns en säng med blått överkast, en matta med en fläck på och ett skrivbord som är lite repat. Hon packar upp sin väska, och lägger in byxor, tröjor och underkläder i garderoben, som har trådbackar som är lite skeva. De första kläderna viker hon snyggt, de sista bara knölar hon ner. Hon ska inte bo här så länge, det är bara en mellanstation. Nu ligger hon på sin säng och tittar ut genom fönstret, som är försett med galler. *Jaså, de har inte tänkt sig att man ska kunna rymma härifrån,* tänker hon. Hon ser hur molnen leker med varandra på himlen, hur de knuffas och drar sig undan och hon ser några kråkor som kastar sig övermodigt fram och tillbaka mellan trädtopparna. Inga galler hindrar dem.

Jessica har försökt sätta upp en affisch på väggen. Det finns häftstift kvar där från rummets tidigare invånare och små pappersbitar vid häftstiften, som om någon inte brytt sig om att ta bort häftstiften utan bara rivit ner affischen. Jessica pillar bort häftstiften och använder dem till sin egen affisch. Aj, där gick en nagel av!

Varför får hon flytta hela tiden? Det är som att befinna sig på ett isflak, som rätt som det är går sönder så man måste hoppa till nästa isflak. Och under henne brusar det mörka, sugande vattnet som hotar att dra ner henne. *Det är väl mig det är fel på som inte passar någonstans.* Ja, hos Siv ville hon ju inte vara, så där är det sant att hon straffat ut sig. Men Linda? Det väller över henne en sorg över att Linda var så arg på henne den sista tiden hon bodde där. Men hos Lisbeth var det bra. Varför kunde hon inte få vara kvar hos Lisbeth? Jo, det var för att hon bara var jourhem, sa soc. Men kanske var det något de hittade på, kanske hade Lisbeth sagt att hon inte heller ville ha kvar Jessica.

Trots att HVB-hemmet är ett hårt ställe med mycket övervakning, känner Jessica ett slags lugn här. Det finns rutiner och trygga vuxna. Personalen har inga förutfattade meningar utan hon känner sig accepterad. En skillnad från Siv som sa till de andra barnen, "bli inte som Jessica!" *Ska man säga så om man är familjehem,* funderar Jessica.

Personalen på HVB-hemmet pratar mycket med henne, de gräver och försöker ta reda på vad som har hänt henne. Hon får förtroende och känner att hon skulle vilja berätta om … om det allra värsta. Om pappa. Men tiden är för kort för det. Hon når inte fram till målet.

All kunskap om droger finns bland de andra placerade ungdomarna och de delar frikostigt med sig till varandra av den kunskapen. Personalen kan inte se och höra allt, trots att de är så nära. Ord och handlingar fladdrar sekundsnabbt mellan ungdomarna.

Det finns en innegård där personalen inte alltid har uppsikt. En pojke drar ner byxorna framför Jessica och vill att hon ska suga på hans snopp. Men en personal får ögonen på dem och ropar: "Hallå – vad håller ni på med", och pojken drar hastigt upp sina byxor igen.

Trots att Jessica trivs på HVB-hemmet, vill hon bevisa både för sig själv och omgivningen, att hon kan rymma. En dag får hon med sig Markus och Vanessa. De hittar ett öppet takfönster, ålar sig ut genom det och över taket och hoppar ner på utsidan av huset, dammiga och med revor i kläderna. Fria! Så springer de det fortaste de kan, men nu har personalen fått syn på dem och sätter efter.

Jessica halkar till på en isfläck, men Vanessa får tag på hennes arm, och de flåsar och skrattar om vartannat, för det är så obeskrivligt skönt att springa iväg. Det är deras turdag och det förstår de, när de ser spårvagnen som just ska gå. De klämmer sig in precis när dörrarna glider igen framför de snopna förföljarna, och spårvagnen tuffar iväg. Jessica och hennes kompisar skrattar högt och gör high five! I detta ögonblick känner hon sig oövervinnerlig. Så klart blir de infångade lite senare. Uppfriskande var det i alla fall, tycker Jessica.

Även Julia placeras på ett HVB-hem, för att de ska utreda henne. Det är ett annat HVB-hem än Jessicas, och Jessica upptäcker att Julia har en helt annan upplevelse än Jessica av sin placering.

"Hallå, Julia, hur har du det", undrar Jessica när hon ringer till sin lillasyster.

"Jessica, det är så hemskt! Det är långa, ödsliga korridorer i det här huset, massor av olika människor som jobbar här och ständigt nya vikarier, jag lär aldrig känna någon riktigt."

"Vilken osis. Men de andra ungarna då, har du fått några kompisar", frågar Jessica.

"Jag vågar knappt vara med de andra. En del killar är läskiga, de försöker tafsa på mig. Så jag är mest ensam på mitt rum. Vänta lite – nu knackar det på dörren. Hjälp, vem är det? Åh, det är bara Alexia. Hon är två år yngre än mig, men hon är tuff må du tro. Henne är det ingen som sätter sig på! Himla tur att hon finns."

"Har du pratat något med mamma, då", fortsätter Jessica.

"Nej, mamma ringer inte. De har sagt att det är lika bra att hon inte hör av sig. Jessica, jag räknar varje dag tills jag får komma hem."

"Tänk på att du slipper vara hos Siv, så blir du glad."

"Jessica, jag hade inget emot Siv. Men hur har du det på ditt HVB-hem?"

"Riktigt bra, faktiskt. Det är inte alls så tokigt här."

"Tur för dig! Men nu vill Alexia prata med mig. Hej då!"

"Hej då!"

Jessica gråter inombords när hon hört sin syster berätta. Hon ser Julia framför sig, ledsen och rädd. Jessica borde vara där för att skydda henne.

En dag händer det.

Efter Cecilias hemtagningsbegäran kommer ett nytt beslut från länsrätten: LVU upphör för alla tre syskonen.

De vågar inte tro på att det är sant. Men det är det.

Fast alla kommer inte hem till mamma. Cecilia låter Joakim vara kvar i sitt familjehem, frivilligt.

Julia får flytta hem.

Jessica får flytta till sin pappa. Till *pappa*?

Mamma och personalen har kommit fram till att Jessica behöver stöd och en fast hand, framför allt för att klara skolan. Och hon tycker om sin pappa. Kanske kan hon hitta ett lugn hos honom. Ingen vet vad pappa har gjort med henne tidigare. Hon har nästan själv glömt det, i varje fall låter hon inte det komma fram och ta plats i sina tankar. Det är undanställt, nedtryckt till källaren bland burkarna med konserverade bär och grönsaker. *Inte vågar han väl göra något nu när mamma och soc har beslutat och de kommer att följa upp min vistelse hos honom,* tänker Jessica.

Och tänk att pappa vill att hon ska bo hos honom! Det gör henne stolt och glad. Och så finns Lucas där i Timmerhamn, i närheten av pappa. Lucas med sitt mörka, lockiga hår, snusprilla under läppen och bruna ögon. Lucas som Jessica längtar till varje vaken stund. Man måste ha någon att längta till. Nu kan de träffas ofta.

Jessica motar bort sina farhågor och invändningar. Hon vill och inte vill. Hon går med på planeringen. Men inom henne lyser varningslamporna.

Hon säger trotsigt till sig själv: *Jag är äldre nu, femton år. Jag vågar säga ifrån. Soc kommer att hålla koll. Men kan man lita på soc?*

Kapitel. 55. 2001. Jessica.

Om och om igen rullar bilderna fram på teveskärmen. Tvillingtornen vid World Trade Center på Manhattan i New York och flygplanen som rammar dem. Tornen som krossas, människor som kastar sig ut genom fönstren, overkligheten, sorgen och fasan. Det går inte att prata om något annat. Hur kunde det ske? Varför måste våldet få sådana brutala konsekvenser?

Jessica funderar över våldet. Här sägs förklaringen vara hämnd mot USA, för krigen i Mellanöstern. Och snart kommer hämnden mot hämnarna. Terroristerna ska mötas av ny terror.

Jessica och Nils pratar med varandra. Hon känner sig beskyddad av honom. "Här ska inga jävla terrorister komma och ställa till det", säger han, och det låter så fånigt och barnsligt, precis som om han skulle kunna göra något åt det. Ändå har jorden slutat att vibrera under hennes fötter efter hans ord, terrorn är långt bort, inte här.

Jessica får inte vara så mycket tillsammans med pojkvännen Lucas som hon hade hoppats. Förutom skolan måste hon också hjälpa Nils i affären, och när han åker till marknader med varor. Hon tycker samtidigt det är roligt, och hon har möjlighet att tjäna lite egna pengar. Lucas är ibland med och hjälper Nils på marknaderna han också, och då får de träffas.

Nils' styvdotter My bor tillsammans med dem. Jessica gillar My, men My får förmåner som inte Jessica får, som att gå på bio eller disco. Jessica blir avundsjuk. Det känns som att Nils favoriserar My.

"Jag måste först se om jag kan lita på dig", säger Nils lite skämtsamt, men med en ton av allvar i rösten, när Jessica påtalar orättvisan.

Det dröjer inte många veckor förrän Nils börjar tafsa på Jessica igen. Han ber henne att klä av sig och röra sig utmanande i rummet.

"Jessica! Du är snygg och du dansar perfekt. Du skulle kunna ha en framtid som strippa", säger Nils uppskattande.

Jessica känner sig både smickrad och skamsen. *Vad är en strippa?*

En dag är de ute på en marknad. Nils har varit på dåligt humör och Jessica vet inte varför. På kvällen ber han Jessica att runka av honom. Hon biter ihop och gör som han säger. Då ska han väl bli nöjd och snäll? Men inte, efteråt är han sur och ilsken. Jessica försöker förstå varför. Gjorde hon det dåligt, skulle hon ha gjort på något annat sätt? Men hur ska hon veta? Kanske har han dåligt samvete, tycker det är fel att utsätta Jessica för det där? Hon blir förvirrad, vet inte vad hon ska tro. Vad man än gör, så blir det galet. Hon känner sig apatisk, fastnar i duschen och vill inte gå in till honom igen.

En annan gång är de också ute på en marknad. Jessica och My ska sova i husvagnen, och pappa ska sova på hotell. En anställd kille som heter Anselm är med på resan. Han tittar in i husvagnen där flickorna sitter och tittar på teve.

"Jessica, Nils säger att jag ska hämta dig."

"Vad vill han? Vi tittar på teve nu."

"Inte vet jag, men han var väldigt bestämd, så det är bäst att du kommer med."

Jessica håller Anselm i handen när de går till hotellet. Hans fingrar är beniga och skrovliga och han visslar för sig själv, så det går inte att prata. Men ju närmare de kommer hotellet, desto mer känner Jessica att hennes nerver vrider och vänder sig, som en hop larver vars skyddande sten har knuffats undan.

"Du kan väl vänta här och följa mig tillbaka", säger Jessica. Hon vill inte vara ensam med pappa.

"Nej, gå du", säger Nils och viftar bort Anselm som en fluga. "Tack för hjälpen!" Inom ett ögonblick är Anselm borta.

Nu kommer pappa emot henne och drar henne mot sängen. Hon stretar emot, men han river av henne kläderna och trycker sig flåsande mot henne. Två knappar lossnar i hennes blus och hon hör hur en söm ritsas upp. Hans andedräkt stinker av alkohol. Hon vänder bort huvudet, men han vrider tillbaka det och kysser henne med sina alkohol-läppar. Med ena handen håller han fast henne i håret och med andra handen tar han fram sin lem, den är stor och stenhård. Han har en plastbit i handen och fumlar med den, rullar över den på lemmen, det är visst en kondom, den hamnar lite snett. Så trycker han ner Jessica på sängen och håller handen för hennes mun när hon skriker.

Smärtan. Som ett glödgat spjut i underlivet.

Efteråt vill hon bara gråta. Varför gör han så här mot henne?

Han stryker henne över håret.

"Ingen fara, stumpan. Det här måste du lära dig. Och det är jag som är din pappa och ingen annan som ska lära dig. Förstår du inte det?"

Jessica lägger sig längst ut på kanten av dubbelsängen. Pappa har somnat. Men Jessica kan inte sova. Hon ser en kall halvmåne på himlen utanför. Den tittar på henne med strängt ansikte, och skickar glimtar in i rummet, ett hotellrum som är sterilt och opersonligt. På sängbordet står en telefon. Om hon skulle ringa? Men vart? Till Anselm? Men han fick ju order av Nils att gå sin väg. Hon är ensam. Hon måste lita till sig själv, som alltid. Timmarna går och sömnen håller sig på armslängds avstånd. Men till slut somnar hon av ren utmattning.

"Jessica, du är den duktigaste försäljare jag har haft", säger Nils uppmuntrande, när de står vid marknadsståndet. Hon vet att det stämmer. Hon har en förmåga att få folk att stanna upp och titta på deras saker, och så berättar hon om sakerna, så att kunderna blir riktigt sugna på att köpa.

"Den här brandbilen kan spruta vatten och titta här, en stege som man kan fälla ut", säger hon och sätter leksaken i händerna på en liten kille som har snorig näsa och jordiga fingrar. Hans mamma tar ett papper och torkar av både brandbilen, pojkens näsa och hans fingrar, fingrar som håller hårt om brandbilen och inte vill släppa. Mamman ska just till att säga nej, då Jessica ler och säger: "Egentligen är den jättebillig, men jag sätter ner priset med en femma så den blir ännu billigare." Nu kan inte mamman stå emot längre, brandbilen blir kvar i pojkens nävar och pengar åker ner i den redan välfyllda kassalådan. Solen skiner över

marknadsområdet, och Jessica grips av en overklighets-
känsla. *Står jag inte här och säljer för brinnande livet, fast jag
borde vara långt, långt borta? Men var? Marknaden är ändå bästa
tillvaron vid jämförelse.*

"Varför ska du egentligen gå i skolan", säger Nils. "Du
borde satsa på att jobba på marknader och i min affär i
stället".

"Jaså … ja, det vore roligt på sätt och vis." *Tjäna pengar.*
Men mamma har alltid sagt att hon och syskonen måste
satsa på skolan. Att det är det enda för att komma vidare i
livet. Och Jessica har egentligen lätt för sig i skolan. Men
skolbyten, skolk och hennes dåliga mående har gjort att hon
hamnat efter. Hon vill ta igen det där. Det var en av poäng-
erna med att hon skulle bo hos Nils.

Jessica går omkring med ett lätt illamående i kroppen
under dagarna. Ibland är allt lugnt och pappa skojar med
henne och My. Men rätt som det är kan han säga till Jessica:
"På fredag ska vi ha party. Jag köper hem alkohol och så ska
ni få smaka. Ni är stora damer nu."
Jessica vet vad det betyder. Det blir mera sex. Och nu är det
riktiga samlag.

"På lördag är det disco, får jag gå?" säger Jessica snabbt.
Hon har lärt sig att köpslå med pappa. Han vill utnyttja
henne, hon utnyttjar honom. *Han har en skuld att betala till
mig,* tänker hon bistert. Det bara fortsätter och fortsätter.
Hon sitter fast i garnet, hon kan inte slingra sig ur.

En dag kommer socialsekreterarna Eva-Lisa och Astrid, och
besöker henne och pappa i affären. De pratar en lång stund
med Nils, som berömmer Jessica för att hon är så duktig på

marknaderna. Jessica visar dem runt i affären, hon skrattar och är glad, fast hon har ett isblock inom sig. Kan inte socialsekreterarna upptäcka det? Hon hoppas att de ska prata med henne ensam, men Nils håller sig hela tiden i närheten. Hon skulle nog inte våga berätta om övergreppen även om de blev ensamma, men hon kanske ändå skulle tala om att hon mår illa, att hon har svårt att sova, att hon dröm-mer mardrömmar. Skulle de inte förstå då? Men de verkar bara nöjda över att hon tycks vara glad. *De känner inte mig,* tänker Jessica. *De har inte pratat tillräckligt med mig för att förstå att det bara är en mask. En clownmask.*

Kapitel 56. 2001. Cecilia.

"Julia, det är så skönt att det aldrig är några problem med dig", säger Cecilia och stryker Julia över håret. "Och att du jämt är så glad."

"Vad då ... glad", säger Julia och ger Cecilia en svart blick. Men sedan mjuknar hon och lutar sig mot henne. "Visst, mamma", säger hon.

Cecilia känner ingen riktig närhet till Julia nu för tiden. Julia drar sig gärna undan till sitt rum, där hon läser läxor eller spelar musik. Om Cecilia knackar på skriker Julia att hon vill vara i fred, hon måste plugga. Cecilia är stolt över Julia som går i sexan och lägger ner mycket tid på skolan. Hon har högsta betyg i de flesta ämnena.

Någon gång har Cecilia öppnat dörren till Julias rum utan att Julia har märkt något. Då har hon ibland sett att Julia dansar där inne, att hon har klätt sig i en lång flerfärgad klänning av tunt tyg, som sveper runt hennes smala vader. Hennes rörelser är mjuka, behagfulla och samtidigt fyllda av energi och spänst. Som en sagofé tänker Cecilia, en magisk varelse från en annan värld. Cecilia stänger dörren försiktigt för att inte störa och sätter sig på en stol och blundar. Hon behåller bilden en lång stund innanför ögonlocken.

Cecilia tittar på klockan. Det är bäst hon skyndar sig så att hon inte kommer för sent. Hon ska träffa en psykolog för en ADHD-utredning. Nu när hon inte behöver använda all sin tid för att strida med socialtjänsten längre, så kan hon börja tänka på sig själv igen. Hon har länge anat att hon har ADHD, eftersom hon har så svårt att få struktur på sina dagar. Hon tänker att hennes ångest kanske också kommer att lätta om hon får medicin. Hon får ju ångest när hon glömmer eller missar saker, förutom den gamla vanliga ångesten som ligger där och mal någonstans i kroppen, för att sedan flamma upp rätt som det är. Hon äter fortfarande antidepressiv medicin och ibland tar hon också lite amfetamin. *Visst kan man få amfetamin lagligt om man har ADHD*, tänker hon. Men det är inte kickarna hon är ute efter, utan lugnet, möjligheten att koncentrera sig på en sak i taget.

Nu när striden med socialtjänsten är över, borde hon känna sig lugn och ha tillförsikt. Men det enda hon känner är tomhet. Striden tog så mycket kraft, men den gav också energi och mening till hennes tillvaro. Vad har hon uppnått? Att hon har Julia boende hos sig. Men Joakim är kvar i sitt familjehem och Jessica bor hos sin pappa. Och glädje eller lugn har hon inte uppnått. Hon tittar ut genom fönstret och betraktar himlen. Det finns ingen färg, rörelse eller struktur där. Molnen har glidit samman till en kompakt kupa, ett tomhetens tak.

Cecilia har berättat för barnen om sin ADHD-utredning, hon berättar allt för dem, stort och smått. Ibland vill de inte höra. Men Julia, som är den som bor hemma, lyssnar uppmärksamt och nickar, "Det låter jättebra, mamma."

Cecilia tycker det känns fint att prata med psykologen. Att få prata om sig själv. Det finns mycket att säga, men psykologen vill att de ska hålla sig till frågorna i formuläret.

Efter många besök får hon sin ADHD-diagnos. Och sin medicin.

Cecilia märker skillnad. Hon jagar inte upp sig lika lätt över småsaker och hon tar itu med vardagen på ett annat sätt. Nu när hon mår så mycket bättre, borde hon väl kunna låta Joakim och Jessica få flytta hem också? Men hon blir ibland irriterad på Julia.

"Har du tagit din medicin i dag", säger Julia allt som oftast. Precis som det är Julia som är mamma och behöver påminna sin slarviga dotter Cecilia.

"Bry dig inte om det du", säger Cecilia surt. Förresten kanske hon inte behöver ta den där medicinen jämt. Mår man bra utan, så är det väl onödigt. Och ibland mår hon så pass bra att hon låter bli att ta medicinen.

Sent en kväll blir Cecilia överraskad av att den gamla ångesten kommer smygande, den växer och kastar sig över henne. Hon kan inte värja sig. Vad ska hon göra? Bort, bara bort. Hon hittar medicinburken, inte många tabletter kvar. Hon häller i sig dem, känner golvet och möblerna röra sig men inget blir bättre. Hon ringer 112. "Hjälp mig, hjälp mig, jag tar livet av mig ... ", gråter hon.

Kommer de eller kommer de inte? Där ser hon en telefonsladd, hon virar den om halsen. Hittar en krok i taket där vardagsrumslampan hänger. Ställer sig på pallen, snubblar, hänger i sladden. Kroken lossnar, hon ramlar tillsammans med lampan. Långt bortifrån hör hon dörrsignalen ljuda, gång på gång. Dimmigt ser hon Julia öppna dörren till sitt sovrum. Julia kommer ut och skriker till Cecilia: "Men öppna då, det står en ambulans här utanför, nu blev jag väckt, jag måste sova, jag ska till skolan i morgon."

Cecilia släpar sig fram till dörren och öppnar. Två ambulansmän kommer in, utan att ta av sig kängorna, och det bildas små pölar efter dem. Den ena tar tag i Cecilias arm och stagar upp henne.

"Du får åka med oss. Kan du gå själv eller ska vi bära dig?"

Cecilia svarar inte, men hänger mot den ena ambulansmannen som vacklar till av tyngden. De plockar fram en bår och ber henne lägga sig medan de kollar puls och blodtryck. Cecilia sjunker ihop som en säck med bråte. Julia försvinner in på sitt rum. Sedan minns Cecilia inget mer.

Cecilia stannar kvar på sjukhuset en vecka. Julia ringer efter ett par dagar.

"Mamma hur mår du? När kommer du hem?"

"Åh, snart. Men hur går det för dig, Julia? Är du hemma eller var är du?"

"Jag är hos grannen, Sylvia. En ambulanskille frågade mig om de skulle ringa till soc, men jag sa att de absolut inte fick göra det, att jag klarade mig själv, att jag var van att stiga upp själv på morgonen. Och att jag skulle gå till grannen sedan."

"Min duktiga Julia", säger Cecilia med varm röst. "Så soc vet inget då?"

"Nej, ingen vet något utom Sylvia och hon säger ingenting. Hon känner till allt helvete vi har haft med soc."

Cecilia kommer hem från sjukhuset och så rullar vardagen på ett tag igen. Cecilias syster Mikaela flyttar in till dem.

Och så småningom kommer Joakim hem från sitt familje-
hem. Nu blir det liv och rörelse i lägenheten.

Joakim börjar skolan i Sillvik. Han har fått en assistent,
Simon, för han måste ha någon med sig hela tiden i skolan.
Ofta får Joakim göra något utanför klassrummet, och det är
inte alltid skolarbete som det då handlar om. Simon verkar
tycka att det viktigaste är att hålla Joakim på gott humör.
Cecilia undrar, om Joakim försöker lura Simon att han inte
klarar läsningen och mattetalen, när det i stället handlar om
att han inte orkar, inte har lust, att det kryper under skinnet
på honom. Och om någon retas eller tittar för ingående på
honom i skolan flyger knytnäven ut

"Känns det bra nu då, Joakim, att du har fått komma
hem", undrar Cecilia. "Du kanske saknar Timmervik?"

"Aldrig i livet", säger Joakim. "Det här är en mycket
häftigare stad. Att bo hos Kristina gick väl an, det var i alla
fall i stan, men hos Monica och Tage var det rena döden, de
bodde ju på landet. Här finns mycket mer att göra. Men det
är så jävla regnigt och slaskigt här. Det är det värsta."

"Det är bättre sjukhus här", säger Cecilia. "Du vet, det blir
nya operationer."

Cecilia ser att Joakim drar ner mungiporna och blir ledsen.
Så klart gillar han inte alla operationer, tänker hon. Men
munnen och läpparna blir bättre och bättre av dem. Nog så
viktigt för en kille som snart är tonåring.

Men Cecilia är ofta orolig över vad Joakim gör på sin
fritid. Han gillar att göra farliga saker, till exempel med
skateboard och BMX-cykel. Och han svingar sig i stolparna
i spårvagnen. Det är äventyr, hon förstår att hans blod

sjuder. Cecilia har ofta hjärtat i halsgropen, och undrar vad som ska hända härnäst.

Det finns många halvstora barn som driver omkring i omgivningarna. Joakim är en av dem. Han blir ofta inblandad i slagsmål när olika gäng bråkar med varandra. En gång har Joakim retat upp ett gäng barn, och de sätter fart och jagar honom för att ge honom en näsbränna. Rädda sig den som kan! Mikaela är ute på gården och ropar till Cecilia när hon får syn på dem.

"Cecilia! Skynda dig och kom, här händer det något hemskt", ropar hon och Cecilia springer dit. Hon får snabbt situationen klar för sig.

Mikaela har sett Joakim komma rusande, med ett hav av killar efter sig. Nu närmar de sig. Cecilia vill skydda Mikaela och drar med sig henne längs husfasaden, som är alldeles knagglig, så det blir fula rispor i skinnet. Så är de äntligen framme vid porten och Mikaela öppnar för att de ska kunna slinka in. Men precis då kastar någon en sten, som hamnar rakt i huvudet på Mikaela. Nu rinner adrenalinet till hos Cecilia. Hon hugger tag i närmsta grabb och håller fast honom. Cecilias nypor är hårda och killen kan inte vrida sig loss. Han får vackert stå där, tills polisen kommer.

"Här kan man ju inte bo", säger Mikaela, arg och skärrad, och inom kort har hon flyttat därifrån.

Men Joakim, ja, det rinner av honom. Han blir vän med flera av antagonisterna, och motsättningarna mellan grupperna löses upp.

Kapitel 57. 2002. Jessica.

Marknadslivet är roligt. Alla stånd och människor, liv och rörelse, doft av basturökt kött och smak av sockervadd, synen av ballonger som strävar mot himlen, feststämning. De hjälps åt med att sätta upp ståndet och tältet, och att lasta ut alla sakerna. Det är Nils, Anselm, My, Jessica och Lucas.

"Vem har hammaren", ropar Nils. "Vi måste fästa tältduken här."

"Vänta, jag har den", svarar Lucas. "Det har lossnat en bräda på ståndet. Tur att jag hittade lådan med spiken." Nils och Lucas fortsätter prata med varandra medan de jobbar. Jessica tycker att Lucas pratar lite för mycket med Nils, *han borde väl vara mer med mig,* tänker hon.

När Lucas går bort till bilen för att lasta ur fler grejer, tar Nils Jessica i armen.

"Jessica, det finns en gubbe som säljer kola längst där borta, ser du var jag pekar?" säger han. "Kan du gå dit?"

"Det kan jag väl, men varför det?"

Nils blinkar åt henne. "Han har tittat på dig, tycker du är så snygg, ja, det tycker ju jag med. Och han har lovat att betala bra."

Jessica tror inte sina öron. Hon stirrar på Nils.

Nils´ ansikte mörknar och blir hotfullt. "Och du gör som jag säger, Jessica. Inga konster nu! Du får din andel, det är väldigt förmånligt."

Jessica rusar därifrån. *Vad ska jag göra?* Hon går varv på varv runt marknadsområdet. Efter flera timmar går hon tillbaka till deras stånd.

Lucas är sur. "Vad har du gjort borta så länge, du skulle ha behövts här", säger han.

Nils syns inte till, vilken tur! Han kanske skulle ha avkrävt henne rapport, eller skickat iväg henne igen till den där äckliga gubben. Jessica har tänkt säga att hon har gått runt och letat, men inte hittat honom.

"Det var pappa som sa åt mig att … " Hon sväljer resten av orden, för hon kan inte berätta för Lucas vad Nils har beordrat henne till. Bara inte Nils har berättat för Lucas vad han brukar göra med Jessica. Om Lucas får veta, så kommer han inte att vilja ha henne. Nils säger att hon är söt och vacker. Men hon känner sig smutsig och ful.

Jessica har berättat för Nils att hon blivit utsatt av sin kontaktfamiljspappa Harry.

"Förfärligt", säger Nils och blir upprörd. Sedan mjuknar han.

"Du förstår väl skillnaden mellan vad han har gjort, och vad du och jag gör? Han är en främling, medan du och jag är av samma kött och blod. Då är det helt riktigt, det är så här det ska vara." Och han stryker henne över håret.

Jessica tror inte att det är rätt det som de gör, men hon har ingen att prata med om det.

"Jag har också lärt min syster Sabina", säger Nils. "Hon är så tacksam för det. Och så har jag lärt min son Lasse att runka. Sånt där måste de kunna."

Hur går det till i andra familjer, undrar Jessica för sig själv. *Men om det här är normalt, varför mår jag då så dåligt? Och varför vill jag inte berätta, inte ens för mina kompisar?*

Jessica sitter i sitt rum och skriver en låt:

Jessica nynnar de orden när hon är tillsammans med sin kompis Helga.

Helga undrar: "Är det något som har hänt, det verkar som det är någon som har försökt ha sex med dig?"

"Ja, det var en kille som jag inte känner så noga, på ett disco", säger Jessica svävande. "Jag vet inte vad han heter, och han har nog flyttat, för jag har inte sett honom sedan. Han våldtog mig. Jag mår så dåligt av det."

Helga gör stora ögon och ger henne sedan en kram. "Försök att glömma det", säger hon.

Men snart är det många i klassen som Helga berättat det för.

Obehaget växer och växer. Till slut berättar Jessica för Lucas. Hon kan inte fortsätta att låtsas som ingenting inför honom. Särskilt som snacket går i skolan, om "den främmande killen."

Lucas sitter en lång stund och tittar på henne. Jessica tänker att nu är det slut mellan dem också. *Nu har jag ingen.*

Men Lucas knyter nävarna och spänner käkarna. Han sätter sig intill Jessica, säger ingenting.

"Tror du på mig?" frågar Jessica. "Du kanske tror att jag bara hittar på?"

"Så klart att jag tror på dig", säger Lucas. "Den jäveln", fortsätter han, och skakar på huvudet.

"Vad ska jag göra?" frågar Jessica och gråter.

"Jag vet inte, men du kan inte bo kvar där", säger Lucas.

"Var ska jag då bo? Om jag inte bor hos pappa, blir jag väl placerad i ett familjehem igen. Och det orkar jag inte med. Ny skola och så får jag inte träffa dig."

De funderar en stund.

"Du skulle kunna bo här", säger Lucas. "Vi har gott om plats."

"Det vore super. Men hur ska det gå till?"

"Du måste nog prata med din mamma."

Nu börjar Jessica gråta igen.

"Mamma tar livet av sig! Hon skulle inte stå ut med att höra, att pappa förgripit sig på mig."

"Berätta inte det då. Berätta bara att du inte klarar att bo hos Nils mer. Och att du kan få bo här. Jag ska fråga min mamma, det går nog bra. Du är ändå här så ofta. Hon känner dig och vet att du är okay."

Kapitel 58. 2002. Jessica.

Telefonen ringer hemma hos Jessica och Lucas. Det är mamma.

"Jag har pratat med Nils", säger hon. "Det är okay att du bor hos Lucas. Jag ska skicka underhållsstödet till hans mamma. Men jag har fått ett konstigt samtal från My. Hon bor också hos sin pojkvän nu, hon har flyttat från Nils."

"Vad då för konstigt samtal", säger Jessica.

"Jo My säger att Nils har utnyttjat henne sexuellt. Men det kan jag aldrig tro. Brukar My ofta hitta på saker?"

Även My … jag visste inte, tänker Jessica. *Hon har inte sagt något till mig. Och jag har inte sagt något till henne. Varför tänkte jag inte på att också hon kunde vara utsatt? Jag trodde inte han skulle ge sig på sin favoritdotter.*

Jessica blir tyst en lång stund. Sedan tar hon sats och säger: "Mamma, han har utnyttjat mig också. Det är därför jag inte kan bo kvar. Han har berättat att han även har haft sex med sin syster. Alltså, mamma! Han är sjuk i huvudet."

Nu händer det, tänker Jessica. *Mamma bryter ihop. Jag måste ringa till psyk.*

"Mamma, är du kvar? Ska jag ringa någon, din psykolog?"

Nu är det mamma som är tyst. Jessica försöker lyssna efter om hon ramlat omkull, om hon kastat något, om hon gråter eller skriker i ett annat rum. Men det är bara tyst, en lång, lång stund. Hon har inte lagt på luren, och till slut kommer hon tillbaka till telefonen. Hennes röst låter annorlunda nu, mörk, kvävd.

"Men Jessica, lilla gumman då ... är det sant? Du hittar väl inte på?"

"Mamma, så klart att det är sant. Och så har My också ... jag visste inte det men nu förstår jag. Men mamma, du tar väl det lugnt? Gör inget dumt. Jag slipper ju honom nu."

"Den jäveln! Den jäveln!" morrar mamma. " Hur kan han? Jag hade aldrig någonsin trott ... "

"Mamma, du har ju bott ihop med honom. Visste du inte hur han var?"

"Jag hörde talas om det där med systern, men trodde att det bara var snack. Aldrig hade jag trott att Nils ... aldrig, Jessica, vi måste polisanmäla. Jag tror att My redan har gjort det för egen del. Herregud, vad kommer Joakim att göra? Han kommer att bli vansinnig, han kommer att döda honom."

"Mamma lugna dig! Joakim kan väl inte döda någon."

"Jessica om du visste vilka han hänger ihop med, äldre grabbar. De kommer att fixa ett vapen till honom. Eller också dödar jag Nils. Han är inte värd att leva, efter vad han har gjort."

"Mamma, sluta! Vi går tillsammans till polisen och så tar de honom. Orkar du? Kan du komma hit?"

"Jag tar första flyget i morgon. Jag kommer till dig. Du får stanna hemma från skolan. Vi går tillsammans till polisen."

Jessica låter telefonluren sjunka i handen. Kommer mamma verkligen i morgon? Eller kommer hon att ta en massa tabletter i kväll? *Jag måste försöka få tag på Julia*, tänker Jessica. *Julia måste vakta mamma. Åh, nu är allt i gång. Polisen, ny rättegång, alla kommer att få veta. Jag skäms ihjäl. Jag vill inte vara med.*

Mamma kommer verkligen med flyget. Och hon är förhållandevis samlad. Hon följer med Jessica på polisförhöret.

Så annorlunda den här gången jämfört med när det hände med Harry, tänker Jessica. *Nu är det mamma och jag.* Hon kramar Cecilias hand.

Det kala förhörsrummet med kamera i hörnet. Polisen, en kvinna med lockigt hår och putande mage, troligen gravid, *tänk om barnet vänder sig i hennes mage när det får höra.* Lugn, nästan sävlig, läspar.

"När var det första gången, tänk efter ordentligt". Eller "föthta gången", säger hon. Och Jessica får läsa igenom och godkänna. Att se det i skrift, det som har hänt. Det som rullat på repeat i huvudet.

"Jag visste inte att Nils har dåligt hjärta", säger mamma några dagar senare. "Han fick en hjärtinfarkt vid förhöret. Men han överlevde."

Kapitel 59. 2002. Cecilia.

Sommarlov. Det är då barnen skakar av sig skoltvånget, och rusar ut i gräset och till sjön. Fast inte riktigt alla. Inte de som bor långt från sjön, har föräldrar som jobbar hela sommaren, inte har råd att åka på semester. De försöker roa sig så gott det går i stan.

Joakim är ett av de barnen som inte åker någonstans på sommaren. Han och hans kompisar brukar driva omkring, och ibland hitta på bus. Han har börjat testa alkohol och hasch och han snattar. Cecilia undrar ständigt vad han har för sig. Hon känner att han börjar glida bort från henne, att hennes inflytande över honom tunnas ut.

Det finns en affär i Sillvik som säljer och hyr ut videos. Innehavaren Sture känner sig ofta maktlös, för till hans affär kommer det grupper av ungdomar, som helt enkelt plockar på sig vad de vill ha, och går ut igen. De är så många och stöddiga, att han inte har en chans att hindra dem. Joakim är en av dem. Sture ringer till Cecilia.

"Hej, det är Sture i Videobutiken. Du måste nog hjälpa mig nu!"

"Hej Sture! Jaså behöver du hjälp? Med vad då?"

"Det är ett gäng snorvalpar här igen, och stjäl i butiken. Jag är ensam mot dem, så det fixar jag inte. Jag kände igen Joakim bland killarna. Fast Joakim och två till har stuckit nu. Men flera av de andra är kvar."

"Jaså, minsann. Bra att du ringer, jag kommer."

Cecilia ger sig iväg. Det är mulet ute men varmt, så hon behöver ingen jacka. Fåglarna kvittrar glatt, utan att ha någon aning om vilken dramatik som är på gång. Cecilia får syn på Joakim, och ropar på honom. Han förstår vad det gäller, och springer iväg på snabba fötter. Cecilia är också snabb, men framför allt är hon uthållig, och hon jagar honom. Han kryssar mellan affärerna och hon kommer nästan ikapp honom. Då klättrar han upp på centrumtaket, nu ska han väl komma undan? Men Cecilia klättrar efter. Joakim får ett försprång, nu är han nere på marken igen och spring-er iväg. Cecilia hasar ner längs stuprännan och hennes händer skrapas upp. Hon landar i en liten hög, blödande. Nu blir Joakim och de andra killarna rädda, för de tror att hon är allvarligt skadad.

"Hur gick det, mamma", undrar Joakim ängsligt sedan han vänt tillbaka, sträckt ut handen och hjälpt Cecilia upp.

"Äsch, jag lever ju", säger Cecilia. "Men nu går jag till videobutiken och hjälper Sture, sedan ringer jag till soc", muttrar hon för sig själv.

Cecilia har ett par skor med stålhättor, som hon skaffade när hon jobbade på en bilverkstad. Nu sätter hon på sig dem. Hon tar också med sig ett brännbollsträ, dessutom trär hon fullt med ringar på händerna som knogjärn, för att gardera sig om hon skulle råka i trubbel. Hon tar också med sig sin stora hund Rambo. Han blir glad över promenaden och skakar på sitt tunga monsterhuvud så att saliven skvätter och kedjan på strypkopplet rasslar. Cecilia vet att killarna både är lite rädda för henne, och samtidigt beundrar henne. Några kallar henne för "gangstermorsan."

När hon kommer fram till videobutiken är det fullt med killar där.

"Åh, skönt att du kom", säger Sture lättat, och stryker sig
med en svettig hand över flinten. Han låser dörren så att
ingen kan ta sig ut. Så slussas killarna ut en i taget, sedan de
plockat ur sina fickor.

"Stort tack, Cecilia", säger Sture.

Cecilia känner sig stolt över sin insats, men är samtidigt
ledsen över att Joakim är en av de killar som misskött sig.
Det här går ju inte, tänker hon, och ringer till socialjouren och
berättar vad som har hänt.

"Ni får placera honom på ett HVB-hem", säger hon
dystert. Hon hade hoppats att slippa fler insatser
från socialtjänsten, men inser att det inte finns någon annan
lösning när det gäller Joakim.

Kapitel 60. 2003. Cecilia.

Joakim har bott en period på ett HVB-hem, men har sedan fått flytta hem.

Vad är ett hem, undrar Cecilia när hon tittar sig omkring i sin lägenhet, och ser svartnade väggar och tapeter som krullat sig. Det har brunnit i lägenheten.

Ett hem är människorna som bor där, inte själva golvet, taket och väggarna. Inte möblerna eller föremålen. Ett hem är människorna, och inte allt sådant som kan brinna upp. Men föremålen bär också på minnen. Den där häxan som hon gjorde för länge sedan, och som hon släpat med sig i flera flyttar. Nu har häxans hår brunnit upp och hennes kläder är svarta trasor. Julklappar och födelsedagspresenter, som de har gett till varandra, tavlor som hon själv målat, kläder som de valt ut, allt är förstört och måste släng-as. Lägenheten har varit deras tillflykt och avstamp mot nya utmaningar i livet. Lägenhetens väggar har inneslutit dem, skyddat dem och hållit dem samman.

Joakim och Julia var ute när det hände, vilken tur, tänker Cecilia. Men branden känns som ett hot. Hot som kommit närmare, hot från omgivningen, killar som Joakim har gjort sig osams med, killar som han ibland har slagits med.

Joakim kommer hem och tvärstannar på tröskeln och tittar sig omkring. Inget är sig likt. Cecilia ser det han ser. Mattorna är blöta och svarta, de har kastats på elden för att släcka. Av gardinerna finns bara några förkolnade slamsor kvar. I vardagsrummet har ljusen i takkronan smält ner, och ser ut som små oblater. Lukten är sur och stickande.

"Mamma! Vad *fan* är det som har hänt", skriker Joakim.

Cecilia kommer ut i farstun och lägger armarna om honom.

"Det ser hemskt ut, men ingen har skadats", säger Cecilia. "Branden började i hallen, jag tror att någon har slängt in en brinnande tidning. Dörren var olåst."

"Det är den där jävla Anton … eller Samir … eller …", säger Joakim och knyter nävarna, medan en åder tickar vid tinningen. "De ska få!"

"Vi har ingen aning om vem som har gjort det", säger Cecilia, "så ta det bara lugnt. Men vi kan inte bo här. Jag har pratat med soc, vi får bo på hotell ett tag."

Det känns spännande att bo på hotell. Men främmande och konstigt också.

Cecilia tänker med en rysning på vad som kunde ha hänt, om hon legat och sovit. Eller om något av barnen gjort det. Nu hände det visserligen mitt på dagen, men en tupplur kan man ta även då.

Cecilia hade suttit i köket och såg att det brann nära ytterdörren. Så upptäckte hon att det brann i Joakims rum, så hon rusade dit och försökte släcka. Hon kastade iväg några av de brinnande föremålen in i Julias rum, med påföljd att det började brinna där också. Då sprang hon med de brinnande sakerna till badrummet, kastade ner dem i badkaret och ringde sedan 112. Brandkår, ambulans och polis kom. Cecilia blev erbjuden att åka till lasarettet, men sa nej.

Cecilia ringer till sin mamma.

"Vad har du nu ställt till med", säger mamma trött.

"Inte jag men … det finns mycket skumt folk här, vi kan inte bo kvar", säger Cecilia. "Jag tror att de är ute efter oss. Och bostadsbolaget säger, att vi inte har rätt att få någon ny bostad."

"Ska du aldrig bli vuxen", säger mamma.

"Men fatta! Det är inte jag som har tänt på. Kan du hjälpa oss?"

"Jag ska fundera. Kanske bäst ni flyttar hit, så ni kommer lite närmare mig. Även fast jag inte är så pigg på att hjälpa dig. Men jag tänker på barnen."

"Soc har ordnat en lägenhet till Jessica, så hon blir kvar här i Sillvik. Hon har stöd av en kontaktperson, så det är ordnat för henne i alla fall", säger Cecilia. "Just nu bor vi andra på hotell."

"Jag undrar hur mycket ni har kostat för soc. Hotell, jo jag tackar jag", säger mamma torrt.

"Men vill du att vi ska bo på gatan", skriker Cecilia. "Och vi har ingenting, möblerna har brunnit upp och kläderna är rökskadade. Ska inte soc hjälpa då?"

Så är de tillbaka i Timmerhamn. Det behövdes ingen flyttbil, utan de nyinköpta ombyteskläderna fick plats i ett par kappsäckar. När de åkte från Sillvik stod regnet som spön i backen, men ju närmre de kommer Timmerhamn desto kallare blir det, och när de är framme hänger ett grådarrigt snöfall över stan. Under kängorna knastrar det som av popcorn när de går.

Cecilias mamma har köpt en lägenhet åt dem. Cecilia måste tacka, även om hon inte vill stå i tacksamhetsskuld. Men hon sätter genast igång med att tapetsera och måla.

Det känns skönt att ta itu med allt. Nu ska de börja om. Börja om och börja om. Hur många gånger orkar man det?

Cecilia får en ny läkare hos psykiatrin. Läkaren skakar på huvudet när han ser Cecilias receptsamling.

"Du har fått alldeles för mycket psykofarmaka", säger han. "Vi måste trappa ner."

Det blir kaos i huvudet och kroppen hos Cecilia. Nedtrappningen sker abrupt och abstinensen gör henne yr och illamående. Fötterna domnar, hon har myrkrypningar i benen och hon får svårt att sova. Hon svettas och kastar sig i sängen om nätterna. Tankarna löper gatlopp i huvudet.

En sen kväll upptäcker hon att hon inte har några cigaretter. *Nej, inte det också*, tänker hon. *Dubbel abstinens. Jag klarar det inte. Jag får göra inbrott i en mack.*

Klockan är över midnatt, men Joakim är fortfarande uppe. Han ser Cecilia göra sig i ordning för att gå ut. Hon vinglar till, men hittar bilnyckeln, bilen fick de med sig från Sillvik. Nu står den översnöad ute på parkeringen. När hon sveper med armen över vindrutan för att få bort snön, ser hon att Joakim har följt med ut.

"Nej, Joakim, gå in! Det är vuxensaker jag ska göra."

Joakim bryr sig inte om det utan hoppar in i bilen.

De glider iväg längs med gatan. Lyktorna hänger som halvmånar, och sprider ett mjukt sken över snön. Det är släckt i de flesta hus men här och var glimmar det till i någon fönsterruta. Industrilokaler och butiker har avvisande fasader. Där är en mack, också stängd, förstås.

"Stanna kvar i bilen", säger Cecilia till Joakim, medan hon går ut. Hon går fram och tillbaka och rycker i dörren. Låst. Hon ser sig om efter en sten, eller något annat, att krossa rutan med. Då kommer Joakim ut från bilen. Han har hittat en stor gren, som han svingar mot fönsterrutan. Krasch! Bara att sticka in handen och öppna låset.

Cecilia vinglar in. Hon är dimmig i huvudet, och plötsligt dyker en ologisk tanke upp. Cigaretterna ligger bakom disken och dit får man inte gå. *Aldrig gå bakom disken.* Så vad gör man? Hon får syn på en hög med snusdosor i stället och stoppar fickorna fulla. Ut i bilen igen, startar och åker iväg med Joakim i baksätet.

Efter en bit blir de stoppade av ett par säkerhetsvakter, som är ute och patrullerar. Cecilia går ur bilen och Joakim tittar nyfiket ut genom fönstret.

"Vi har fått larm om inbrott i en mack, har ni sett något", undrar den ena vakten, en ung kille med svart halvlångt hår och platt ansikte. I det svaga ljuset verkar hans ansikte blekt och livlöst som en lätt skrynklad papperspåse. Den andra vakten har i stället ett rött och plufsigt ansikte och en näsa som droppar av kylan.

"Nej, vi kom nog från ett annat håll, vi har inte sett något", säger Cecilia och tittar vakten troskyldigt in i ögonen.

Vakten tänder en cigarett, och Cecilia känner hur det drar till i bröstet av röksuget.

"Du har inte möjligen en att bjuda på, jag är faktiskt helt utan", säger hon.

"Absolut, men sedan måste vi nog ge oss iväg", fortsätter vakten.

"Ja, vi också, det är lite för sent för honom", och hon nickar åt Joakims håll.

Hon hoppar in i bilen, men då rullar en snusdosa ut ur fickan, den gör ett par eleganta hopp och landar på marken.

Hon böjer sig ner för att ta upp den, och då rullar det ut två snusdosor till. Vakten hjälper henne att ta upp dosorna och tittar samtidigt in i bilen. I baksätet ligger högar med snusdosor.

"Stopp ett tag, varifrån kommer alla de där snusdosorna", säger vakten skarpt och tar tag i Cecilias arm.

"Vi har … äsch … ", säger Cecilia.

"Fått dem", fortsätter Joakim hjälpsamt.

"Åh nej, det tror jag inte på", säger vakten, som nu har stålhård blick och nickar åt sin rödnästa kompis. "Ring polisen så får de förhöra den här damen."

Det tar inte många minuter innan polisen är på plats. Nu går det inte att neka och de får följa med till polisstationen.

Nästa dag ses en stor löpsedel från lokaltidningen: "Storsnusare. Mamma och 13-årig son gjort inbrott."

Kapitel 61. 2003. Jessica.

Utanför tingsrätten växer små buskar, hukande, tuktade. Jessica går in i vestibulen, med sin advokat på ena sidan, och mamma på den andra. Nu ska hon bli dömd och straffad. Nej visst, det är ju Nils som ska bli det, hoppas hon. Men hon känner allas blickar, och tänker att oavsett utslaget från rättegången, är hon själv redan dömd. Hon är dömd till skam. Alla som tittar på henne vet vad hon har gjort, vad han har gjort med henne. Skammen stiger från fingertopparna upp mot nacken, som en förlamande, ljummen vätska. Hon går in med yrselhetta om tinningarna.

Lågmälda röster, slamret av klackar och stolar när alla tar plats. Några höstlöv har fastnat på skorna och följer med in i rättegångssalen. En sned höstsol skickar några tveksamma strålar genom de högt belägna fönstren. Jessica sitter stel som en pinne bredvid sin advokat och stirrar rakt fram. Hon vill inte fästa blicken på Nils, men känner att han tittar på henne.

"Att unga flickor har fantasier om sex är väl känt", säger Nils´ advokat, som är en mager man med stickande ögon och kort, svart hår, genomsprängt av silver. Han har anlagt en överseende, nästan faderlig ton.

"Dessutom uppstår ofta konflikter gentemot föräldrar, när de försöker sätta gränser för ungdomarna. Jag vill hävda, att det är vad som har hänt i detta fall. Att Nils Marklund skulle ha utsatt sin dotter för sexuella övergrepp är en ren fantasiskapelse. Jessica har uppenbarligen blandat ihop vad hon tidigare varit utsatt för av sin kontaktfamiljspappa, och applicerat det på fadern. Jag behöver väl inte tillägga, att Nils tillbakavisar alla anklagelser? Jag måste tyvärr säga att Jessica ljuger. Och att Nils har många vittnen som styrker hans berättelse."

Det snurrar i huvudet på Jessica. *Kanske har det inte hänt? Kanske har hon drömt alltihop? Nej, nej. Detaljerna är knivskarpa. Nils´ händer, hans oformliga kropp mot hennes, hans lem, hans lukt ... och My har också blivit utsatt. Lucas vet, och Mys kille vet. Och själv ringde hon till Linda, Linda borde också veta.*

Jessicas advokat Agata Sund är en kvinna i sextioårsåldern med uggleögon bakom runda glasögon och med kortklippt mörkt hår. Hon ser närmast förvånad ut, över vad Nils´ advokat har att säga. Som att hon inte begrep spelet.

"Jessica har bland annat berättat att hon poserat lättklädd för Nils. Och att Nils sagt att hon skulle passa bra som strippa," säger Agata Sund.

En rörelse i Nils´ ansikte. Kroppen stel, som gjuten i ett stycke.

"Hon gillade att gå omkring så där, med bara lite kläder på sig. Jag brukade säga till henne att klä på sig. Och det där med strippa, det har jag sagt på skoj, det trodde jag hon begrep."

"Och att du har sagt att det är rätt att ni har sexuellt umgänge med varandra, därför att ni är av samma kött och blod", fortsätter advokaten.

Nils skruvar på sig. "Ja, men det *är* vi. Far och dotter. Men vi har inte sexuellt umgänge med varandra."

"Och att du har föreslagit henne, att du kan hyra ut henne till andra män."

"Du hör själv hur tokigt det låter. Om hon vill ligga med någon annan, så är det väl hennes egen sak. Och även om hon skulle ta betalt."

Allt vrider han på och får det att verka troligt. Agata Sund ser ut som om hon nästan tror på honom, för hon kastar forskande blickar på Jessica. Advokatens ögonbryn har rest sig och stannat där uppe, som om de fastnat i målarfärg.

Nu är det dags för vittnena. Den ena efter den andra av Nils´ släktingar och vänner stiger fram och berättar att Jessica är en lögnerska. De kastar hätska blickar åt Jessicas håll. Särskilt Lasses ögon liknar två missiler som han riktar mot henne. Lilla Lasse, han som en gång för hundra år sedan sprang omkring i deras kök, skrattade och lekte med Jessica. En beundrad storebror. Nu har han en lång och gänglig kropp, som verkar ha svårt att hålla balansen, han har gropig hy och tottigt skägg. Och nu hatar han henne.

Så är det Lindas tur, Jessicas tidigare kontaktmamma och familjehem.

Nils´ advokat frågar: "Hur väl känner du Jessica?"

"Väldigt väl. Hon har bott hos mig en längre tid."

"Brukar Jessica alltid tala sanning? Eller är det vanligt att hon ljuger?"

"Vanligt vet jag inte om det är. Men visst har det hänt."

"Hur är hon som person?"

"Den sista tiden som hon bodde hos mig var jobbig. Jag upplevde henne som väldigt manipulativ."

"Det här som hon nu påstår att Nils har gjort, tycker du att det verkar sannolikt?"

Linda kastar en ytterst snabb blick åt Jessicas håll. Hennes blick mörknar en aning.

"Nej. Hon säger nog det bara för att få ett skadestånd. Pengar, alltså."

Jessica far upp ur bänken.

"Linda! Hur kan du säga så! Minns du inte att jag ringde till dig? Jag var hos pappa, han tafsade på mig, jag ville därifrån och jag ringde till dig. Det var ingen som svarade, men det spelades in på telefonsvararen. Kommer du inte ihåg det?"

Domaren knackar med sin klubba i bordet.

"Ordning. Låt vittnet prata i fred!"

"Nej något telefonsamtal minns jag inte. Det där har du nog hittat på."

Jessica sjunker ihop i bänken och magen blir en hård knut. *Även du, min Brutus. Linda vill inte tro på mig. Allt det som vi har haft tillsammans, det har bara flugit bort. Hon minns bara bråken de sista månaderna.*

Under pausen ser Jessica att Lucas och Nils står och pratar med varandra. De skrattar och *verkar vara värsta polarna,* tänker Jessica hätskt. Det har tagit slut mellan Jessica och Lucas, men de är fortfarande vänner. Och Lucas trodde på henne när hon berättade.

"Vittnesförhören återupptas." Domaren knackar med sin klubba igen.

"Nästa vittne är Lucas Alvin. Varsågod, Lucas."

Lucas har vattenkammat hår som lockar sig en aning mot axlarna och han har en ny ljusrandig skjorta på sig. Jessica har aldrig sett honom i skjorta tidigare. Den översta knappen är knäppt och verkar sitta hårt. Han är röd i ansiktet och torkar av sina svettiga händer på jeansen. Längst

nedanför byxorna sticker långa, vita Adidasskor fram.
Lucas har stora fötter, som inte alls passar till hans spensliga
kropp. Jessica fastnar med blicken på de där fötterna.
Tänker på hur de ser ut utan skor. Hur hela hans kropp ser
ut utan kläder.

Nils advokat frågar: "Jessica har berättat för dig att Nils
har utsatt henne för övergrepp. Är du alldeles säker på att
hon talat sanning, eller kan hon ha hittat på det?"

"Nja … det verkade sant. Men jag kan inte vara alldeles
säker."

"Så du tror att hon kan ha hittat på det?"

"Ja, det kan hon ju ha gjort."

Nu rusar pulsen på Jessica. *Alla sviker. Alla tror att jag
ljuger. Varför berättade jag? Varför utsatte jag mig för det här?
Jag borde ha behållit vallgraven som löpte runt mig och skyddade
mig.*

"Och nu är det dags för nästa vittne, Jessicas psykolog
Linnea Lindman. Var så god, Linnea!"

Efter rättegången kommer mamma och ger Jessica en
kram. Mamma som stod pall den här gången.

Kapitel 62. 2004. Jessica.

Nils dömdes till åtta års fängelse för övergreppen på Jessica och My. Men han överklagade straffet och så möts de igen i en ny rättssal.

Den här gången har Jessica en annan advokat. En lång kvinna som heter Sunniva Solbäck. Advokaten har blont hår, klippt i en modern frisyr, och tunga örhängen som drar henne mot golvet utan att lyckas. Sunniva Solbäck har en eldgaffel i ryggen. Det blir man varse när hon rätar på sig under rättegången och tittar sig omkring på de församlade. Innan har hon haft långa samtal med Jessica. Då var hon lyssnande och tålmodig. Hon satt avspänd i en fåtölj, och lät Jessica prata och upprepa, när orden stockade sig. Hon strök Jessica över armen och sa: "Det här är tufft för dig men det kommer att gå bra. Jag tror på dig till hundra procent. Och nu har vi också en massa bevis."

Nils är grå i ansiktet. Jessica tycker synd om honom, och skulle vilja ge honom en kram. Hon måste påminna sig själv om varför de är där.

Den här gången klarar hon att titta honom rätt in i ögonen. Nils viker undan blicken.

"Vi har hittat barnporr i din dator, Nils", säger Sunniva Solbäck. "Vi förstår att du är intresserad av sex med barn."

"Att titta på kanske … men inte göra", mumlar Nils.

"Att inneha barnporr är också straffbart", säger Sunniva Solbäck strängt. "Din dragning till barn verkar stark, eftersom du utsatt dig för risken att straffas för det."

Nils svarar inte. Han verkar inte ha någon kraft kvar.

"Jessica har också berättat att hon ibland har varit rädd för dig. Vad säger du om det?"

"Det har hon inte haft någon anledning till."

"Men vid husrannsakan har man hittat vapen hos dig, vapen som du inte haft någon licens för dessutom."

"Äsch, det är bara något gammalt. Har Jessica trott att jag skulle skjuta henne? Min egen dotter?"

"Nej, men hota kanske", säger advokaten torrt.

Jessica ryser när hon sitter på sin plats. Hon har inte vetat att Nils hade vapen hemma. Hon tror egentligen inte att Nils velat göra henne illa, även om han hållit henne hårt ibland, och pratat med hotfull röst. Hon vill försvara honom.

Den som hon verkligen är rädd för, är Nils´ son Lasse.

"Pappa är sjuk. Han har problem med hjärtat. Om det händer honom något, så är det ditt fel", har Lasse väst åt henne, bakom gula nikotintänder. "Då är du en mördare. Och då är det du som är dödens, så mycket som du vet det!"

Vapnen är beslagtagna, som tur är. Men om Lasse vill få tag på ett nytt vapen så kan han nog det.

Och Joakim som har sagt att han kommer att döda Nils. Och Harry. Men hittills inte gjort det. Varifrån kommer allt våld? Och alla vapen?

Efter rättegången känner sig Jessica som en zombie. Hon går en ensam promenad ner mot hamnen, för att samla tankarna. Luften är metalliskt blå och så kall, att det är svårt att andas. Hon ställer sig på kajen och tittar ner på issörjan i vattnet. Tankarna rör sig långsamt, lika segt som den båt som mödosamt tuffar iväg efter att den blivit lastad. Vad skulle hända om hon ramlade ner där i vattnet, eller –

hoppade? Hon skulle snabbt bli nedkyld och då känner man inget. Men de stora båtarnas propellrar skulle mala henne till köttfärs. Ingen kropp att begrava. Det vore inte snällt mot mamma.

Men hon är arg på mamma också. Mamma berättar för alla att Jessica blivit utsatt för sexuella övergrepp. Läraren, väninnorna, sjukhuset. Jessicas skam kastas över henne varje gång som någon får veta, det klibbar fast och gör att hon inte vill visa sig för människor. Helst skulle hon vilja sätta sig någonstans där ingen vet var hon är och dra en filt över sig. Tillsammans med en hund, kanske.

Jessica går hem och drar gardinerna för fönstren. Hon vill gömma sig för världen. Hon vill inte titta någon i ögonen mer nu när alla vet. När det ringer på dörren, börjar hon skaka. Hon har inte en tanke på att öppna. Det ringer och ringer. Till slut blir det tyst. Om hon kunde åka någonstans där ingen känner henne! Hon som är världsmästare på rymningar borde väl klara det. Men hon kommer att bära med sig skammen vart hon än reser. Den kommer att gå att läsa i hennes ögon, så hon går inte säker någonstans.

Domen ligger fast, och Nils får ett datum då han ska infinna sig på anstalten. Men han kommer inte då, utan han blir efterlyst.

Var finns Nils nu? Jessica tycker att hon ser Nils överallt, när hon får syn på någon som liknar honom. Då grips hon av en plötslig matthet i benen, och en köldrysning drar över hennes rygg. För ett ögonblick är det som om hjärtat slutat slå. Så börjar det med ens dunka igen, men hårt, som om pendeln lossnat.

Kapitel 63. 2004. Eva-Lisa.

Det snurrar i Eva-Lisas huvud. Det känns som en hop ilskna getingar tagit bo där, och hon lyckas inte mota bort dem. Vad vet vi egentligen om vad som försiggår bakom de stängda dörrarna, tänker hon. Vad kan vi rimligen bedöma eller anta? Vi samlar fakta och uttalanden i våra utredningar och sedan ska en bild framträda så att vi vet vad vi ska göra. Men bilden är flammig och grynig och full med hål och revor. Vad vet vi och vad tror vi? Så mycket handlar om den känsla vi får när vi träffar människorna, både klienter och kontaktfamiljer eller familjehem. Och varifrån kommer den känslan? Den kommer från erfarenheten, från likartade situationer vi har varit med om, likartade bedömningar. Den där "tysta kunskapen", som ändå inte är någon exakt kunskap, utan närmast en förmåga att lyssna in olika delar, att väga samman, sortera oviktigt från viktigt. Titta en bit bortom fakta och hårddata. Lita på sin känsla.

Hade vi kunnat förhindra att Jessica utsattes för övergrepp, först av Harry, sedan av sin pappa Nils? Hade vi kunnat utreda Harry och Ursula mer noggrant? Såg vi något som verkade konstigt, när vi utredde dem? Kanske det faktum att deras vuxna barn inte höll kontakt. Visste vi varför? Ville vi egentligen veta av några svaga sidor hos familjen? Var vi så stressade av att snabbt hitta en kontaktfamilj, att vi blundade för eventuella aningar?

Och när Cecilia visade fotot, var vi då så inkörda i spåret att Ursula och Harry var en bra familj, att vi inte vågade stanna i tanken att det var något allvarligt fel på dem? Hade det blivit annorlunda, om vi hade pratat igenom det mer med vår handledare?

Nu minns Eva-Lisa att mötena med den externa handledaren hade gjort ett stort uppehåll under sommaren. Men verkligheten gör inte uppehåll. De hade varit tvungna att bestämma sig.

Och Nils? Eva-Lisa får en minnesbild som legat gömd länge. Det var den där "slaskpärmen". Ärenden som inkommer som en anmälan men som aldrig blir något riktigt ärende. Flickan som sade att hon blivit sexuellt utnyttjad av sin bror, men sedan tog tillbaka alla uppgifter. Brodern var Nils, det förstår hon nu. Om Eva-Lisa hade vetat det, skulle hon förstås aldrig ha föreslagit att Jessica skulle bo hos sin pappa.

Och så var det flickan som inte fick bo kvar i sitt familjehem när hon fyllt 18 år. Det är samma flicka, Nils´ syster Sabina, som nu sitter fast i svårt missbruk. Så logiskt att det skulle hända, nu med facit i hand. En annan avdelning på socialtjänsten, missbruksenheten, har hand om henne. Förmodligen får hon också försörjningsstöd. Olika delar av socialtjänsten som inte alltid samarbetar med varandra.

När Eva-Lisa tänker på Joakim, blir hon också bedrövad. *Varför såg vi inte till att han fick bli placerad hos Britta och Bengt?* För att inte mamman ville. Kunde vi inte ha motiverat mamman mer? Valde vi den enklaste vägen, för att vi tyckte det var jobbigt att ta striden med Cecilia? Men måste det bli en strid? Cecilia är en i grunden klok person och vi hade bra kontakt med henne, åtminstone till en början. Hade det inte gått med mer resonemang?

Apropå vad som pågår bakom stängda dörrar, så funderar hon över Mihkkel också. Hon tänker på den där mörka kvinnan, som verkar vara bosatt hos honom, eller i vart fall besöker honom. Det har Mihkkel inte berättat, men han har alltid varit förtegen om sitt privatliv. Tänk om det är någon som vistas i landet olovandes, och att han utnyttjar henne sexuellt?

En våg av tankar strömmar som kvicksilver genom huvudet på Eva-Lisa, medan hon sitter i bilen på väg hem från jobbet. Tusan att man måste tänka på jobbet jämt.

Kapitel 64. 2004. Cecilia.

All tid och kraft har under flera år gått åt för Cecilia till att försöka få LVU att upphöra och få hem barnen från familjehemmen. När hon lyckats uppstår ett slags vacuum, och då kommer hennes längtan efter en man tillbaka, en man som kan sitta i en fåtölj bredvid henne och läsa en bok. En själsfrände. En man som hon kan prata med om viktiga saker, och som kan mätta henne med sin kropp och sina ord. Hon har visserligen Roger. Han kommer och går fortfarande hos henne. Cecilia känner en låga som flämtar till när han kommer, och som slocknar när hon inte orkar med honom längre.

Och så har hon Tord. Eller hon skulle kunna ha honom om hon sträckte ut ett lillfinger, för då skulle han ta det.

En dag kommer Tord på besök. Okay, prata lite går väl alltid. Han har med sig en flaska vin och de har det ganska gemytligt. Men Cecilia är trött och nu har hon blivit hungrig också. Hon längtar efter att Tord ska gå sin väg. Hon reser sig upp och går på något svajande ben till köket, för att se om hon hittar något som de kan äta. Kanske köttsoppan från i går? Då var den god. Men det har bildats en yta av fett ovanpå, som ser oaptitlig ut. Lite stekt fisk då? Hon har bara en liten bit kvar, som ligger och ser ledsen ut på ett fat. Kanske hon skulle steka upp lite mer? Det finns nyss upptinad fisk i kylskåpet. Och så kan hon koka ris till. Hon tar fram sin gjutjärnsstekpanna och olja att steka i.

Tord kommer ut i köket för att se efter vad hon gör. Han närmar sig henne bakifrån, och minuten efter har han lagt armarna om henne och låtit handen glida ner över hennes bröst. Han andas häftigt med ett snörvlande ljud, och håller henne hårt intill sig. Han luktar svett, vin och skarpt hårvatten.

Cecilia ryggar tillbaka. Stekpannan har hon fortfarande i handen.

"Vad fan gör du!" skriker hon, medan irritationen stiger i kroppen på henne, som bubblor i kokande vätska. Hon biter ihop tänderna. Hon ser en skymt av sitt ansikte i fönsterrutan, där mörkret står kompakt utanför. Och där ser hon att hon är vit runt munnen och att ögonen är vilda. Nu svingar hon stekpannan i riktning mot Tords huvud. Han duckar, och stekpannan far med ett brak in i ett köksskåp när Cecilia släpper taget. Tord tar upp stekpannan och håller den bakom ryggen med ena handen.

"Du är ju livsfarlig", säger han med rädd och halvkvävd stämma. Hans andra arm skakar och hänger efter sidan, som om han inte vet vad han ska göra av den. Cecilia är rasande. Hon gör ett nytt utfall, men utan stekpanna den här gången eftersom Tord har tagit den. Tord springer till tele-fonen och slår 112. Efter tio minuter är polisen där och kopplar grepp på Cecilia. Hon är utom sig och skriker otidigheter till Tord. Men hon får följa med till polis-stationen. Regnet piskar när de åker och vindrutetorkarna jobbar ursinnigt. Cecilia är fasthållen i ett stadigt grepp i baksätet av en kvinnlig polis med hårda nypor, och hon studerar den andra polisens breda nacke, som har stora fettvalkar, där han sitter bakom ratten i framsätet. Utanför bilen hukar sig träd och hus för ösregnet. Framme vid polisstationen lugnar hon ner sig.

Cecilia får vara i häktet över natten och nästa morgon skjutsas hon till psykmottagningen. Läkaren där har glasögon som är så tjocka att ögonen ser ut som två små hål. Han säger förebrående: "Du kunde ju ha slagit ihjäl honom!"

"Nej, nej", svarar Cecilia och tittar vänligt men samtidigt utmanande på läkaren. "Det var inte för att slå ner, bara för att markera. För det första så har jag alltid haft bra bollsinne, jag har spelat tennis och jag slog ett snett slag över skallen, ett slag som bara touchade. För det andra har den karln behövt en stekpanna i skallen länge nu."

Läkaren tittar på henne med undrande ögon bakom de tjocka glasen, medan han ler med beniga tänder.

"Hm, ja då kommer saken i en annan dager", säger han utan övertygelse.

Men Cecilia är ledsen. *Varför måste det bli så här? Så mycket våld.* Men hon måste freda sig, våldet hade ett gott syfte. Var det rätt? Ja. Nej.

Kapitel 65. 2005. Jessica.

Jessica ser sig omkring i den halvtomma lägenheten, som hon har fått av socialtjänsten. Nu ska hon klara sig på egen hand med hjälp av en kontaktperson. Hon tänker på att mamma fick en egen lägenhet när hon var bara femton år och själv är Jessica arton, men det känns skrämmande att bo ensam.

Det är en stor lägenhet, fyra rum och kök, och möblerna verkar vara ett hopskrap från diverse dödsbon. Vad ska hon med en fyra till? Ensamheten blir så påtaglig. Det nästan ekar när hon går mellan rummen. Och inne i huvudet larmar det.

Det finns en stor hallspegel, men hon vill inte betrakta sig själv i den. Om hon tittar hastigt i den, ser hon bara ett hålögt spöke. Hon känner sig främmande inför sig själv. Kroppen som hon har, den där fula kroppen, den där värdelösa kroppen.

En dag träffar hon Samuel. Han säger att han är tjugofem år, men han verkar äldre. Inte är han vacker. Han har kalla, nästan fiskaktiga ögon, som han oblygt fäster på henne, och som hon inte lyckas skaka av sig. Eller vill hon det, egentligen? Hon vill bara inte vara ensam. Helst vill hon ha någon som tar hand om henne. Hon är så vuxen att hon har egen lägenhet, men hon känner sig som ett litet barn. Samuel får följa med henne hem. Jessica tänker koka kaffe, men tittar i skåpet och upptäcker att kaffet är slut.

”Jag har bättre dryck här”, säger Samuel flinande och drar fram en helflaska brännvin.

"Ren sprit vill jag inte dricka", säger Jessica och rynkar på näsan. "Men vänta, jag har lite fruktsoda här."

Efter några klunkar känns det bättre. Oljudet i huvudet har ersatts med en dov känsla av att inget spelar någon roll.

Nu tar Samuel fram ett pulver som han strör i hennes glas.

"Finfina grejer", säger han. "Opium."

Hon tar en klunk och rummet börjar röra sig. Samuel reser sig upp ur soffan och kommer fram till henne. Hon kan nu knappt urskilja honom. Men hon känner hans hårda händer, som sliter av henne tröja och byxor.

Jag är inte värd något bättre, tänker hon dimmigt, när han kopplar grepp på henne och tränger in i henne, samtidigt som hon omsluts av mörkret.

Jessica vaknar före Samuel, och ser honom ligga på soffan och sova, med en salivsträng som hänger ur munnen, och en gylf som står på vid gavel och gapar. På soffbordet har flaskan med fruktsoda stjälpt, och det är klibbiga fläckar på bordet och golvet. Hon betraktar honom med avsmak, och rusar sedan till toaletten för att kräkas. Hans jacka ligger på golvet och hon tar upp den. Plånbok och körkort väcker hennes nyfikenhet. Han sa att han var tjugofem år – jo, jag tackar jag. Nej fyrtio var det visst.

Hon sparkar på honom, och han vaknar med ett gurglande ljud. Kliar sig i baken och fäster förvånade ögon på henne, som om han inte kommer ihåg vem hon är, och kanske inte heller var han befinner sig. Hans ögon simmar omkring en stund i rummet. Så reser han sig mödosamt upp och knäpper byxorna. Flinar fräckt mot henne.

"Du var mig en jävel på att dricka", säger han erkännsamt.
"Du kommer väl inte ihåg något från i går?"

En liten rädsla i hans ögon.

"Jo, och nu vill jag att du går. Med en gång", väser Jessica
mellan sammanbitna tänder.

"Det var värst vad du fick bråttom då. Men i går hade du
inte så bråttom att bli av med mig, hä, hä! Jag känner till din
sort!"

Hon vill spotta och sparka på honom. Äckelkänslan
övermannar henne igen, och hon rusar ut till toaletten. När
hon kommer tillbaka har han gått.

Jessica ringer till Cecilia: "Mamma, hur farligt är opium?
Jag har blivit bjuden på det."

Cecilia drar hårt efter andan.

"Opium ska du hålla dig hästlängder ifrån. Tar du det ett
par gånger, så är du helt fast sedan. Du måste lova mig att
aldrig, aldrig pröva det igen!"

Jessica blir skakad. Oj, var det så farligt. Tur att mamma
vet.

Kompisarna kommer gärna och hälsar på, och då känns det
mindre tomt i den stora lägenheten. En del sover över och
många har med sig cannabis. Hon röker cannabis och tycker
det känns bättre än alkohol, det lugnar och dövar, och inte
får hon någon baksmälla. Och cannabis kan väl inte vara så
farligt, det kommer ju från växtriket, ett naturligt ämne som
påminner om medicin?

En del av kompisarna tar amfetamin också och bjuder
Jessica. Hon vill inte knarka, men kan inte låta bli att pröva.
Nu blir hon däckad och vaknar flera timmar senare. Då har

hon spasmer och slår sig själv i ansiktet. Kompisarna har dragit, hon är ensam.

En annan dag knackar det på dörren. In kommer Mette från socialtjänsten, en medelålders, lång kvinna. Allt hos henne är långt, ben, armar, händer, nacke och mun. Lemmar och ansiktsdrag har tecknats med linjal.

Mette tittar sig omkring i Jessicas lägenhet. Två ungdomar ligger helt utslagna på sängen. Lakanen har snott ihop sig till en tjock orm, och några kuddar har hamnat på golvet. I köket är det fullt med flaskor och glas på diskbänken, och några tomma påsar där det har varit amfetamin. Det luktar sopor och rök. Jessica själv sitter på en köksstol och tittar hålögt framför sig. Mette frågar: "Vad är det för några som ligger där borta? Bor de här? Du vet väl att du inte får ha några fler boende i den här lägenheten?"

"Mette, jag vet knappt vad de heter", säger Jessica förtvivlat. "De bara kommer hit och slår sig ner. Och många fler också. De bryr sig inte om vad jag säger. Jag vill inte bo här."

Mette nickar och går fram till de sovande ungdomarna, och försöker få liv i dem, utan att lyckas.

"Jag tror att polisen behöver göra en koll", muttrar hon, samtidigt som hon ger Jessica en liten kram.

"Vi ska fixa något annat åt dig", säger hon.

När det känns som mörkast dyker Lennart upp. Eller dyker upp är väl fel ord, för det är socialtjänsten som har ordnat att hon ska få ha honom som kontaktperson. Han är femtio år, har varma ögon och fullt med tatueringar på armarna.

Men det nästan allra bästa med Lennart är hans stora, svart-raggiga hund, Sokrates.

Jessica har nu fått en annan lägenhet, en mindre, i andra änden av stan. Den har hon inrett, och den börjar likna ett hem. Hon, Lennart och Sokrates går långa promenader på mörka, regntunga gator där skuggor fladdrar i varje gat-hörn, men där hon känner sig fullständigt trygg.

"Jag har gjort en liknande resa som du", säger Lennart. "Med övergrepp och missbruk och skit. Jag har till och med suttit inne. Det har inte du och jag hoppas att du aldrig ska behöva göra det heller. Men jag har tagit mig ur det där, och sedan har jag utbildat mig och nu lever jag ett bra liv. Det kommer du också att göra."

Hon tror på honom för hon litar på honom. Hon upp-täcker till sin förundran att det finns människor man kan lita på. Det hade hon inte trott, men nu vet hon.

Kapitel 66. 2007 - 2008. Cecilia.

Cecilia kan aldrig sluta att oroa sig för Joakim. Nu är han sjutton år och är placerad på HVB igen, *för vilken gång i ordningen,* undrar Cecilia.

Det prövas nya grepp inom HVB-vården. Joakim och en handfull andra "värstingar" har fått följa med på en resa till Egypten. Det var meningen att miljöombytet, spänningen och närvaron av kloka vuxna dygnet runt skulle vara fostrande för ungdomarna. Men Cecilia har hört att en del av personalen uppfattar resan mer som en skön semester för egen del. Och att de inte alltid håller så noga koll på vad ungdomarna gör.

Joakim berättar för Cecilia: "Jag och två andra killar var ute på egen hand och gick in i en affär. Där var det trevlig stämning, med många människor som pratade med varandra och vände och vred på grejerna på hyllorna, det var klockor och armband och nån slags hängsmycken. Det luktade liksom sött där inne. Det fanns en gubbe där som hade långa mörka mustascher och han bjöd på te i små glas. Jag stod och pratade med honom med teckenspråk och sörp-lade te och när han vände ryggen till ryckte Alvar åt sig en klocka och stoppade den blixtsnabbt i fickan, ja, klantigt och dumt, förstås, men du vet ju hur Alvar är."

Ja, Cecilia vet hur Alvar är och hon tänker att det lika väl kunde ha varit Joakim som tagit klockan. Inblandad var han tydligen i alla fall.

"Vi skulle just vända och gå ut igen, då en halvstor kille rusade fram och spärrade dörren för oss", fortsätter Joakim.

"Åh hjälp, alltså, tänkte jag! Han pekade ilsket på Alvar och affärsinnehavaren fattade direkt vad det var frågan om. Han vred upp Alvars arm bakom ryggen, klappade på hans ficka och drog fram klockan, medan han skrek på sitt knasiga språk. Och då blev det värsta folksamlingen utanför affären och flera kikade in genom den öppna dörren. Jag fick panik och knöt nävarna, jag gjorde mig beredd att slåss."

Cecilia stönar och säger: "Men det gjorde du väl inte, hoppas jag!"

"Nej, det hände något annat. Det var en get som kommit lös och sprang vettskrämd längs gatan. Vilken syn! Folk tittade ditåt, och du vet gubben som höll handen runt Alvars arm, hans grepp slappnade, och Alvar kunde åla sig ur det där greppet. Vi störtade iväg snabbt som fan och stannade inte förrän vi var helt säkra på att ingen följde efter oss."

Cecilia har hållit andan under Joakims berättelse, och nu släpper hon ut luften.

"Fattar ni inte vad som kunde ha hänt", säger hon.
"Egyptiskt fängelse, undrar hur det skulle ha blivit?"

Några månader senare har Joakims HVB-vård upphört. Men han har stöd från ett team, som har hand om personer med neuropsykiatriska diagnoser. De hjälper honom att lära känna sig själv, och hitta strategier för hur han ska klara sin vardag. Men ångesten kan de inte riktigt rå på. Cecilia märker att den bubblar inom honom, tillsammans med en odefinierbar känsla av ilska och hat, en häxbrygd. Cecilia undrar om han får den hjälp som han egentligen behöver.

Nog borde han få psykiatrisk hjälp? Hon har själv så mycket erfarenhet från psykiatrin och hon tycker att Joakim verkar gå in i och ut ur psykoser.

Vad kommer att hända Joakim härnäst, undrar Cecilia. Han har skapat sig ett namn bland kompisarna. Han är fullständigt orädd och viker inte ner sig för någon. Den som muckar bråk med honom får sina fiskar varma. Joakim är känd för att vara en slagskämpe. Men samtidigt är han schyst, tänker Cecilia. Han skulle aldrig få för sig att skvallra, "gola", på en kompis.

Cecilia har pratat med honom om våldet. Hon känner igen sig i den där okontrollerbara ilskan. Våldet som Joakim har ärvt.

"Joakim, angrip inte någon", säger hon. "Det blir bara värst för dig själv. Men om de ger sig på dig, så får du slå tillbaka. Att visa svaghet är farligt. Och när du slår, så ska du slå så hårt, att de aldrig slår dig någon mer gång. Men Joakim - tänk på att du inte får "råka" slå ihjäl någon! Aldrig det. Det får inte gå så illa. Du måste kolla att det inte finns något vasst, någon trottoarkant eller liknande som kommer i vägen. Du måste ha respekt för livet!"

Joakim nickar. Cecilia tror att han förstår. Men han kanske inte hinner kolla när det hettar till? Fast hon vet att han ändå drar gränser: Inga skjutvapen! Han föraktar dem som använder skjutvapen.

Nu har Joakim fyllt arton år. På pappret är han vuxen, men inte i praktiken. Men Cecilia har ingen rätt att bestämma över honom. Det enda hon kan göra är att försöka nå honom, förklara och vädja. *Denna ständiga oro,* tänker Cecilia.

Joakim har inte körkort och kommer aldrig att få det heller. Dels har han inga pengar att bekosta utbildningen med, dels skulle han inte klara det skriftliga körkortsprovet. Men han kör ganska bra ändå. Åtminstone när han är nykter och drogfri, vilket han inte alltid är. Han har hittat fram till drogerna och tar vad han kan komma över.

Joakim ringer till Cecilia. "Jag sitter hos snuten", säger han.

"Jaha, vad har hänt nu då?" Cecilias oroshjärta klappar hårt.

"Jo, jag var ute och körde. Det var riktigt härligt väder, vet du. Kallt, rimfrost, bra väglag. Jag tryckte på gasen men – oj, där var en poliskontroll! Jag har inga vinterdäck och fick en liten sladd, och det var klart att snutarna såg det. En snut klev ut i vägbanan och höll upp handen. Sällan, gosse, tänkte jag. Jag bara gled förbi, och sen fick jag spel och ökade farten."

"Så du trodde på allvar att du kunde köra ifrån poliserna", säger Cecilia torrt. "Hur dum kan man bli?"

"Ja men vad skulle jag göra, bilen var varken skattad eller försäkrad. En minut senare hade jag polisbilen efter mig. Jag ökade farten ännu mer och det var en skön känsla, faktiskt. Men du vet, den gamla Fiaten är inte den bästa racerbilen, fast jag fick upp den i 130 kilometer."

"Jaha, på en 70-väg, eller hur?" säger Cecilia. "Du kommer att köra ihjäl dig en dag."

"Jag var nära redan i dag", säger Joakim. "Jag kollade snabbt i backspegeln, såg att polisbilen närmade sig. Ökade lite till och plötsligt ... vad var det? En hare skuttade över vägen, jag parerade och förbannade mig själv i samma ögonblick. Jag vet, det var en reflex, man ska bara köra rätt på, inte väja, det är då det händer."

Cecilia får en svindelkänsla, men hon vet att Joakim lever, han pratar ju med henne i telefon just nu.

"Bilen fick sladd och for med vansinnig kraft över till andra sidan av vägen, sedan tillbaka igen och ut i skogen, där den plöjde en bred gata. Bara sly och lite sten, inga stora träd. Och jag hade bälte på mig."

"Alltid något", säger Cecilia och slickar sina torra läppar.

"Jodå, jag överlevde, jag fick bara ett skärsår tvärs över munnen, i närheten av ärren från operationen. Men bilen blev skrot."

"Hoppas ingen är så dum att den säljer någon mer bil till dig", säger Cecilia. "Eller lånar ut."

"Poliserna var strax ikapp och den ena högg tag i min arm, medan den andra ringde efter ambulans."

"Men Joakim, får jag fråga, var du ren? Hade du tagit något?" undrar Cecilia.

"Jag hade tagit amfetamin. Jag började känna abstinens och behövde ha mer, men det låg i bilen som var
helt kraschad. Jag stod där och trampade otåligt. Fast jag visste att Danne hade, och jag tänkte att jag måste ta mig hem till honom. Jag ville sätta en känga i magen på polisen, men tvingade mig till lugn. Tänkte att om jag börjar slåss blir jag säkert inlåst, och får sitta utan chans att döva abstinensen. Jag fick helt enkelt bita ihop."

"Du ser att du kan om du vill", säger Cecilia uppmuntrande, men sjunker ihop på stolen. Hon måste få honom att sluta med drogerna!

Nu låter det som om Joakim snörvlar till.

"Jag har inte varit fri så länge sedan jag senast var på HVB. Och så går det så här, det är ju själva fan", säger han. "Jag som skaffat mig tjej och allt."

Ja, Cecilia tänker också på det. Anja som är så fin, fast skör som ett grässtrå, hon tål inte mycket. Och nu är hon på smällen också. Något varmt slår ut som en blomma i bröstet på henne, när hon tänker på det. *Ska Joakim bli farsa? Det kan väl inte vara sant. Men på något sätt måste det gå. Förutsatt att han är fri, förstås.*

"Nu får du faktiskt skärpa dig, Joakim", säger Cecilia.

Joakim muttrar något ohörbart.

"Vad säger du? Prata så man hör!"

"Jag ska skärpa mig, jag lovar."

Men Cecilia tycker att det låter som om han säger något annat. Något om att döda.

Kapitel 67. 2007. Jessica.

Med hjälp av Lennart har Jessica börjat känna fastare mark under fötterna. Hon får jobb i en affär för herrkläder, och där träffar hon Marcel som kommer in för att handla. Han är lång, mörkhyad och bred, han har mustascher och ett välansat skägg, runda glasögon. När han känner på kläderna på galgarna ser hon att hans hand är mörk på ovan-sidan och ljus på undersidan. Naglarna är välvårdade och ena fingret har en bred klackring. Han har ett bullrigt skratt, han pratar både franska och svenska lite omväxlande, det låter vackert och roligt. Jessica hjälper honom att hitta en skjorta och en kavaj, det är inte lätt till den bringan. Skjortan kvider när han försöker knäppa den.

Det är tidigt på förmiddagen och ovanligt lite folk i affären. Marcel har inte bråttom, och stannar gärna en stund och pratar.

Jessica känner sig upplivad. Marcel är rolig, och hon skrattar högt när de pratar med varandra. Det var länge sedan hon kände sig så här glad tillsammans med någon. Hon vill dra ut på det här ögonblicket länge.

"Ska du gifta dig, eftersom du är ute efter festkläder", frågar Jessica.

"Tyvärr inte", svarar Marcel och ler flirtigt mot henne. "Däremot min syster. Jag har varit i Sverige i affärer ett tag men åker tillbaka till Toulouse i morgon."

"Åh, Frankrike", säger Jessica drömmande. "Tänk, den som hade råd att åka dit. Men man blir inte rik av att jobba i affär."

"Häng med, då", säger Marcel. "Jag kan betala din resa. Det kommer en massa släktingar och kompisars kompisar till det här bröllopet. Några fler från Sverige, faktiskt."

Hon tittar misstroget på Marcel, men nu är han allvarlig.

"Det är om tre veckor. Du behöver fundera förstås, och söka ledigt från jobbet några dagar. Vi kan väl träffas och prata lite mer i morgon? Vet du någon bra restaurang där vi kan träffas, i morgon kväll, kanske?"

Jessica har lärt sig att inte lita på människor, framför allt inte på män. Men Marcel ser snäll och trygg ut. Att gå med honom på restaurang och prata lite mer, kan väl inte vara så farligt? Att komma ifrån den grå vardagen en stund. Hon tvekar lite men nickar sedan.

"Jaha, vi kan ses i morgon kväll, men jag lovar inte att följa med på någon resa", säger hon.

Det plingar i dörren, ett par kunder kommer in och Jessica vänder sig från Marcel. I ögonvrån ser hon att han ler vänligt och sedan stryker han henne hastigt över håret innan han går. Värmen och känslan från beröringen av hans hand dröjer kvar.

Det som bara var ett restaurangbesök, blir sedan en resa, blir sedan en presentation för Marcels familj.

"Det här är min flickvän", säger Marcel och Jessica hickar till när hon hör det, men det känns ändå bra. Hon vill gärna vara Marcels flickvän. Marcel har många syskon och det finns mostrar och morbröder och massor av barn och alla har kommit till bröllopet. Det flimrar för ögonen på Jessica av alla intryck, men Marcels släktingar är vänliga och tar hand om henne. Hettan och dammet är kvävande, och hon har med sig för lite kläder att byta med. På kvällen sköljer hon upp kläderna, och de är torra igen nästa morgon. Det dukas fram mängder av mat på bröllopet, en del luktar konstigt och ovant. Vågar hon smaka? Ja, det mesta är gott, upptäcker hon. En del jättestarkt, annat milt och mjukt i smaken. Stora skålar med couscous, lammkött med söt sås och bitar av mango. Och vin, men hon är försiktig med det, hon vill inte förlora kontrollen här på främmande mark. Olika språk talas, franska, arabiska och så någon enstaka som pratar svenska. Det beror på att Marcel har en bror som är gift med en svenska. Kanske är det också därför han vill ha med sig Jessica till sin familj?

Det är meningen att hon ska stanna i Toulouse några dagar. Men vad ska hon hem och göra, Marcel vill ha henne kvar. Så hon ringer och säger upp sig från jobbet, och gör sig beredd att stanna kvar länge i Toulouse, tillsammans med Marcel.

Efter några månader blir Jessica gravid och så föder hon sonen Max.

Nu sitter hon med Max i famnen och betraktar honom. Att någon kan ha så här mjuk och len hud? Jessica drar förundrat med sina fingrar över den lilla knubbiga armen. Hans naglar lyser som ögonvitor. Hon sätter på honom koftan som Cecilia har stickat, och som med sina sprudlande färger i vågmönster speglar Jessicas lyckokänsla. Sedan lägger hon honom i vagnen och ger sig ut på en promenad. Han ler belåtet med en mun formad som ett hjärta.

Före och efter, tänker Jessica. *Före och efter Max´ födelse. Före, mörker och kaos. Efter, lycka och harmoni. För det mesta.*

Jessica har stoppat ner det gamla livet i en stor kappsäck. Hon gör sitt bästa för att inte tänka på det.

Men ibland kan det gamla och onda bubbla upp. Då behöver hon någon att prata med. Marcel har sällan tid, han jobbar mycket med sitt företag och han är ofta ute på resor. Då ringer hon till mamma Cecilia.

"Jessica, kom hem", säger mamma. "Om inte du och Marcel träffas så ofta när du bor i Frankrike, kan du väl lika gärna bo i Sverige. Och jag kan hjälpa dig med Max. Det känns så konstigt att ha mitt barnbarn så där långt borta."

Det värker till i magen på Jessica av längtan hem. Här är hettan kvävande, den ligger som en elektrisk filt över husen och människorna, och hennes hals är ständigt torr och sträv, det går knappt att andas, ännu mindre att prata. Hon tänker på de mjuka somrarna i Sverige och de isande vackra vintrarna.

Och tillvaron i Toulouse har förändrats. Jessica bor inte bara med Marcel, utan i ett stort hus tillsammans med Marcels mamma och en massa barn, som Jessica också får hjälpa till med att ta hand om. Det är ett myller av stora och små, flickor som kycklingvingar, pojkar som tunnor eller benhögar. Alla ska ha mat och det blir massor av tvätt. Jessica har ingenting emot att hugga i, men hon funderar på om det var så här hon hade tänkt sig livet.

Farmodern är svår att komma överens med. Hon har utstående ögon som ser allt. Rösten är hård och knarrande som en gammal dörr, när hon befaller vad Jessica ska göra. Och en kväll får Jessica höra farmodern prata i köket, och hjärtat drar ihop sig av skräck.

"Vi är för många här", säger farmodern. "Vi kan skicka lillpojken till min syster i Algeriet. Men Jessica behövs här så hon får bli kvar."

Tänker de röva bort hennes barn och skicka iväg honom? Nej, det får inte ske!

Jessica kontaktar svenska ambassaden, och de hjälper henne att ordna en hemresa i all hast. Hon är ensam vårdnadshavare och har formellt rätt att resa vart hon vill med sonen. Men kanske Marcel och farmodern hittar något sätt att hålla henne kvar? Nu vill hon bara hem till Sverige så fort som möjligt.

På flygplatsen tittar hon sig oroligt över axeln. Tänker Marcel komma och hindra henne? En bil som påminner om Marcels kör i hög fart in på parkeringen. Jessica tar Max i famnen och rusar in på toaletten. Där står hon med bultande hjärta, medan tiden för avgång närmar sig. Max gnyr och hon håller handen för hans mun, sedan rusar hon iväg och hinner precis med planet. Hon sjunker ner på flygplanssätet och håller Max hårt intill sig. Så mycket i hennes liv som har varit hastiga uppbrott och flykt.

Kapitel 68. 2006 - 2008. Cecilia.

Det är skönt att ha åtminstone *ett* barn som sköter sig, tänker Cecilia, och betraktar kärleksfullt Julia vid matbordet. Oron finns där ändå. Julia är nästan *för* söt med sitt änglaansikte och sitt svallande, lockiga hår. Är hon tillräckligt tuff för att freda sig mot hungriga män? Hon är sjutton år och har just börjat övningsköra. Bra, körkort är en merit, tänker Cecilia.

Julia sminkar sig noggrant innan hon går ut. Fullständigt onödigt när man är docksöt, tänker Cecilia, men säger inget. Att sminka sig är också ett slags skapande. Ett nytt ansikte trollas fram bakom mascara, rouge och läppstift. Ett ansikte att gömma sig bakom om man så vill.

Telefonen ringer.

Det är Björn som frågar efter Julia. *Björn?* Julias pappa.

"Jag har börjat övningsköra med honom", säger Julia, och nu ser Cecilia att Julia strålar. Hon har rätat på sig och ögonen lyser. Hur kan man vara så glad över att träffa den där slashasen, tänker Cecilia. Men det är ju pappa. Själv har hon ingen pappa. Och det har känts som om inte heller Julia och Joakim har haft någon, eftersom Björn så sällan har hört av sig. Vilket är värst, att aldrig ha haft någon pappa eller att ha en pappa som inte bryr sig om en? Cecilia minns bara att Björn en gång hämtade Julia och Joakim när de bodde hos Monica och Tage. De åkte hem till Björn, och Julia och Joakim pratade länge om det där besöket. Om hur de hade vädjat till honom, att de skulle få flytta till honom i stället för att bo där i familjehemmet. Men hur han bara hade skakat på huvudet och sagt att det inte gick. Just en snygg pappa.

"Hur kan det komma sig att du börjat övningsköra med Björn då", undrar Cecilia.

"När vi flyttade tillbaka till Timmerhamn så bodde ju Björn här, så då stötte vi på varandra lite då och då", säger Julia. "Jag var så arg på honom och på alla vuxna (*på mig också*, tänker Cecilia, som minns den där tiden), så jag bad honom flyga och fara. Men så småningom började vi ändå prata lite."

"Så din ilska gick över då", säger Cecilia.

"Ja, vet du, det var en gång när jag träffade honom. Han hade druckit lite öl, det brukar han aldrig göra annars när han träffar mig, och det var kanske därför han blev känslosam. Han bad mig om ursäkt för att han inte hållit kontakt. Att det berodde på rädsla, inte på att han inte älskade mig. Jag har hela tiden trott att det var mig det var fel på, och att det var därför han inte kunnat älska mig. (*Men lilla gumman*, tänker Cecilia.) Han frågade om jag kunde förlåta honom. Och när han sa det, kände jag att det var sant, att det inte var mig det var fel på. Så jag förlät honom."

Och nu dansar Julia iväg för att övningsköra med sin förlåtna pappa.

Om det vore så lätt att förlåta, tänker Cecilia.

Det går två år och Julia börjar närma sig studenten. Cecilias hjärta är sprängfyllt av stolthet. Julia som har jobbat flitigt med skolan i alla år, trots flyttningar, trots placeringar, trots allt det svåra som har hänt, hon ska bli det första, och kanske det enda, av Cecilias barn som klarar studenten.

Men Julia går inte att känna igen. Hon svarar ilsket på allt Cecilia säger, hon stänger dörrar med kraftiga smällar, hon går ut och blir borta utan att Cecilia vet vart hon har tagit vägen. Cecilias oro ökar. Vad är det som händer? Julia som alltid brukar kunna stänga dörren försiktigt om sig och gräva ner sig i läxorna, oberoende av vad som händer runt omkring henne, nu lämnar hon läxböckerna hemma och bara ger sig iväg. Nu när hon borde plugga som allra mest, för att behålla sina fina betyg.

En dag ligger det en lapp på köksbordet. "Mamma, jag har åkt till Rhodos. Jag orkar inte. Förlåt mig."

Cecilia tittar gång på gång på lappen. Rhodos. Mitt i examensplugget. Tokiga unge!

Dagarna går. Hur länge ska hon vara borta? Cecilias oro ökar. Julia hör inte av sig. Ska Cecilia efterlysa henne? Hur ska det gå med skolan? Hon ringer till Jessica.

"Har du hört något från Julia", frågar hon. "Hon har åkt till Rhodos. Jag är så jäkla orolig. Och hon missar lektionstid varje dag som hon är borta."

"Mamma, vet du inte det. Julia har avbrutit skolan. Hon har berättat för mig."

Cecilia sjunker ner på stolen bredvid telefonen. "Jessica, det kan inte vara sant", säger hon. "Inte Julia. Hon har alltid varit så mån om skolan. Är det någon kille som har lockat med henne?"

"Inte vad jag vet", säger Jessica. "Hon ringde mig och var helt hysterisk. Anklagade mig för att ha fått henne att ljuga i alla år, och anklagade dig också, mamma."

"Ljuga", säger Cecilia med tunn röst. "Om vad då?"

"Det var så mycket vi inte vågade säga. Vi vågade inte tala om att Harry utsatte oss för övergrepp, och vi vågade inte berätta för soc att Roger knarkade hemma hos oss. Jag tror att det har kommit ikapp Julia nu. Att hon är i något slags kris."

"Utsatte *oss*", säger du. "Men det var väl bara du som var utsatt?"

"Mamma, nej, han utsatte Julia också. Men det ville jag inte berätta, för jag ville att hon skulle slippa sitta där i rättegångssalen."

"Så det där säger hon till dig. Varför ringer hon inte till mig då? Varför tycker hon att jag ska gå här hemma och bli tokig av oro?"

"Hon hör nog av sig så småningom", säger Jessica. "Men just nu tror jag att hon mest vill vara i fred."

Cecilia lägger ifrån sig telefonluren, sätter sig vid köksbordet, stödjer armbågarna mot bordet och lutar huvudet mot händerna. Så lite hon vet om vad som rör sig inuti hennes dotter. Julia! Finaste, vackraste Julia. De har alltså ljugit, Julia och Jessica. Jessica har ljugit för att skona Julia. Och båda har ljugit för att skona sin mamma. Och de har nästan gått sönder på kuppen. Cecilia går ut på balkongen, tänder en cigarett och ser röken virvla bort med de milda vårvindarna. Gråter Cecilia? Nej, alla tidigare tårar har lämnat uttorkade flodbäddar efter sig. Där nere ser hon några av Julias kamrater, som är på väg hem från skolan. De som inte är Julias skolkamrater längre.

Kapitel 69. 2008 - 2009. Jessica.

Nu är Jessica tillbaka i Sverige. Våren har armbågat sig in och luften är fylld av löften och fågelkvitter. Jessica är ute och går med Max i vagnen. Där borta har marknaden kommit igång. Hon tar vägen över marknadsplatsen och plötsligt ser hon honom på långt håll.

Nils. Pappa.

Han skulle ju vara i fängelset? Men hon vet att han har hållit sig undan. Och nu är han där på marknaden som om allt vore som förr. Hon tittar på honom en lång stund, och blir omväxlande varm och kall. Han har inte upptäckt henne, avståndet är för stort. Vet han ens att hon har blivit mamma? Borde hon visa honom Max, hans barnbarn? Hon längtar efter Nils. Hur kan hon göra det? Hon minns hur det var att ha en pappa, en pappa som såg henne. Känslorna för en ojämn kamp inom henne. Ska hon ge sig till känna? Gå dit och prata med honom. Fötterna börjar gå åt det hållet, så vänder hon tvärt och tar en annan väg.

Ett år senare är hon också ute på promenad med Max i vagnen. Molnen är tungt dräktiga av regndoft, men små ihärdiga solstrålar kämpar sig ändå fram. Häggblomblad svävar i luften. Blombladen står stilla, plötsligt genomlysta som av röntgen.

Max´ ögon, som nyss var vaket och ivrigt uppspärrade, har nu slutits, ansiktet darrar till och han somnar.

Lennart möter henne, och Sokrates skäller glatt

och hoppar upp mot Jessica för att få klappar. Det är fint att träffa Lennart och Sokrates igen.

"Stopp Sokrates", säger Lennart myndigt, och hunden lyder genast. Jessica borstar av sig leran, som fastnat på hennes byxor, från hundens tassar.

"Hört något från Marcel då?" frågar Lennart.

Ett moln drar över Jessicas ansikte.

"Nej, nu var det länge sedan. Han borde väl vara lite mer intresserad av sin son, tycker jag. Lennart, gjorde jag rätt som flyttade tillbaka till Sverige med Max? Jag ville inte att han skulle växa upp i Frankrike. Och de kanske skulle skicka honom till Algeriet. Hur kan man göra något sådant?"

"Om du gjort rätt får du inte veta förrän längre fram, och kanske inte ens då. Man gör det som känns rätt för tillfället. Det går väl att ändra på om du vill. Flytta tillbaka till Toulouse, menar jag."

"Men här har jag alla som kan stötta mig. Du, mamma, Julia och Joakim. Fast Joakim behöver stöd själv och det känns lite som min uppgift också. Att stötta Joakim."

"I Frankrike, och kanske även i Algeriet, finns ju Marcels släktingar, och han tänker nog något liknande. Att de ska finnas som stöd."

Jessica suckar. "Men hur kan man ens tänka på att skilja mor och barn åt", säger hon. "Det måste vara bäst för både Max och mig att bo här och ha mina släktingar nära. Inte vill jag att hans släktingar ska ta över skötseln av Max, heller. Och du, franska är ett himla svårt språk. Vackert men o-möjligt. För att inte tala om arabiska som de också pratar."

"Läste du inte franska i skolan?"

"Nej, jag valde tyska i stället. Om jag hade vetat, men man vet så lite om framtiden. Jag borde ha träffat en tysk man i stället. Förresten så lärde jag mig inte så mycket tyska heller. Jag var borta för mycket från plugget."

"Allt det där går att ta igen. Komvux, du vet."

"Ja, som mamma gjorde. Trots att hon var ensam med småbarn. Jag har inte fattat förrän nu, hur strong mamma är."

"Men längtar du inte efter Marcel då", säger Lennart. "Är du inte kär i honom fortfarande?"

"Jag vet inte. Kan man vara kär i någon, som man inte på riktigt levt ihop med, som bara kommit någon gång, och sedan gett sig av. Och jag vet förresten inte, om jag över huvud taget kan vara kär. Det är så kallt och hårt här inom mig. Mina känslor har smulats sönder av allt jag har varit med om, eller vad det nu kan bero på. Och sedan har de stoppats in i olika frysfack."

"Det kanske tar tid att bygga upp nya känslor", säger Lennart sakta. "Men jag tror att en del har tinat upp när du är tillsammans med Max i alla fall. Man kan inte ta fel på din moderskärlek."

Jessica ler. Det är sant. Till Max ger hon all den ömhet som trots allt finns inom henne.

Efter promenaden är Max pigg och alert. Han vill vara uppe, men orkar inte så långa stunder, och blir då grinig och klängig. Jessica försöker fixa en fiskgratäng, för snart ska det komma några kompisar, och de ska ha en trevlig kväll tillsammans. Om Max kan hålla sig lugn. Hon ska knäcka ett ägg, men åh nej, det glider iväg och hamnar på golvet.

Slabb, slabb, och hon har slut på hushållspapper. Max vill gärna krypa dit och gegga med fingrarna.

"Nej, Max!" Hon lyfter bort honom och han gallskriker.

Om ändå Marcel hade varit här! Eller någon annan. Hon vill inte vara ensam. Men snart kommer kompisarna.

Det blir ett ägg mindre i gratängen, men det får gå ändå. Hon skjuter hastigt in den i ugnen, och börjar duka på bordet. Hon ser sig omkring med en glad stolthetskänsla. Det här är hennes hem. En afrikansk matta på golvet, tavlor som mamma har målat på väggarna. En bokhylla med utgallrade böcker från biblioteket. En dubbelsäng, där det bara är hon som sover numera, Max´ spjälsäng, en potta med elefanter på. Lite kläder, som hamnat på golvet och som hon inte hunnit plocka undan. Hon sparkar in dem under sängen.

Det plingar på dörren. Tove, Josef och Hanna kommer samtidigt, och de har två flaskor vin med sig. Det verkar lovande.

Max har somnat. De äter och dricker. Ljusen på bordet kastar vänliga reflexer i vinglasen. Jessicas irritation och oro har lagt sig. Allt är bra, hon har det bra.

Då ringer det på dörren. Vad nu då? Hon väntar inga fler besök. Jessica går och öppnar. Utanför står två poliser.

"Får vi komma in", frågar den ena, en kvinna med mahognyfärgat hår, som hålls stramt bakåt med en blå snodd under polismössan.

"Ja visst, men … varför?" undrar Jessica.

"Vi berättar strax. Kan vi sätta oss? Och det är bra om du sätter dig också." Det är den manliga polisen som säger det.

Han vecklar ihop sin långa kropp för att få plats i fåtöljen, och ser polissträng ut i ansiktet.

Jessicas hjärta klappar hårt. *Vad har jag gjort,* tänker hon. *Jag har inte gjort något olagligt.*

"Vi ska informera om att din pappa är död", säger poliskvinnan. "Och vi kan inte utesluta mord."

Kapitel 70. 2009. Jessica.

Max vaknar vid femtiden på mornarna. En plåga utan like för Jessica, som själv är kvällsmänniska. Hon lyfter upp honom ur hans säng och lägger honom bredvid sig. Ett ögonblick av sällhet, där hon känner hans varma mjukhet intill sig, och där deras hjärtan slår i kapp i ett virrvarr av rytmer. Men det fungerar bara i tio minuter, så att hon lagom hinner somna om. Sedan börjar han sprattla, nypa henne i kinderna och dra henne i håret. Till slut måste hon gå upp. Max´ blöja är tung av kiss och behöver bytas, men hennes händer är stela och vill inte lyda. Hon stannar upp. Framför sig ser hon en lång dag, som ett utdraget tuggummi.

Till slut sliter Max själv av sig blöjan och dänger till sängen med den. Det blir en stor, blöt fläck och kisslukten sprider sig. Han springer in i sitt rum med bar rumpa, och river ut leksakerna från en plastback. Så skjutsar han iväg några bilar som rullar tvärs över golvet, just som Jessica ska ta sig ut i köket. Hon sätter foten på den ena och gör en vurpa.

"Aj, Max, du får inte leka med bilarna här, titta vad som händer! Jag har ramlat", säger hon. Hon har tagit emot sig med armbågen, som nu värker och har svullnat. Max klappar henne tröstande på kinden, och fortsätter sedan att leka med bilarna i sovrummet.

Jessica reser sig mödosamt och lyfter sedan upp Max med den friska armen, och går in med honom i hans rum, där hon letar efter rena kläder. Hon hittar inga, så det får bli gårdagens. Hon måste tvätta. Det är en enda röra i garderoben. När ska hon hinna städa?

Nu har Max hittat grytskåpet och river ut kastruller och lock. Ett öronbedövande oväsen bryter ut, och Jessica hör hur grannen intill bankar i väggen. Så klart att det kan finnas andra som vill sova på morgonen.

Jessica drar undan kastrullerna från Max´ händer, varpå han börjar illvråla. Grannen dunkar igen. Jessica blir rädd. Tänk om grannen anmäler? All den gamla skräcken för socialtjänsten väller över henne. Bröstkorgens bo av minnen står plötsligt på vid gavel.

"Nu är du tyst!" skriker Jessica, och lägger handen över munnen på Max, som svarar med att bita henne. Hennes hand flyger ut och ger Max en rejäl smäll på kinden. Han tystnar förskräckt och stirrar på henne medan tårarna rinner. Max´ kind är illande röd och man ser nästan märken efter Jessicas fingrar där. *Vad har jag gjort …?*

Hon fylls av rädsla och skam. Hur är det mamma brukar säga: "Vi har ärvt våldet." Som en arvsynd. Men Jessica tror inte på arvsynden. Våldet måste gå att bryta om man får hjälp.

Klockan tio är det möte med mammagruppen. För Jessica känns det som nästan hela dagen har gått när hon gör sig i ordning, eftersom hon var uppe så tidigt. Vågar hon gå dit? Tänk om de frågar vad Max har gjort på kinden? Han är så stor att han kan berätta själv om de frågar. Men själva syftet med mammagruppen är att visa sin sårbarhet, och få hjälp med hur man ska klara svåra situationer. Och att mammorna ska få kontakt med varandra.

Agnes berättade att hon lämnat sin lilla son ensam en gång. Och Erika berättade att hennes dotter burit sig så illa

åt i affären, att hon tappat tålamodet och ryckt tag i henne
så overallen sprack. *En overall, det går väl an, men
ett barnhuvud,* tänker Jessica. Som tur är, så har det röda
märket på kinden börjat blekna.

Barnen leker på golvet. De har dragit fram klossar och
mjuka djur. Max har hittat en mjuk katt med lång svans,
som han springer omkring med. Han håller katten i svansen
och vevar runt, så de andra barnen får akta sig.

Hon behöver verkligen den här gruppen. Ledarna Raija
och Ulrik är guld värda. Så tålmodiga, så lyssnande. Och de
andra mammorna också. En mamma är bara arton år, näs-
tan ett barn själv. Men hon verkar ibland mognast av
allihop.

Det är socialtjänsten som har ordnat med mamma-
gruppen. Jessica har berättat hur svårt det är att vara ensam
mamma. Då har de också ordnat en kontaktfamilj så att hon
ska få lite avlastning. Det är hennes egen moster Mikaela,
som tar hand om Max varannan helg. Jessica är tacksam
över det. Men hur noga var socialtjänsten när de utredde
Mikaela? Vet de att Mikaela använder antidepressiva
mediciner? Själv litar hon i alla fall på Mikaela. Det måste
hon göra.

Nu är det snart dags för begravning av pappa Nils. Jessica
har en kramp i bröstet, som ökar för varje dag som begrav-
ningsdagen kommer närmare. Är han verkligen död?
Mamma har varit nära döden många gånger, men varje
gång har hon överlevt. *Död, inte död,* har Jessica tänkt. En
vågrörelse. Som att drunkna och bli uppdragen på land,
gång på gång. Döden kommer och vinkar lite och vänder

sedan i dörren. Så har det varit med mamma. Men med pappa Nils – pang, tjoff! Fast han hade ju fått en hjärtinfarkt tidigare. Hans hjär-ta slutade att slå. Hon som känt hans hjärta tätt intill sig, bank, bank, i hans levande kropp.

En dag upptäcker hon ett vykort i brevlådan. Vad är det där? Hon känner inte så många som skickar vykort, så hon blir nyfiken och glad. Men när hon tittar på baksidan, finns det varken frimärke eller avsändare och bara en enda mening: "Du ska passa dig."

Jessica får kväljningar. Vem skriver så där till henne?

Nästa dag kommer det ytterligare ett vykort. "Jag vet var du bor", står det på kortet.

Och korten fortsätter att komma.

Varje gång hugger skräcken tag i henne. Är det Lasse som vill varna henne? Hon går omkring med en fruktan som gnager och äter upp dagarna. Hon borde polisanmäla hot-breven, men hon orkar inte. Inte en rättegång till.

På begravningen står folket i klungor på kyrkogården, och väntar på att bli insläppta i kyrkan. Himlen är som en gry-nig massa av moln. Träden står stela, och Jessica lutar sig mot ett för att få kraft att hålla sig upprätt. Där ser hon mamma komma, tack och lov. Och mammas kompis Lise-lotte.

Nils släktingar har samlats och kastar hatfyllda blickar på henne. Jessica räknar till ett trettiotal personer. Lasse frigör sig från gruppen och går mot henne. Det känns som ett kallt luftdrag när han närmar sig.

"Mördare…", väser han.

Jessica tittar bara stelt framför sig. Iskyla sprider sig upp-
för ryggraden tills rimfrost täcker varenda kota. Hon håller
Max hårt i handen och rättar till hans jacka. Han är klädd i
mörka kläder och har lyckats spilla på jackan. Men han är
lugn och ser sig storögt omkring på alla människor på
kyrkogården.

"Du kanske borde skynda dig hem", fortsätter Lasse till
Jessica. "Så inte ditt hus brinner upp."

Hon vill lägga benen på ryggen och störta hem. Men hon
sansar sig. Och nu lösgör sig ytterligare en person från
gruppen av Nils' släktingar. Det är en kvinna i ålder mellan
trettio och fyrtio. Hon har ett magert ansikte med stora
ögon. Hyn är fnasig med gropar efter utslag. Hon är klädd
i en luggsliten kappa. Jessica har lärt sig att känna igen en
missbrukare när hon ser en. Kvinnan sträcker ut handen
mot Jessica.

"Sabina Marklund heter jag", säger hon. "Nils' syster. Du
ska inte bry dig om Lasse. Du gjorde rätt som anmälde Nils,
jag vågade inte." Och så går hon tillbaka till gruppen av
släktingar.

Jessica går in i kyrkan när klockorna ringer. Hennes eget
hjärta bultar i kapp med klockklangen. Pappa ... hon hade
ändå en pappa.

Det är kallt i kyrkan. Jessica huttrar och håller Max intill
sig, de värmer varandra. Hon hör inte mycket av vad
prästen säger. Och hon är en av de sista som går fram till
kistan.

Jessica har kramat sin ros så hårt att taggarna trängt in i
handen. Nu slokar rosen och har vissnat när hon lägger den
på Nils' kista.

Hon undrar om Lasse kommer att stå där och vänta på henne när hon kommer hem.

Kapitel 71. 2010. Cecilia.

Så försvinner Julia. Först till Rhodos och sedan till södra Sverige, till Kungshage. Så långt från Cecilia och syskonen. Cecilia kommer att tänka på sin egen flyttning, när hon träffat Björn, och de flyttade söderut. De ville komma ifrån allt som hade med uppväxten att göra, särskilt ville Cecilia komma ifrån mamma. Är det likadant för Julia? Vill hon hålla Cecilia på armlängds avstånd? Det gör ont att tänka så.

Men kanske har det ingenting alls att göra med Cecilia, utan att det bara handlar om att Julias pojkvän råkar bo och jobba i Kungshage. Och då har Julia helt enkelt flyttat in hos honom.

Nu sitter Cecilia på flyget och hennes hjärta slår hårt. Hon sneglar på sina medresenärer. Vart är de på väg? Till sina släktingar eller vänner som väntar på dem förmodligen, och som blir glada när de kommer. De har lugna, utslätade ansikten, som om världen är begriplig för dem. Själv ska hon få träffa Julia och hennes nyfödda son Noah om några timmar. Om Julia låter henne komma in till sig? Och för all del ska hon också få träffa Arvid, Julias kille. Bra att få se vad det är för någon. Det får inte vara någon som gör Julia illa! Hjärtat hade lugnat sig, men nu drar det igång igen med kraftfulla slag. Hur många bra killar finns det över huvud taget, funderar hon.

Från flygplatsen har Cecilia hyrt en bil och hon kommer att vara framme vid sjukhuset strax efter ett. Det är mulet och duggregn, och hon huttrar till när hon stiger ur flygplanet, trots att det är mitt i sommaren. Hon ser sig omkring. Överallt prunkar det av grönska och välskötta rabatter fyllda av ringblommor, som lyser som små solar i gråvädret. Hon hämtar nycklarna till den lilla Nissan Micra-bilen och känner en stunds välbehag när hon sjunker ner bakom ratten. Köra bil är kul, och särskilt en sådan här pigg och glänsande ny bil. En sådan bil borde hon ha! Men den skulle väl snart skaka sönder på de illa skötta norrländska vägarna. Där krävs det rejälare don.

Cecilia svänger in på parkeringsplatsen, där hon klämmer in bilen i en minimal lucka. Sjukhusbyggnaden tornar upp sig framför henne. Varför känner hon alltid en sådan olust inför sjukhus? Sjukhus som har räddat livet på henne gång på gång. Och som hjälper Joakim, så han ska kunna leva ett normalt liv. Men normalt liv är inte precis vad han lever, tänker Cecilia. Vad tjänar allt detta till? Men nu är det BB det gäller. Med de alldeles fräscha nyfödda som ska ta sig an livet. Mitt barnbarn, tänker Cecilia, och det spritter till av glädje i bröstet.

I hissen på väg upp har hon sällskap av två kvinnor i vita rockar och nyckelband och en skäggig man, han är förmodligen nybliven pappa. Han verkar vara i knappa trettioårsåldern, har ojämn hy och bruna, vänliga ögon, visserligen lite rödsprängda, kanske har han sovit illa, vakat under förlossningen? Han kikar nyfiket på Cecilia, och öppnar munnen som om han är på väg att säga något, men stänger den igen. En nervös och obeslutsam typ, tänker Cecilia. De stiger båda ur hissen på samma våning och går efter varandra mot samma rum.

Salen har fyra sängar, varav det ligger kvinnor i tre. Två av dessa sover djupt, men den tredje sitter upp och det sticker fram ett barnhuvud i hennes famn. Det är Julia och hennes nyfödda son. Gråmolnen har dragit sig åt sidan och gett chansen åt en solstråle, som letar sig in genom fönstret. Den speglar sig i barnets vidöppna blick och den blicken verkar vara fäst på Cecilia, som stannat strax innanför dörren. Men mannen går med snabba steg fram till Julia, och ska just till att stryka barnet över huvudet, då Julia knuffar undan hans hand och sluter armarna hårdare om barnet, medan hon fräser: "Rör inte!"

Mannen ryggar tillbaka och står en stund obeslutsam bredvid sängen, innan han vänder sig om och hittar en stol, där han sjunker ner. Cecilia möter hans blick. Jaha, det där var barnafadern, Arvid. Han ser oförarglig ut, men man vet aldrig. *I de lugnaste vatten …*

Cecilia går fram till Julia, och aktar sig för att göra samma misstag som Arvid. "Hej, gumman! Hur mår du", säger hon.

Julia låter blicken fara runt i rummet, den stannar ett ögonblick på Arvid och landar sedan på Cecilia.

"Jo bra. Men jag är klippt och sydd, så jag har lite ont", säger hon.

Cecilia ryser. Klippt och sydd, hu! Det har i alla fall hon själv sluppit.

"Men bebisen mår bra?" kan hon inte låta bli att fråga, och ser då hur Julia omedelbart drar till sig den lille hårt, han protesterar genom att gny svagt. Nu har Arvid rest sig och kommit fram till Cecilia.

"Jag skulle väl hälsa. Det är jag som är Arvid, Julias man. Och Noahs pappa", tillägger han stolt.

"Hej", säger Cecilia utan att sträcka fram handen. "Jag är Julias mamma. Och Noahs mormor."

De granskar varandra, mäter varandra med blickarna. Vem har störst äganderätt till Julia och Noah? Cecilia är snabbt klar med sin granskning och återvänder till Julia. "Har du det bra här då? Bra mat och så", undrar hon.

Julia gör en grimas. "Inte särskilt", säger hon. "Men nu måste jag på toa. Kan du hjälpa mig upp?"

Cecilia stöttar Julia, som försiktigt masar sig över sängkanten, och sätter ner fötterna i ett par tofflor på golvet. Bebisen lägger hon i den lilla vagnen intill och skjuter den framför sig in på toaletten. Både Cecilia och Arvid följer dem med blickarna, men ingen av dem säger något. Cecilia undrar om hon ska få se något mer av Noah än översta delen av huvudet, som är det enda som syns nu när Julia har dragit upp lakanet om honom.

En radio står på med låg volym, vid sidan av sängen. Där är det nyhetssändning, det berättas om Islamiska staten, IS, som begår ofattbara grymheter. Julia kommer ut från toaletten och håller krampaktigt i Noahs vagn. Hon vrider huvudet mot det håll där radion är, och ansiktet får ett stramt uttryck. Beror det på smärtan i underlivet eller smärtan från radions ord? Så dråsar hon ner i sängen igen. Hur ska man kunna skydda barnen", säger hon hjälplöst. "Mot allt?"

"Det kan man inte", säger Cecilia. "Man ger dem bara förutsättningar att skydda sig själva."

Julia ser tveksam ut. Tänker hon på hur illa skyddad hon blev av sin mamma, av henne, Cecilia? På hur det onda trängde sig in och förgiftade deras familj? På våldet som de ärvt?

"Men du har åtminstone en mamma som bryr sig", säger Cecilia uppmuntrande. "Det hade inte jag."

Det ser ut som om Julia nickar, men kanske är det bara att hon vrider huvudet åt Arvids håll. Han kommer fram och tar tag i hennes händer och håller dem fast i sina, medan Noah har somnat i sin vagn. Solstrålen har övergivit rummet. Cecilia reser sig upp.

"Ska bara ut och röka lite", säger hon. "Sedan kommer jag tillbaka. Är det något du vill ha? Lite choklad, en tidning?"

Julia svarar inte. Hon ligger där bara, med Arvids händer omkring sina.

Kap 72. 2010. Jessica.

Det ringer hos Jessica. Så bra med de nya mobiltelefonerna, att man kan nås var man än befinner sig.

"Hej, det är Joakim."

"Nej men hej, jag trodde du var inburad", svarar Jessica.

"Skulle det vara roligt det där", säger Joakim. "Jag har precis blivit släppt från häktet."

"Då tänkte jag inte helt fel", säger Jessica. "Fy fan för att sitta i häkte."

"Precis, det är för jävligt. Det kändes som att väggarna lutade sig mot mig, och när som helst skulle rasa över mig. Som att jag skulle bli begravd där. Du vet, som i de där krigsfilmerna. Jag fick panik och bankade med nävarna för att komma ut. Men det var bara en läskig typ med skägg och brillor som visade sig i en lucka och sa att jag skulle hålla mig lugn. Att det inte hjälpte att jag bråkade."

"Nej så klart", säger Jessica. "Om man blir utsläppt när man bråkar, skulle ingen sitta kvar i häktet."

"Jag fortsatte att banka och sparka men jag har så ont i mitt knä, du vet, det där som jag vridit ur led vid en karate-spark", fortsätter Joakim. "Och ont i ryggen också, sedan den gången en fängelsevakt satte ett knä i ryggen på mig."

"Förstår paniken", säger Jessica. "Och mycket har du slagits i ditt liv, men från häktet kan du inte slå dig ut. Fast nu är du tydligen ute i alla fall."

"Ja, de släppte ut mig i dag. Men Jessica, jag hade en så konstig dröm när jag satt där inne. En riktig panikdröm."

"Jaså, vad då för dröm", undrar Jessica.

"Jo, jag drömde att jag var instängd i en bur, och att jag inte kunde komma ut. Och att jag kissade på mig. Det var så verkligt. Vet du om det har hänt i verkligheten? Kanske i något familjehem eller kontaktfamilj? Du och jag var ju ibland placerade tillsammans."

Jessica drar efter andan.

"Joakim, Julia har sagt till mig att hon har drömt samma sak. Jag minns att jag sa till er när det hände, att det inte hade hänt på riktigt utan att det bara var en dröm. Det var för att ni skulle glömma det och inte berätta för mamma. Men långt senare berättade jag det för mamma i alla fall. Och då gjorde hon en polisanmälan."

"Men vad var det som hände, egentligen", undrar Joakim.

"Du blev instängd i en hundbur när vi var hos Harry och Ursula. Du var bara fyra år, jag var åtta och Julia fem."

"Så det har hänt! Den jäveln ... han förgrep sig på dig och Julia och han stängde in mig i en hundbur. Jag ska slå ihjäl honom!"

Jessica hör hur Joakim har svårt att få fram orden, så arg är han.

"Nog skulle det inte vara mer än rätt. Men det går inte", säger Jessica och känner samtidigt något växa i halsen och bröstet.

"Jo då! Det går visst", säger Joakim.

"Du vill inte sitta mer i häkte, tyckte jag du sa?" Jessica har hämtat andan och är nu stadig på rösten. "Om du gör Harry något, så kommer alla spår att leda till dig, på grund av mammas polisanmälan."

"Vad hände med den där polisanmälan då", frågar Joakim.

"Ingenting, de lade ner ärendet. Men du vet, den finns där ändå. De kan plocka upp den igen."

"Ok, jag ska inte göra något förhastat. Det jag gör ska planeras in i minsta detalj. Och skulle det skita sig, så är det ändå värt livstids fängelse. Men nu förstår jag varför jag har så mycket hat i mig."

Jessica suckar. Hon har känt att det ibland slår ut flammor av hat från Joakim. Är det på grund av hundburen? Ja, kanske. Eller är hundburen en av flera orsaker?

När de har avslutat samtalet, tänker Jessica på Anja, Joakims flickvän. Hon var bara femton år när hon födde deras dotter Louise, och fick en graviditetspsykos. Och nu är Louise bortadopterad. *Varför göra något så definitivt,* undrar Jessica och får som en tyngd över bröstet. Anja blir äldre och mognare. Och själv mognar kanske Joakim också, eller vad tusan, han har ju nyligen suttit häktad! Saker hän-der ofta omkring honom. Planering in i minsta detalj är inte Joakims grej. Hur ska han kunna hantera all sin ilska och sitt hat? Jessica tänker på att Joakim har blivit dömd för misshandel flera gånger. På socialtjänsten ville de att han skulle gå en kurs i hur man håller koll på sin ilska. Han har berättat att man skulle räkna till tio baklänges, innan man agerar ut. Det betyder att man ska vänta lite, innan man släpper lös smockan. Fast de hade inte tänkt att han skulle släppa lös någon smocka alls, utan att man skulle lugna ner sig under de där sekunderna. När han har berättat för Jessica, känns det för henne som tomma ordskal som inte fastnat någon stans hos honom. Att han är vilse.

Kapitel 73. 2016. Eva-Lisa.

Arbetsgruppen står samlad framför den stora vita white-boardtavlan. Eva-Lisa och Ale tittar samtidigt ut genom fönstret, och sedan på varandra. Det är några tim-mars ljus mitt på dagen, då snön glittrar mot den mörkblå himlen och träden har tjocka snömössor. Det virvlar till av lite snö från träden, när det kommer en vindil. Eva-Lisa vet vad Ale tänker på, när de ser den vackra vinterdagen bre ut sig där utanför. Perfekt väder för skidåkning!

"Är alla med nu", hör hon Mihkkels röst och sliter blicken från fönstret till whiteboardtavlan på väggen. Där står socialsekreterarnas namn. Bredvid namnen står det vilka utredningar de har, och hur långt de kommit med utred-ningarna. En ruta för första besök, en för utredningsplan, en för arbetsplan, en för utredning, en för beslut. Många rutor. De ska sätta kryss när något moment är avklarat. Ale har glömt att fylla i sina kryss, nu gör han det.

För ovanlighetens skull är det inte Astrid, som har flest avslutade utredningar den här månaden. Hon har inte varit sig själv på sista tiden. Tydligen är hon och hennes gubbe på väg att skiljas. Så tråkigt, tänker Eva-Lisa. Värst är det väl om föräldrarna inte kan komma överens om barnen. Eller barnet, hon har bara ett. Precis som Eva-Lisa.

Nu tänker hon på Astrid igen och iakttar henne i smyg. Astrid håller hakan uppe och kämpar på, även om humöret är si och så. Eva-Lisa har sett ibland, att hon är rödögd. Då lägger hon armen omkring henne och så står de så en stund. Det är Astrid som har sett till att de lärt sig det här med

BBIC. Och Eva-Lisa måste medge att de blivit bättre på att prata med barn nu, det som ska vara en viktig poäng med BBIC. Att de pratar med barnen ensamma, utan föräldrar, om det är möjligt. Att de försöker träffa barnen flera gånger, lära känna dem bättre. Men alla dessa planer och blanketter som även BBIC innebär! Hälften vore nog. Det har blivit mer och mer dokumenterande, och mindre tid att prata med föräldrar och barn. Olika tendenser som motverkar varandra. Eva-Lisa brukar säga att BBIC inte betyder "barnens behov i centrum" utan "byråkratins behov i centrum."

Eva-Lisa inser att Mihkkel älskar den där whiteboardtavlan. Det verkar som han tycker att han har fått bättre koll på sina handläggare nu. De har inte bara lärt sig BBIC, de har också lärt sig att jobba enligt NPM, New Public Management, eller Lean som socialförvaltningens system kallas.

Bullshit, tänker Eva-Lisa surt. Den där NPM är en modell som används i näringslivet, för att bedöma tidsåtgång och effektivitet. Och så ska man skapa ett flöde utan flaskhalsar. Allt ska mätas.

"Om vi ska mätas, så kommer du till korta", säger Ale till Rickard, som bara mäter 168 cm i strumplästen. Han slår ett lätt slag över Rickards rödhåriga huvud och Rickard duckar. Han blir inte sårad, Rickard och Ale gillar varandra.

"Så du vet hur effektiva vi är nu", säger Ale som en retorisk fråga till Mihkkel. "Kanske skulle vi markera de svårare utredningarna med rött och de lättare med blått. Och de mittemellan med gult. Då blev det en riktigt konstnärlig tavla. Och så lär vi oss att titta snett på varandra och konkurrera, i stället för att hjälpa varandra. Vad är effektivitet? Att man lyckas, kanske. Att man gjort en bra bedömning, att man har hittat en insats som fungerar. Vilken färg har det?"

"Ja, vi borde bli bättre på att utvärdera vårt arbete", säger Eva-Lisa. "Och få lite mer vidareutbildning, så att vi blir duktigare."

"Här ser man i alla fall vilka utredningar som har dragit ut på tiden", säger Mihkkel och tittar strängt på Ale. "Nu har du dragit över gränsen på fyra månader för två utredningar, och det är olagligt."

"Lagar är till för att utmanas", muttrar Ale. "Men jag vet. Det är inte bra."

Det kniper till i magen på Eva-Lisa. Den här gången klarade hon nålsögat. Men några av hennes pågående utredningar riskerar att inte heller bli klara i tid. Måste jobba snabbare. Hon tänker också på, att en del utredningar visserligen avslutas inom föreskriven tid, men sedan kommer det kanske nya anmälningar om samma familj. Och det är väl ett tecken på att den första utredningen inte var riktigt gedigen? Även om den fick en avbockning i kolumnen bland avslutade utredningar.

Hon tänker på att jobbet har ändrat karaktär de senaste åren. Det har blivit fler anmälningar om barn som far illa. Och det verkar bland annat hänga ihop med att det införts tuffare regler på Försäkringskassan. Utförsäkringarna har ökat, och i och med det fattigdomen och den psykiska ohälsan. Som i sin tur innebär att barnen kommer i kläm. Och så ska socialtjänsten åtgärda det. Men hur?

I media pågår en alltmer intensiv debatt om de kriminella gängens utbredning i storstadsområdena. Även Timmer-

hamn har drabbats av kriminalitet bland de fattigaste. Ofta
är det människor som är födda i andra länder, fast långt-
ifrån alltid, även om man kan tro det utifrån debatten. Och
när ungdomar har dragits in i kriminalitet, så är det social-
tjänsten som ska ingripa. Så har det varit också tidigare,
men det har blivit mer nu, även om inte Timmerhamn
drabbats av skjutningar. Det är ingen match för oss "gam-
lingar", tänker Eva-Lisa, som är 64 år, snart pensionär. Men
för de unga, nya?

Bredvid det äldre gänget av socialsekreterare står de nya,
Linnea och Iris. De ser ut som fräscha blommor i en rabatt
av slitna perenner. De är nyexaminerade och är ett väl-
kommet tillskott till gruppen, nu när en del närmar sig
pensionen. Men ibland känns det som om de kommer från
en annan planet, tänker Eva-Lisa. De är väldigt duktiga
med datorn, snabba och energiska. Fast ibland pratar de så
kons-tigt om klienterna, nästan nedvärderande. De vet så
lite om livet ännu. De verkar inte riktigt förstå hur en en-
samstående förälder har det. Hur slitsamt det är att försöka
klara sig på ett deltidsarbete, med dålig lön. De har själva
nya, fina kläder mest varje dag. Och de pratar om utlands-
resor som de planerar, flera varje år, som socialtjänstens
klienter inte har möjlighet att få göra.

Stämningen är ändå god. De kan säga sitt hjärtas mening,
även till Mihkkel. Men Eva-Lisa har fortfarande inte fått
tillfälle att fråga Mihkkel om den där mörka kvinnan. Fast
har hon med det att göra? Om det är en sambo så är det väl
Mihkkels sak? Men om det inte är det?

Kapitel 74. 2019. Cecilia.

Cecilias mående är bräckligt. Efter en lugnare period glider hon ner i en djup depression med självmordstankar. Hon går därför på regelbundna stödsamtal hos psykiatrin på sjukhuset.

En dag får hon en ny läkare, Jens. Han är lång och smal, har brett ansikte med tydlig käklinje, illa klippt hår med lugg som ramlar ner i ansiktet och ljusblåa, vänliga ögon. Han har lätt till skratt, men också till allvar. Från första dagen känner hon sig trygg med honom. Han får henne att våga tro på sig själv, att hon är något värd.

"Jag måste försöka klara mig utan tabletterna", säger Cecilia. "Klara att hantera min ångest utan dem. Och få bättre koll på min ilska. Den har ställt till med så mycket. Jag har ärvt våldet, men jag vill inte vara en våldsam person."

"Men du har en styrka i att du inte ger dig. Att du är en revolutionär", säger Jens. "Du påminner om en valkyria."
Cecilia säger då: "Jag vill möta livets makter vapenlös."

"Aha, Karin Boye", säger Jens, och ansiktet spricker upp i ett leende.

"Det är vägen som är mödan värd", fortsätter Cecilia och ler även hon. Hon inte bara ler, hon strålar.

Nu börjar de prata om poesi, vad de har läst och tyckt om. Cecilia berättar om sin favoritskald, Bruno K. Öijer. Hans ord när hon längtat efter döden: *Gatorna försvann, folkvimlet försvann, allt försvann, drog in sina klor och försvann.*

Hon träffar Jens en gång i veckan på sjukhuset. Och så
småningom börjar de träffas även på fritiden.

De pratar om böcker och konst och hur man kan leva sitt
liv. Om mänsklig ondska och om skönheten i livet. Ord, nya
ord, i en oändlig ström av samtal. Och blickar i samförstånd,
en arm om hennes axlar, händer som söker varandras. En
skör kärlek växer fram mellan dem.

Han är ett ljus i tillvaron, och helt annorlunda än de män
som hon tidigare umgåtts med. Kärleken blir allt starkare.

Så märkligt det är. Att det berg hon burit på i hela livet,
och som handlat om att det är fel på henne, att hon inte kan
något, att hon inte duger något till, det har Jens fått henne
att ompröva. Hon vet att hon har gjort fel många gånger.
Men hon har försökt att överleva i de svåra situationer som
hon ställts inför. Nu börjar hon tro på att hon har kraft och
kompetens. Hon smakar på tanken och den växer inom
henne.

Cecilia skriver:

Ur ett flämtande mörker
så fyllt av en klibbande dy
har du kastat ut en livboj
till en värld som är hoppfull och ny.

Cecilia skriver mer och mer. Det bubblar dikter ur henne,
dikter som handlar om hennes tidigare liv, om svåra käns-
lor och om barnen, som har varit hennes största glädje och
samtidigt hennes största oro. Hon håller orden i sina händer
som moln och hon vrider ur dem som regn.

"Visst kan du! Det där är bra", säger Jens när Cecilia visar honom sin diktsamling. Hon har publicerat dikter på nätet och ett förlag har hört av sig. Ska hon verkligen våga låta dikterna bli publicerade? Ja. Hon är femtiosju år och debuterar som poet. Hon bjuder in sina vänner till release-fest. Där ligger traven med böcker på bordet, med hennes dikter, ett bevis på att hon kan. Glädjen sprider sig som en prärie-brand i kroppen.

Både Cecilia och Jens gillar att chockera. En dag cyklar de sida vid sida, de ska hem till henne och hon ska bjuda på kaffe. Då säger hon: "Visste du att jag har slagit en stek-panna i huvudet på en man?"

Han vinglar till och frågar: "Har vi dina journaler på sjuk-huset? Står det i dem?"

"Ja, ni har dem. Det står där."

"Ja, men då så!" Och han finner sig och fortsätter cykla. Upplysningen rubbar honom inte.

En annan dag sitter de tillsammans vid Jens' köksbord. Han bor ensam efter sin skilsmässa. Lägenheten är fylld med föremål från resor i världen och med tavlor och böcker. Möblerna är enkla, blandning av IKEA och loppis, och en skänk som ser ut som arvegods. I fönstret ett par ledsna orkidéer och en desto livaktigare klätterväxt, som målmed-vetet stretar uppåt och är på väg att omfamna lampan. I hörnet en något malplacerad dammsugare, vars rör sticker ut lagom för att man ska snubbla över det. Doft av kaffe och hans milda rakvatten. Cecilia andas in atmos-fären och känner trivseln sprida sig i kroppen. Hon blickar in i hans vackra, lugna ansikte. Då säger han, liksom i förbigående: "By the way så har jag visst Alzheimer."

"Vad säger du, är det sant", säger Cecilia och börjar gråta. Nu rasar världen igen.

"Ja, men det kommer att ta tid, vi har varandra länge till."

Jens håller om henne och hon drar in hans goda lukt. Han tar i henne som man tar i något värdefullt. Han smeker henne, men mer än så kan han inte göra. De kan inte ha sex, hans kroppsliga förmågor är i avtagande. Men hon känner en fin eld stryka huden och blåsa på hennes sår. Kan man älska utan sex? Ja, närheten, beröringarna, är också ett slags sex. Kärleken, ömheten, blickarna, orden och samförståndet, det fyller alla hennes behov nu och mer än så, det är en bägare som rinner över, som nästan ger henne mer än hon kan ta emot. När de ligger utsträckta på sängen, med armar och ben lindade om varandra, känner hon hans utandningsluft som är hennes inandningsluft, som om de fastnat under vatten och delar syrgastub.

Hur länge, undrar Cecilia för sig själv. *En dag i taget från och med nu.*

Det är en tid av lycka och fruktan. Lycka för att hon har Jens, fruktan för att hon vet att han kommer att försvinna från henne. Hon märker att hans minne blir allt sämre. Snart minns han inte ens namnen på sina barn.

"Men konstigt att du ändå kan recitera poesi", säger Cecilia, för det kan han, och det är hon glad över.

Så får Jens diagnosen benmärgscancer. Nu inleds behandlingar, och Jens blir tidvis inlagd på sjukhuset.

En dag är hon hemma hos honom och upptäcker att hans andning blivit väldigt tung.

"Jens, hur är det", säger hon, och stryker honom över
pannan där små svettpärlor visar sig.

Han flämtar efter luft och får inte fram ett ljud.

Cecilia ringer till sjukhuset, till den geriatriska avdelning-
en som han tillhör.

"Han måste få komma in! Ni behöver ta blodprov och
göra en spirometri", säger Cecilia, som blivit duktig
på medicinska termer.

"Nej, han är nog bara förkyld, det är ingen fara", säger
sköterskan i andra änden av telefonen.

Cecilia ser hur Jens får allt svårare att andas, och hon
ringer efter en taxi. Hon stöttar honom när han vacklar fram
mot bilen. När de kommer fram till sjukhuset, kan han
knappt andas alls. Han blir omedelbart omhändertagen och
får en blodtransfusion. Cecilia känner sig tacksam över att
hon lyckats rädda livet på honom. Åtminstone den gången.

Men cancern har sitt förlopp och Jens blir så småningom
allt sämre. Hans blod har redan börjat transportera aska i
stället för eld. Cecilia sitter varje dag vid hans sjukbädd.
Livslågan flämtar svagare och svagare och en dag upphör
den helt.

Jens är död.

På Cecilia går ett jordskred genom bröstet. Hennes sorg är
gränslös.

Tre år fick de tillsammans. Alldeles för kort tid, men en
tid då varje dag var guld värd.

Kapitel 75. 2019. Jessica.

Jessica och Max sitter på tåget mot södra Sverige.

För säkerhets skull har de munskydd på sig. Coronaviruset har just börjat sina härjningar, och Jessica vill göra den här resan innan viruset har spritt sig mer, och det blir alldeles för farligt. Hon längtar efter sin lillasyster som hon inte sett på länge, eftersom Julia och hennes familj bott flera år i Italien. Men nu har de kommit tillbaka till Sverige och Jessica tänker försöka övertala dem att flytta vidare norrut, närmare henne, mamma och Joakim. *För vi hör ihop*, tänker Jessica. *Socialtjänsten försökte splittra oss, få oss att landa i andra familjer, det gick inte*, tänker hon trotsigt. Och så ensam hon var de där åren då hon bodde kvar i Sillvik, medan mamma och syskonen flyttade tillbaka till Timmerhamn, det var de ensammaste åren i hennes liv. Sedan kom flytten till Toulouse med Marcel, hon födde Max, *älskade barn*, och så flytt tillbaka till Sverige igen. Detta sökande, nu har hon hittat hem. Men Julia är den felande länken, den borttappade pusselbiten.

Södra Sverige är också vackert, tänker Jessica nådigt, även om det varken finns älvar eller fjäll. Men skir grönska finns det så här på våren. Lindarna lyser och kastar ner grönfiltrerad sol, flimrande ljus och fläckvis skugga. Kanske borde hon ha åkt hit på vintern i stället, då det är grått, blåsigt, regnigt och lerigt, och det hade varit lättare att övertyga Julia om att flytta? Nu får Jessica i stället påminna Julia om vilket jobb det är att sätta galonbyxor på fyra småttingar, och spola av åtta leriga stövlar.

Husen är vackra och välskötta i staden Kungshage, konstaterar Jessica sedan hon kommit fram. Max är mest intresserad av några befästningar nära hamnen, som vittnar om tidigare behov av att skydda Sverige från anfall från havet. Tidigare behov? Vem vet vad framtiden bär med sig, funde-rar Jessica. Krigsskrammel i öst och gängskjutningar här hemma. Hon lägger märke till ett möte på torget, med högerextremister, och ryser till. Det var inte många år sedan, som det hemska terrordådet inträffade i Norge, då 69 ungdomar dödades av en högerextremist. Det kan hända här också. Och ovanpå allt detta den osynliga fienden, som inte kan motas tillbaka med vapen: Corona-viruset.

Julia och Arvid bor i en stor lägenhet ganska nära centrum. Nioåriga Noah har eget rum, flickorna Tina och Milla delar rum, medan ettåriga Liv sover hos föräldrarna. Julia möter Jessica och Max på tröskeln och har lilla Liv på armen.

Så vacker Julia är, tänker Jessica. Och annorlunda, exotisk. Det långa, ljusa håret tuktat i en mängd rastaflätor, hopknutna med ett band i nacken. Vida långbyxor och en röd tunika med kräkfläckar på axeln, förmodligen spår från Liv. Snyggt sminkad som alltid. Jessica minns hur noga Julia alltid varit med sminkningen, hur hinner hon i dag?

Noah kryper upp i Julias famn så stor han är. Max tittar fascinerat på, Jessica följer hans blick och tror sig veta vad han tänker, inte satt han i knäet när han var tio år. I famnen är det trångt, Julia har visserligen satt ner Liv på golvet, men Julias mage buktar sig och tar plats. Där växer barn nummer fem till sig.

Jessica och Julia hinner till en början inte prata så mycket med varandra. "Noah, får jag titta på matteläxan", säger Julia och när hon får boken, "det ser bra ut."

"Mamma – du är världens bästa skolfröken", säger Noah och ger Julia en kram. "Jag vill inte ha någon annan."

"Men till hösten ska du börja skolan i Sverige. Det kommer nog att gå bra det med", säger Julia. Hon skälver lite på rösten när hon säger det. Det låter som om hon inte är helt övertygad.

"Vi var tvungna att flytta tillbaka till Sverige", säger Julia nästan urskuldande till Jessica. "I Italien dör jättemånga av corona. Och jag kommer inte ha tid att undervisa Noah längre på egen hand. Tina börjar ju också skolan."

"Ni flyttade till Italien, eftersom man inte får undervisa barnen själv här i Sverige", säger Jessica konstaterande.

"Ja, jag litar inte på den svenska skolan", säger Julia. Och med en snabb blick på Noah: "Noah, ta med dig Max till ditt rum och visa honom dina leksaker. Han är visserligen mycket äldre än du, men kanske finns det något han gillar."

Noah mulnar. "Jag vill höra vad ni pratar om", säger han.

"Du får vara med senare", säger Julia mjukt. "Nu vill vi vara ensamma ett tag."

Noah lunkar iväg och Max följer efter. Liv klättrar upp i Julias famn i stället. I andra änden av lägenheten hörs höga barnröster, Tina och Milla bråkar om något.

"Det där låter som du och jag när vi var små", säger Jessica och flinar lite.

"Jag vet inte riktigt", säger Julia. "Tina och Milla är rätt jämnstarka. Men när det gällde dig och mig … det var du som bestämde och jag som bara hängde med. Nog var jag arg många gånger, särskilt när vi skulle rymma från familjehemmen. Du och mamma hade kokat ihop det, och jag visste ingenting. Och sedan bara mer eller mindre tvingade du mig att följa med."

"Men var det inte bra då", undrar Jessica. "Att vi tog saken i egna händer. Att vi inte lät dem bestämma över oss?"

"Jo, kanske. Men den där resan, jag var så rädd hela tiden. Och sedan kom ändå polisen till mammas lägenhet och hittade mig."

"Usch ja, det var gräsligt", säger Jessica. "Jag hörde från balkongen hur du skrek och grät, när de ledde ut dig från lägenheten."

"Gjorde jag?" undrar Julia.

"Eller var det bara inom mig som det lät som om du skrek", säger Jessica. "För att jag tyckte så synd om dig. Men själv klarade jag mig."

Julia nickar sakta.

"Du var så ängslig på den tiden", fortsätter Jessica. "Nu är det skillnad. Tufft av dig att dra iväg till ett annat land med alla barn."

"Ja, men Arvid var också med. Och han försörjde oss, och på kvällarna hjälpte han till med barnen. Men hela dagarna skötte jag hemmet och barnen själv. Du vet, vakade över dem när de var sjuka, lagade mat, såg till att de hade hela och rena kläder, lekte och tröstade. Jag har älskat det! Och det har gått bra." Jessica tycker att det lyser om Julia när hon berättar.

"Och du har undervisat Noah själv också. Det är strongt", säger Jessica.

"Jag hade inget val. Jag var tvungen att flytta. Jag litade inte på skolan, inte på några vuxna över huvud taget. Kommer du ihåg hur mycket vi blev mobbade?" Men sedan fnissar Julia till. "Jag minns en gång när jag berättat för mamma om att jag blivit mobbad, och mamma tog upp det med fröken", säger hon. "Men inte blev det bättre. Då klev mamma in mitt under en lektion i skolan, och skällde ut fröken. Mamma kan vara fruktansvärd, när hon sätter den sidan till!"

"Det vet jag nog", säger Jessica och nickar.

"Jag kan förstå mammas ilska", säger Julia. "Hon försvarade oss. Och jag kommer själv att försvara mina barn med näbbar och klor, om någon bär sig illa åt mot dem. Men hör nu: Det blev en pinsam stämning när mamma gick in i klassrummet och började gorma, och fröken sa att nu var det Cecilia som mobbade henne. Stackars fröken! Men sedan den dagen blev jag aldrig mer mobbad i den klassen."

"Det är många vuxna som har svikit", säger Jessica långsamt. "Skolan, kontaktfamiljerna, familjehemmen."

"Och mamma. Hon lämnade bort oss. Och hon lät Roger förstöra tillvaron hemma." Nu rinner tårarna på Julia.

"Mamma gjorde så gott hon kunde", säger Jessica.

"Det gjorde nog familjehemmen också", säger Julia. "Men du var alltid arg på dem. Jag vill inte tänka på de där svåra åren. Så fort jag börjar göra det, är det som att ett mörker kommer närmare, och då blir jag rädd. Jag motar bort tankarna. Bort, bara bort med dem! Jag kan inte säga att jag är stolt över min barndom, men jag skäms inte heller för den. Jag säger till mig själv, att jag har varit med om många svåra saker, men att det har blivit bra ändå till slut."

De sitter tysta en stund. Utanför fönstret hör de en ensam koltrast vissla. Så sniffar Julia i luften, en omisskännlig lukt har spridit sig och hon lyfter upp Liv och går för att byta blöja på henne.

De hjälps åt med middagen och sedan kommer Arvid hem. Det blir trångt runt matbordet, när också Jessica och Max ska få plats. Jessica känner ett styng av avund över Julias stora familj. Så kunde hon själv ha haft det, om hon stannat hos Marcel. Eller träffat någon annan man som hon fått fler barn med. Men hon har ägnat tid och kraft åt Joakims barn i stället. Och hon tänker nu på vad det skulle innebära att vara hemmafru, att vara så beroende av en man. Att inte vara ute och jobba, utan enbart hålla till godo med makens hushållspengar. Nej, aldrig, säger Jessica till sig själv, hon som jobbar som personlig assistent, och trivs med det.

På kvällen, när alla barn har somnat, sitter de och pratar igen.

"Hur har det gått för Max med skolan, och att ställa om sig från Frankrike", frågar Julia.

"Förvånansvärt bra", säger Jessica. "Han har nytta av att vara tvåspråkig. Kompisarna blev imponerade när han började skolan här. Så det var nog en fördel för honom att han kunde något som inte de andra kunde."

"Man är så rädd för att de ska bli mobbade. Men att du och jag blev mobbade kanske hängde ihop med att vi fick byta skola så ofta. Allt flyttande mellan olika familjer", säger Julia.

"Ja, men våra barn behöver i alla fall inte flytta mellan några utomstående familjer", säger Jessica. "Däremot Joa-

kims. Du vet väl att jag har hans dotter Leiha som kontakt-
barn nu?"

"Ja, och vem hade trott det, att du skulle bli en del av
socialtjänsten? De som var våra fiender. Fast jag tyckte inte
alltid det. Det var mest du och mamma som tyckte det."

"Men nog kan man vara orolig för Joakims barn", fort-
sätter Jessica. "Först Louise som blev bortadopterad. Och så
Leiha, som jag fick vara jourhem till först, och gärna ville
vara familjehem till sedan också. Men inte fick det. Minns
du?"

"Ja, jag minns. Varför fick hon inte bo hos dig, utan var
tvungen att flytta till en annan familj?"

"Åh, vi stred för att jag skulle få ha henne, mamma, Leihas
mamma, Joakim och jag", fortsätter Jessica. "Men vi förlo-
rade. Fast nu har jag henne som avlastning till Leihas famil-
jehem."

"Du duger till det ena, men inte till det andra. Det är kons-
tigt", säger Julia. "Och att familjehemmet behöver avlast-
ning. Det trodde jag att det bara är ensamma och sjuka
föräldrar som får. Som vår mamma när vi var små. Men tur
i alla fall att du finns kvar för Leiha. Du har tid till det också,
du som bara har ett eget barn. Vad säger Joakim?"

"Han vill att jag ska ha Leiha. Men det är svårt med ho-
nom. Han klarar inte riktigt av att hålla kontakt med sina
barn. Du vet, han missbrukar och har det lite rörigt omkring
sig."

"Kanske är det därför som soc inte vågar placera hos dig.
De tänker att ni är släkt. De kanske minns när Joakim kros-
sade glasluckan till receptionen."

"Det är just för att vi är släkt som jag borde ha fått ta hand om barnen", säger Jessica häftigt och känner hur hon får en bitter smak i munnen. "I stället ska de vara hos främmande människor, och kanske komma att valsa runt i olika familjehem, som du och jag fick göra. Visst är det konstigt att det ändå har blivit folk av oss, med tanke på hur vi har haft det. Trots soc. Eller på grund av soc?"

"Ja, till det yttre är vi anpassade och skötsamma. Men inuti är det värre", säger Julia med dröjande röst. "En blodslinje av själsliga ärrbildningar."

"Vi har ändå blivit bra föräldrar till våra barn", fortsätter Jessica. "Och jag till Joakims barn. Jag har förresten fått ett uppdrag i mitt jobb, att vara hemma-hos-hjälp i en familj, där de har problem med sina barn. Jag läser en hel del psykologi och börjar förstå lite vad som händer med barn som inte får vad de behöver. Som det var för oss. Kommer du ihåg när Pirkko kom till oss och skulle hjälpa mamma? Oj, oj, oj! Mamma kastade ut henne efter ett tag."

"Jag var så liten då, jag minns inte så mycket. Men nog var det bra att mamma fick hjälp."

"Apropå Joakim, så ska jag förresten träffa honom nästa vecka", säger Jessica. " Vi ska åka ut till Harry."

"Va! Till *Harry!* Varför det?"

"Jag har så länge tänkt att jag vill prata med honom. Tala om för honom hur det var att bli utnyttjad av honom. Inte vara taskig och skälla, bara säga helt lugnt. Det här har jag tänkt på så länge."

"Men Joakim då", säger Julia. "Varför ska han med? Kommer han att kunna hålla sig lugn?"

"Han har lovat att sitta kvar i bilen när jag pratar med Harry. Och han ville se Harrys hus. Han säger att det är ett sätt att göra sig av med sina svåra minnen. Du kommer väl ihåg, han blev instängd i en hundbur."

"Ja, är det något jag minns, så är det just det. Jag drömde om det och då flöt det upp och etsade sig fast. Lycka till då! Hoppas det blir som du har tänkt dig. Och inte något knas."

"Det kommer att gå bra. Och jag behöver det, mer än all annan terapi. Du vet att mamma brukar säga att vi ärvt våldet i vår familj. Men jag tror att man kan göra sig av med det."

Jessicas hjärta hamrar hårt när hon säger det. Det finns ingen återvändo. Hon har bestämt sig.

Innan Jessica åker hem nästa dag, frågar hon Julia om inte hon och Arvid kan tänka sig att flytta norrut, komma närmare henne, Joakim och mamma. Arvid har väl sådant jobb att han kan jobba hemifrån och bo nästan var som helst i Sverige? Julia nickar men ser tveksam ut. Hon kramar ändå Jessica hårt när de skiljs åt. Och Noah ropar till Max: "Kom snart och hälsa på igen!"

"Eller så kommer ni till oss", ropar Max tillbaka.

Kapitel 76. 2019. Jessica.

Äntligen på väg. Det är Jessica som kör. Joakim sitter och skruvar sig på sätet intill, han sa innan att han helst hade velat köra, men det sa Jessica nej till. "Jag åker inte med någon som saknar körkort", sa hon strängt.

Trots att det var så länge sedan de var kontaktbarn hos Ursula och Harry, så känns vägen välbekant. Först utfart från staden, sedan åkrar, ängar och enstaka hus, istäckt vatten som glimtar fram. "Kom-till-mig-kurvan", nu minns Jessica. Hur Harry körde fort i kurvan, för att det skulle kittla i magarna på dem, hur hon och Julia försökte hålla Joakim på gott humör, fast han var arg och inte alls ville åka till kontaktfamiljen. Vägen som blir smalare och skogarna som lutar sig emot dem på båda sidor av vägen. Solen har starka vita tänder och Jessica försöker reglera bilens solskydd, så att hon ska slippa få solen rakt i ögonen. Det blänker av smältvatten på vägen. Löftesrikt, vinterns förlossning mot vår.

Snart, tänker Jessica. Spänningen stiger. Hon ser hur Joakim lägger sin hand mot pulsen i halsen. Det ser ut som det är ett litet djur där inne, en mask som ringlar sig. *Vad är det som rör sig i Joakims huvud,* undrar Jessica för sig själv.

"Joakim, du vet vad du lovade", säger hon.

"Jadå", säger Joakim. "Den jäveln behöver inte vara rädd för mig. Inte i dag, men kanske en annan dag. Nils behövde jag inte mörda. Han dog alldeles av sig själv, av hjärtinfarkt. Fast polisen höll på att skrämma slag på dig, Jessica, genom att säga att de inte kunde utesluta mord. Minns du det?"

"Ja, vilken chock", säger Jessica och snörvlar till. "Först att pappa var död, och sedan att det kanske var mord. Jag tänkte att det kunde varit du som hade mördat honom. Eller att polisen misstänkte mig. Det blev värsta kaos i huvudet."

"Men Harry lever. Han måste vara närmare sjuttiofem nu", säger Joakim. "En lätt match för mig."

"Prata inte så där, nu blir jag orolig", säger Jessica och parerar när bilen slirar till på en isfläck. "Tänk på dina barn, de vill inte ha en mördare till pappa. Du som var en så fin pappa till Louise, när hennes mamma fick den där förlossningspsykosen. Jag minns hur jag såg dig sitta med den lilla bebisflickan i famnen och du gav henne flaskan, hur hon sög och tittade rakt in i dina ögon, med en tillitsfull blick. Louise, hon blev alltid lugn när du lyfte upp henne, och gick omkring med henne i famnen och vaggade henne."

Joakim blir blank i ögonen. "Men sedan förlorade vi kontakten, när jag åkte in på en ny volta", säger han. "Det är ju också själva fan."

"Joakim, måste man alltid hämnas", säger Jessica. "Visst kan det kännas skönt, men samtidigt gör det något med en. Oförrätt mot oförrätt, våld mot våld. Hur ska man kunna bryta kedjan?"

"Frågan är vem som ska bryta den", muttrar Joakim. "Det förväntas att det alltid ska göras av den som blivit utsatt, den som är i underläge. Men man måste få upprättelse."

"Upprättelse är väl att få rätt", säger Jessica. "Och allra helst att få en ursäkt."

Joakim ser inte övertygad ut och muttrar något ohörbart. Så byter han ämne. "Fick du tag på Harry när du ringde", frågar han.

"Ja, och jag kollade att han verkligen är hemma nu", svarar Jessica. "Jag ringde och låtsades att jag var någon annan. Att min pappa tidigare har bott i det där huset, och att jag därför vill se det, och jämföra med pappas foton. Och Harry sa att det gick bra. Gissa om jag rös när jag kände igen hans röst, den var lite knastrig nu, men ändå densamma."

Bilen får en lätt vattenplaning, när de börjar närma sig. Som om de glider ut från en tidigare tillvaro och in i en ny. Ett avgörande, en annan tideräkning från och med nu. *Kanske det här mötet gör så att det onda löses upp*, tänker Jessica. Bölden som legat och mognat ska spricka och varet ska rinna ut. En islossning, en väg mot ljuset, för både henne och Joakim.

Så kör de upp på gårdsplanen. En ung schäferhund springer i en löplina, den rusar omkring som en berusad nattfjäril runt en ljuslåga, och skäller vilt när de kommer. En hund! Det har de inte räknat med, och Jessica biter sig i läppen. Tänk om hunden går till anfall? Jessica tittar på Joakim. Hon vet att han har bra hand med hundar, kanske kan han lugna hunden, om den blir aggressiv?

Huset ser så litet ut. Jessica minns de stora rummen och så källaren med badrummet. Badrummet där Harry satt och runkade, medan hon och Julia duschade. Nu kommer äcklet, blandat med hat, det där vitglödgade som skymmer blicken. Harry ska få veta vad han har ställt till med!

En bil står parkerad lite längre bort, en Volvo stationsvagn. Och utanför den en hundbur.

En *hundbur*. Jessica och Joakim stirrar på den och Joakims ögon fastnar där.

Jessica drar djupa andetag och ser vid en hastig blick i backspegeln att hon är blek. Hon öppnar bildörren på sin sida och Joakim öppnar på den andra.

"Du skulle ju vara kvar i bilen", säger Jessica.

"Jag tar ett snack med hunden", säger Joakim. "Det är onödigt om den anfaller oss."

Han går ut och närmar sig hunden, som stannar upp och glor vaksamt på honom. Joakim pratar lugnande och hunden börjar försiktigt vifta på svansen. Joakim kliar hunden bakom öronen och slår sig ner på en kvarglömd trädgårdsstol intill.

Jessica knackar på dörren och Harry öppnar efter en stund. Det är inte bara huset som krympt, även Harry ser liten ut. Harry har rödfnasigt ansikte, grått hår och öron med vildvuxna vita hårstrån, som pekar ut som vildsvinsborst. Han rör sig mödosamt, verkar ha ont i en höft. Jessica följer med honom in i hallen, och ryser när hon känner igen trappen, som hon och Julia gömde sig under. I vardagsrummet är det nya soffor, turligt nog inga skinnsoffor. Hon har fått panik, när hon besökt hem som har skinnsoffor. Knarret från dem gjorde att hon kom ihåg hur det var när hon och Julia satt i Harrys och Ursulas skinnsoffor, och Harry förde in handen ... nej, hon ska *inte* tänka på det där nu. Inte förlora skärpan.

Jessica svettas. Hennes hårsnodd har lossnat, och håret faller gång på gång ner i ansiktet på henne. Det är lika bra, det blir lättare att iaktta Harry med hårgardinen som skydd. Hon drar sin förberedda berättelse, om att hennes pappa en gång har bott i det här huset, och Harry berättar beredvilligt om hur länge han har bott här, och vilka renoveringar han har gjort. Han verkar nöjd över att ha besök av en ung kvinna.

"Men vi ska väl ha oss lite kaffe", säger Harry efter en stund. Han reser sig och haltar ut i köket och därifrån hör Jessica honom ropa till med skarp röst: "Hallå där – vem är du och vad gör du i mitt kök?"

Åh nej, tänker Jessica, med hjärtat i halsgropen. *Joakim har smugit in i alla fall*. Hon reser sig och går ut i köket.

"Det är bara brorsan", säger Jessica. "Han ska inte vara här egentligen."

Hon ger Joakim en skarp blick och ser vad Harry ser. En missbrukare med slängiga armar, ärrad mun och stora pupiller.

"Det var lite kallt där ute, så jag gick in", mumlar Joakim.

Harry ser först rädd ut, sedan säger han: "Man brukar knacka först och inte bara stiga på utan vidare. Men då vill kanske du också ha lite kaffe."

Joakim nickar, och undviker att möta Jessicas blick. De går tillsammans ut i vardagsrummet.

Nu sitter Joakim i en fåtölj, och Jessica tittar på honom med höjda ögonbryn. Joakim tar en slurk med kaffe, sedan råkar han sopa till kaffekoppen så att den välter, och kaffet rinner ut på mattan där det sprider sig som vulkanlera.

"Om du skulle ta och gå ut", säger Jessica vasst till honom. "Jag kommer strax."

Joakim backar ut och står sedan kvar strax utanför ytterdörren.

Jessica bestämmer sig för att det nu är slut på charaden. Hon spänner blicken i Harry och säger: "Du, egentligen hade jag ett annat ärende för att komma hit."

”Jaså?” säger Harry, och Jessica uppfattar att hans pupill blixtrar till av skräck.

”Kommer du ihåg att du och Ursula var kontaktfamilj för många år sedan? Ni hade mig och min syster Julia som kontaktbarn.”

”Jaha … så det är du som är Jessica. Jo, nu minns jag dig! Hur du skämde ut mig genom att ljuga i rättssalen. Och jag som har bjudit dig på kaffe och allting. Men då ska du veta, att du inte är välkommen här längre.”

Harry reser sig. ”Adjö”, säger han, och hans godmodiga ansiktsuttryck har nu förbytts till ett som utstrålar ilska och förakt.

”Jag tänker inte gå riktigt än”, säger Jessica lugnt, även om hjärtat bultar så hårt att det borde synas utanpå kroppen. ”Jag vill att du ska få veta hur jag och Julia har känt oss, efter att du utsatt oss för övergrepp.”

”Vilka ord du använder. Övergrepp! Du är fan inte klok!”

”Vem är det som ljuger nu”, säger Jessica. ”Kanske ljuger du mest för dig själv för att stå ut?”

Nu går luften ur Harry. Han sjunker ner i fåtöljen och tittar ut genom fönstret.

”Det var så länge sedan … du har fantiserat … ”

Han ser gammal och trött ut. Men Jessica stålsätter sig.

”Vet du, jag har mått så dåligt att jag har försökt ta livet av mig”, säger hon hårt. ”Och jag har fått gå flera år i terapi på BUP för att orka leva. Jag ville att du skulle få veta det. Du fick villkorligt, men jag hade hoppats att du skulle få ett mycket hårdare straff. Fast social skam är rätt verksamt det också. Jag kan sprida ut vad som har hänt på sociala medier.”

"Att du var så elak hade jag aldrig kunnat föreställa mig", säger Harry. Det har sipprat svettpärlor vid hans tinningar, och han tar servetten som ligger bredvid kaffekoppen och torkar sig med.

"Så du tycker jag är elak", säger Jessica, och nu har hon höjt rösten. "Nu kan du fundera lite på vem som har betett sig mest illa. Jag hoppas att du får riktigt svårt att sova i natt. Hej då!"

Hon reser sig och konstigt nog bär benen henne, och hon går mot farstun. Hon öppnar dörren, och vinden tar tag i den så den vräks upp på vid gavel. Harry reser sig och går långsamt efter henne för att stänga.

Jessica går mot bilen, utan att vända sig om. Hon öppnar bildörren och förväntar sig att Joakim ska sitta där, men det gör han inte. Hon vänder sig om och ser att Harry har gått ut för att hala in hunden genom att ta tag i löplinan. Hon ser också Joakim springa ... mot Harry? Har Joakim något i handen ... *en kniv?*

Då ser Jessica att hunden gör ett utfall och fäller Joakim. Handen som nyss höll kniven, *om det var en kniv,* lossar sitt grepp och kniven singlar iväg, eller var det inte någon kniv, kanske det var ett löv eller en solstrimma, tänker Jessica. Harry vänder sig om och ropar: "Micko! Kom!"

Hunden tar bort tassarna från Joakims bröst, så att han kan resa sig och borsta av sig snö och lera.

"Jag ber om ursäkt, Micko är inte färdigtränad ännu, han var lite för ivrig här", säger Harry, med ett elakt leende. Det verkar som han inte har sett den höjda handen, *handen med kniven, om det var en kniv?* Men Jessica ser hur Harry och

Joakim för ett ögonblick tittar in i varandras ögon. Vad ser de? Ser Harry hatet, ser Joakim skräcken?

Joakim går mot bilen med släpiga steg och hängande axlar. Strax innan han sätter sig i bilen, ser Jessica något som måste ha trillat ur Joakims ficka. En tablett tramadol. Jaha, Joakim hade laddat upp, men nu har kicken släppt. Joakim slår sig ner på sätet och hans huvud sjunker mot bröstet. Jessica och Joakim åker tillbaka till staden, utan att säga ett ord till varandra på hemresan.

Kapitel 77. 2016. Eva-Lisa.

Arbetsgruppen har samlats i stora konferensrummet, för att avtacka Eva-Lisa, som ska gå i pension. Våren har på allvar segrat över vintern, och när de öppnar fönstret strömmar alla dofter emot dem. Björkarna har små musöron och de sista isfläckarna har tinat. En uppnosig fågelkör kvittrar och fnittrar precis utanför. Eva-Lisa får en känsla av skolavslutning, och hon väntar bara på att någon ska stämma upp med "Den blomstertid nu kommer", eller "Idas sommarvisa".

Eva-Lisa har för en gångs skull varit hos frissan, som klippt hennes hår till en modern frisyr, som hon inte känner sig riktigt bekväm med. Hon sminkade sig lite innan hon åkte hemifrån, men torkade sedan bort det mesta när hon kom fram. Hon har aldrig varit den eleganta typen tidigare, så varför just nu? Hur ska hon förresten betrakta sig själv som pensionär? Hennes gråblåa linneklänning är snarast ungdomlig. Ska hon bli en sådan där tant, som vill försöka se ung ut hela tiden? Hon skrattar lite för sig själv. Nope! Hon vill bara vara Eva-Lisa. Mormor är hon visserligen, till Rebeckas barn, som hon nu kommer att hinna ta hand om mycket oftare än tidigare. Det blir bra, för Rebecka orkar inte så mycket.

Mihkkel gick i pension redan för fyra år sedan, men han är ändå på plats för att avtacka Eva-Lisa. Mihkkel har sin vanliga slitna manchesterkavaj på sig. Han är ännu gråare i skägget än tidigare, och har sjunkit ihop lite. Han ger Eva-Lisa en varm kram, och hon känner något fuktigt i ögonen.

Den nya chefen Daniel är en lång räkel i fyrtioårsåldern, för dagen klädd i randig skjorta och kostymbyxor. Skorna är spetsiga och välputsade. Han har ett utpräglat manligt ansikte, med kraftig, kluven haka, markerade kindknotor och lång, bred näsa. Daniel brukar ofta peka med hela handen, "gör si, gör så!" Han är inte mycket för att diskutera, utan allt ska vara på det sätt som han har bestämt, även om Eva-Lisa tycker att han inte alltid vet så noga vad han beslutar om. Eva-Lisa har försökt att gilla honom, men det har inte gått så bra. Hon bara jämför honom med Mihkkel hela tiden.

Astrid har med sig sin nya man, som hon skaffat sig på äldre dagar. Han får också vara med och avtacka Eva-Lisa. Om fem år är det Astrids tur att gå i pension.

Nu får de lov att stänga fönstret för Ales skull. Han är pollenallergisk och snörvlar ynkligt. Sedan säger Ale att han inte riktigt vet hur han ska klara sig utan Eva-Lisa, och Astrid nickar instämmande. Nu blir det svårt igen för Eva-Lisa att hålla anletsdragen i styr.

Några av medarbetarna från de andra enheterna tittar in. Susanne från försörjningsstöd har Eva-Lisa haft en del samarbete med. Hon kommer med en blomma. På bordet längst fram finns det mer blommor och några paket. Längst bort tronar tårtorna.

Daniel håller tal. Det är ett stolpigt tal, för Daniel har inte talets gåva.

Åh, om hon hade sluppit detta. Hon har lust att bara springa därifrån.

Det blir konstigt att lämna socialtjänsten, tänker Eva-Lisa. Det blir som att lämna en del av sin själ. Det har inte bara varit ett jobb. Alla år som hon kämpat här, allt grubblande över utredningar och insatser, alla människor som hon träffat, och som hon fortfarande ofta tänker på och undrar hur det har gått för. Och hon funderar på utvecklingen av socialtjänsten. Hon oroar sig för att socialtjänsten ska byråkratiseras ännu mer, att klyftan mellan socialarbetare och klienter ska vidgas, och att engagemanget hos socialarbetarna inte kommer att värderas tillräckligt. När hon tänker tillbaka inser hon, att de gånger då det verkligen har gått bra för hennes klienter, är när hon har fått en god kontakt med dem, och de har kunnat jobba med varandra, inte mot varandra. När de har känt ömsesidig tillit. Och det har inte betytt att bara stryka medhårs. Men engagemanget har också haft ett pris. Ett sätt att slippa oroa sig, är att distansera sig och trycka tillbaka sina egna känslor. Hon vet att hon har gjort det ibland, som en överlevnadsstrategi. Och hon tror att hon blivit lite skadad av det, känslomässigt avtrubbad.

Hon oroar sig för de nya, unga kollegerna. Personalomsättningen har ökat och snart finns inga äldre kvar, sådana som de yngre tidigare har kunnat fråga och stödja sig mot. Hon har sett hur unga, förhoppningsfulla socialsekreterare har börjat på socialkontoret, men bara orkat stanna något år. Sjukskrivningarna har också ökat.

Det blir skönt att sluta, men hon kommer också att sakna jobbet. Samarbetet med kollegerna och allt som hon hela tiden tycker att hon fått lära sig. Egentligen är det slöseri med kunskap att inte fortsätta. Men någon gång måste man sätta stopp.

Då blir det plötsligt oro och buller i korridoren. Två

uniformerade polismän kommer in.

"Finns Mihkkel Johansson här?" frågar den ena, en korpulent brunhårig man med mycket näshår.

Mihkkel stiger fram. Han har bleknat och han mönstrar poliserna.

"Vad gäller det?" säger han, fast Eva-Lisa ser på honom att han vet det.

"Vi har fått uppgifter om att du gömmer flyktingar i ditt hem. Det är inte olagligt, men det är personer vi har letat efter och nu har du försvårat för oss."

"Ja visst", säger Mihkkel lugnt. "Det är människor som fått avslag på sin asylansökan och riskerar utvisning. De mår väldigt dåligt och jag har tagit hand om dem. Ibland är lagar och beslut till för att utmanas." Han kastar en lite road blick på Ale, minns hans ord för länge sedan vid whiteboardtavlan.

Det är bra att Mihkkel inte är chef längre, att han inte har någon anställning att ta hänsyn till, tänker Eva-Lisa. *Han har gjort det han tycker är rätt. Och lyckats hålla det hemligt i flera år.*

Poliserna tar med sig Mihkkel och firandet kan fortsätta, nu med en del upprörda röster mellan slamret av kaffekoppar och skedar.

Eva-Lisa tittar på de många gratulationskorten. Det sista som hon tar upp läser hon flera gånger.

Där står det: "Du har gjort så gott du har kunnat. Nu behöver vi inte soc mer, men vi kommer ändå att sakna dig. Cecilia, Jessica, Julia och Joakim."

Epilog.

Cecilia, Jessica, Julia och Joakim finns på riktigt. Men de har andra namn. Det är en del av deras historia jag har berättat, efter att ha haft många och långa intervjuer med var och en av dem per telefon, och jag har dessutom fått läsa några av deras journaler från socialtjänsten. Min avsikt var först att göra en reportagebok, men jag övergav denna idé, då jag hellre ville klä personernas berättelser med större liv än vad reportageformen tillåter. Det innebär också att jag har gjort en del egna ändringar, tolkningar och tillägg. Kapitlet i slutet när Jessica och Joakim träffade och konfronterade Harry, är ett rent påhitt av mig. Orter har jag gett nya namn och de länder som nämns är andra än i verkligheten.

Jag har, förutom att berätta familjemedlemmarnas egen historia, även velat lägga till socialtjänstens perspektiv. Allt som handlar om de människor som arbetar på socialtjänsten, är påhittat av mig. Men eftersom jag själv har arbetat hela mitt yrkesliv på socialtjänsten, har jag beskrivit sådant som verkligen skulle ha kunnat inträffa där. Hur socialarbetarna har resonerat när de fattat sina beslut, och hur arbets-villkoren ser ut på socialtjänsten. För tydlighetens skull ska sägas, att jag inte hämtat Cecilias och barnens berättelse från mitt eget arbete på socialtjänsten. I stället möttes Cecilia och jag på nätet, i en poesigrupp, där vi båda skrev dikter. Jag skrev ofta om mitt arbete på socialtjänsten, och dessa dikter samlades sedan till en bok. Cecilia skrev utifrån sin erfarenhet som klient. Även dessa dikter kom att resultera i en publicerad diktsamling. Jag tyckte mycket om Cecilias dikter, de var tänkvärda, bitska och ibland sorgliga, och de var fyllda av ordglädje. Vi blev vänner, och det var på det sättet idén kom upp att jag skulle skriva en bok om hennes familj.

Är då det här en sann bild av socialtjänsten i stort? Som spegling av just den här familjens erfarenheter är den någorlunda sann, även om minnen kan suddas ut eller förvanskas med åren. Men när det gäller socialtjänsten i stort är bilden bara delvis sann, eftersom varje familj har sin egen erfarenhet av socialtjänsten, och dessa erfarenheter kan variera mycket mellan familjerna.

Det är inte ofta som det går så illa som för den här familjen när det gäller kontaktfamiljer. Tvärt om är kontaktfamilj en i stort sett uppskattad insats och innefattar mestadels engagerade och välfungerande familjer.

För familjehem är kraven stora för att bli godkända, men det kan ändå bli fel. Det är en grannlaga uppgift för socialtjänsten att hitta tillräckligt trygga och empatiska familjer, som förmår att ta till sig barn som ofta är trasiga och kanske utagerande. Samtidigt ska familjehemmen också kunna samarbeta med barnens föräldrar. Bäst resultat ger, enligt forskningen, oftast placering i närståendehem. Det kan därför tyckas märkligt att socialtjänsten inte utredde Jessica som familjehem för hennes brorsbarn. Tänkte de att Jessica hade alltför många traumatiska händelser med sig i ryggsäcken, för att orka med att bli familjehem? Så kan det ha varit. Men kanske hade just släktskapet kunnat överbrygga denna sårbarhet. Nu ska det också sägas, att det finns familjehemsplaceringar även i "främmandehem" som fungerar bra och där barnen trivs och utvecklas. Men en stor svårighet är att överhuvudtaget hitta familjer som är villiga att ställa upp som familjehem.

En sak som slog mig när jag följde den här familjen var Cecilias kampvilja och envishet. Hon accepterade aldrig LVU-omhändertagandet och hon fortsatte att kämpa för att få tillbaka barnen ända tills hon lyckades. Trots att hon ibland sviktade, höll hon hela tiden kontakt med barnen. Hon har varit ett stöd till dem ända upp i vuxen ålder, och även till barnbarnen. Många föräldrar ger upp och en del slutar att hålla kontakt med sina placerade barn.

Det innebär en stor sorg för barnen. Hur svårt barnen än har haft det i sina biologiska familjer, vill de känna att deras föräldrar längtar efter dem, vill träffa dem och hålla kontakt. Om kontakten med föräldrarna har avbrutits, och sedan kanske även familjehemsplaceringen havererar, står barnen ensamma i livet. I en del fall blir det omplaceringar gång på gång, vilket förstärker barnens känsla av att ingen tycker om dem eller vill ha dem.

Socialtjänsten kritiseras ofta i hårda ordalag av media och allmänhet. Spektakulära händelser blåses upp och presenteras, ofta förenklat, och socialtjänsten kan inte bemöta påståendena på grund av sekretessen. Desinformationskampanjer som att "socialtjänsten kidnappar muslimska barn" gör det inte lättare att arbeta på socialtjänsten. De ekonomiska anslagen till socialtjänsten är ofta otillräckliga för att socialarbetarna ska kunna göra ett tillräckligt gott arbete, och de ökade kraven på dokumentation är en tung pålaga för socialarbetarna. Stor personalomsättning är ett faktum, vilket innebär att det ofta är ont om erfarna social- arbetare och att risken för felgrepp ökar.

Det finns olämpliga socialarbetare och det finns social- arbetare och chefer som inte har tillräcklig kompetens eller empatisk förmåga. Men det finns också en oändlig mängd engagerade och kunniga socialarbetare som gör ett stort och viktigt arbete för dessa samhällets allra mest utsatta. När arbetet fungerar som bäst är det ett otroligt intressant och inspirerande arbete. Själv har jag aldrig ångrat mitt yrkes- val.

Till sist: Ett innerligt tack till Cecilia, Jessica, Julia och Joakim för att ni har gett mig era historier! Era berättelser har gjort ett djupt intryck på mig och jag tänker fortfarande mycket på er.